你向前
我向左

朱建平·著

中国出版集团　现代出版社

图书在版编目（CIP）数据

你向前　我向左 / 朱建平著. －－ 北京：现代出版
社，2017.12

ISBN 978-7-5143-6638-9

Ⅰ. ①你… Ⅱ. ①朱… Ⅲ. ①短篇小说－小说集－中
国－当代 Ⅳ. ①I247.7

中国版本图书馆CIP数据核字（2017）第284975号

你向前　我向左

作　　者	朱建平
责任编辑	杨学庆
出版发行	现代出版社
地　　址	北京市安定门外安华里504号
邮政编码	100011
电　　话	010-64267325　010-64245264（兼传真）
网　　址	www.1980xd.com
电子邮箱	xiandai@vip.sina.com
印　　刷	北京一鑫印务有限责任公司
开　　本	880mm×1230mm　1/32
印　　张	8
字　　数	165千
版　　次	2017年12月第1版　2022年7月第2次印刷
书　　号	ISBN 978-7-5143-6638-9
定　　价	39.80元

目 录

CONTENTS

夜未央

在梁静的嘴里，已经无数次地把诸葛靖说成和她毫无关系的"那个人"，但到目前为止，诸葛靖依然是她的丈夫。

梁静和诸葛靖好像从她儿子诸葛安阳出生后，就没安生过。每次吵架、打闹后，梁静都会来找我，让我给她泡杯咖啡，然后，边喝咖啡，边抽抽搭搭地和我说事。其实，说来说去也就是诸葛靖不顾家，整得她自己像个未婚先孕的单身妈妈，家里什么事情都要她一个人管，以及后悔自己当初怎么就会猪油蒙心，挑了这样的男人做老公。但是，让我不明白的是，说完这些之后，她都会擦擦眼泪，长叹一声，摆出一副认命的样子再和我说些杂事。

对诸葛靖，我了解还是比较多的。当初，市公安局把诸葛靖作为先进典型大力宣传，他的事迹材料就是我撰写的。当时，为了写好他的事迹，我还专门到市公安局蹲点生活了半个月。每天去诸葛靖工作过的巡警队、派出所，找和他一起工作过的同事聊天，了解诸葛靖的事迹。还和诸葛靖一起出警、处警。只是没想到，最后，他会和我从小到大都是邻居加同学加闺密的梁静结婚。

现在，梁静又带着红肿的眼睛来找我。不用说，她肯定和诸葛靖又闹别扭了。果然还没坐下，梁静就撩起裙子，让我看她的大腿。两条腿上有三四块乌青，虽然已经变淡，但因为梁静皮肤白皙，所以，依然乌云一样飘在大腿上。我说，怎么啦？梁静放下裙摆，说，这是前几天的，你再看看这个，新鲜的。说完，解开裙子背后的拉链，扯下胸罩，指给我看。我说，你和那个人又怎么了？梁静说，你说怎么了，他不但拧我，还差点把我勒死，这婚还必须得离，不离，我总有一天会被他弄死。我说，离婚你都说了几百遍了，最后还不是这样过着。梁静从我桌上的纸巾盒里抽了两张纸巾擦眼睛，说，这次我必须得离，再怎么难，我都离，不然，我真的会被他折磨死。

晚上诸葛靖进门的时候，上弦月刚好搁在远处塔尖上，似乎是给深蓝色的天空安了一个淡黄色的笑脸。梁静坐在沙发上看电视，见诸葛靖进门，站起身进了卫生间。诸葛靖换好鞋跟了过去，梁静已经对着镜子在画眉毛。其实，梁静是天生的柳叶眉，不用修饰就很漂亮，可她还是喜欢用眉笔涂涂画画。

诸葛靖在卫生间门口站了一会儿，问道，要出去？梁静盯着镜子把眉毛细细地看了一会儿，才说，我要和朋友出去。诸葛靖说，谁？梁静说，同事。诸葛靖哦了一声后说，你现在好像特别忙。梁静转头看了一眼诸葛靖，没说话。诸葛靖把拎在手里的警务工作包往胸口一抱，拉开拉链，掏出一个巴掌大小红色的细绒盒子，小心翼翼打开，递到梁静眼前，你看看，这是什么？梁静瞄了一眼，说，让一下，这种狗屁东西，我又不是没见过。

诸葛靖"啪"的一下合上盒子，问道，什么意思？梁静说，没意思。诸葛靖把盒子往洗手台上一扔，顺手勒住梁静的脖子。娇小的梁静在诸葛靖的怀里，就像被老鹰抓住了的小鸡，只能张着嘴努力呼吸。不过，诸葛靖很快就放开了她。这样的动作，诸葛靖已经很熟练了，但他已经忘记从什么时候开始用在梁静身上。或许三年前，或许四年前。也忘记了第一次这样做是因为什么。只记得开始的时候，梁静还会激烈反抗。梁静反抗的时候，诸葛靖都会像对待那些被他抓住但拒不顺从的不法分子一样，先用力勒住她的脖子，然后抓住她的两只手腕扣在一起，再找一根绳子或鞋带，一缠一扎，梁静就剩下蹦跶、挣扎和怒骂的份了。不过，时间一长，梁静觉得反抗不如忍受，喊叫不如沉默。于是，每当和诸葛靖有了矛盾，每当诸葛靖出手如电勒住她的脖子时，她索性一动不动，任由诸葛靖勒得她透不过气来。

诸葛靖第一次动手把自己勒得差点窒息后，梁静很愤怒，她死命挣脱出诸葛靖的手臂后，连夜抱着儿子回了娘家。事后，诸葛靖专门写了封信向她认错道歉，还请人劝劝梁静。不过，他的这些努力没有用，梁静依旧坚持要离婚。但诸葛靖很快把单位领导请来做说客了。在领导不厌其烦的劝导中，梁静渐渐明白，离婚这事，难。就算诸葛靖同意了，诸葛靖的领导也不一定会同意。毕竟诸葛靖是公安局辛辛苦苦培养了十多年的先进标杆人物，一举一动都牵涉着单位的形象。再说，"宁拆一座庙，不毁一桩婚"的古训，也让人说不出劝散的话。所以，梁静明白，诸葛靖不是一个人在战斗。因而，她无论前进多少步，最后，依然会回到原地。

不过，最终让梁静不再想离婚的，是遇上了梁晓峰。梁晓峰是我们的邻居，比我大两岁。从小就是我和梁静的保护神。大人经常开玩笑让梁静长大后嫁给梁晓峰，梁静也一直以为，等到自己长大，身边的新郎肯定是梁晓峰。可惜，这个梦在梁静十六岁的时候破灭了。那天我和梁静放学回家，只见梁晓峰家门口乱哄哄的全是人。我俩慌乱地挤进人群，听了半天才搞清楚，梁晓峰偷了邻居丹丹晾晒着的胸罩和三角裤，被丹丹抓住了。丹丹家的屋檐下经常晾晒着胸罩和三角裤，每次看到这些丝丝缕缕满是洞洞的物件，梁静会悄悄地问我，这是什么？我就严肃地摇摇头，说，不知道。梁静白我一眼，说，装。然后，她很快会不屑地说，穿这种内衣，不正经。不过，她很快也不正经起来了，她也开始穿这种胸罩和三角裤了，尽管穿得遮遮掩掩，但至少已经知道蕾丝的性感了。

梁晓峰偷丹丹的内衣裤，让梁静很生气，觉得梁晓峰太流氓了。不过，当梁晓峰被派出所的警察叫去，关了一个晚上后，梁静的想法就变了。她偷偷告诉我，如果梁晓峰不去偷丹丹的胸罩和三角裤，而是偷了她的，自己绝对不会像丹丹一样大喊大叫。我拍了下她的脑袋，说，花痴。不过，梁晓峰经历这次风波后，我们再也没有看到他的身影，因为他搬家了。等梁静再次见到梁晓峰时，已经在十五年以后了。十五年，四分之一甲子，曾经的风华少年已经成了微微发福的中年男人，而梁静也由豆蔻少女变成了有了一个五岁儿子的成熟女人。

梁静和梁晓峰见面的巧合，用当下最流行的辩证解释就是无数偶然组合成的必然。如果不是工商局为了应付上面的检查，急需安装一套独立的办公系统，梁静也不会走进数码城的大门，也不会按着品牌要求，直奔梁晓峰的摊位。而梁晓峰要不是刚好在经营那个品牌，也不会碰上梁静。久未见面的邻居，儿时的大哥哥小妹妹，很快热乎乎地聊在了一起。梁静见到梁晓峰的时候很激动，立马给我打了电话，让我猜猜她在电脑市场里见到了谁。她打电话给我的时候我正在睡午觉。接了她的电话，我不耐烦地说，别吵我，我在睡觉。她委屈地说，我是高兴，相信你也会高兴的，所以就给你打电话了。她这样说了，我只能按下一肚子的不快，问，见到谁了？梁静说，晓峰，梁晓峰。果然，她说出这个名字后，我也高兴了。梁静把电话递给梁晓峰，让他和我说。聊了一会儿，梁晓峰说，没想到，十多年没见，你成了大作家。我说，玩玩的。梁晓峰说，你继续睡觉，晚上一起聚聚。

只是让我没有想到的是，那天晚上我们三人小聚之后，梁静突然对至今未婚的梁晓峰上了心。对梁静的心思，梁晓峰心里明白得像镜子似的，所以，每当梁静给他打电话，或者我们一起喝茶聊天时，他都会对梁静说，回忆是丰满的，现实是骨感的，婚姻是实实在在的油盐酱醋，爱情是浪漫美妙的风花雪月，所以，儿时的情义是单纯无瑕的。我不知道梁静听后最终的想法，但我能感受到，她不再絮叨。其实，梁静不知道，当我第一眼见到久别重逢的梁晓峰，才突然明白，自己挑挑拣拣不结婚，其实，一直在等一个人，而这个人，就是梁晓峰。

诸葛靖拿给梁静看的是一枚三等功勋章。这是在两个月前，诸葛靖成功解救一个被前男友劫持的女孩获得的。拿到勋章的时候，诸葛靖对市公安局政治部副主任说，处理了一件小事，给一个三等功，受之有愧。副主任非常严肃地说，事关人民群众生命安全的事，怎么能是小事。确实，那次解救女孩的时候，诸葛靖的脚下和女孩的身上都淌满了汽油。只要劫持她的前男朋友按一下捏在手上的打火机，三个人立即会变成火人。好在诸葛靖趁那个男的挥舞着打火机胡乱喊叫的时候，飞身踢出一脚，把打火机踢掉，三个人才安然脱险。事后，诸葛靖没和梁静说，当然，诸葛靖并不是不想和她说，只是对于这种经常能碰到的事，诸葛靖已经没有了和她诉说的冲动。再说，就算诸葛靖说了，梁静也并不一定会听。只是他不知道的是，梁静看电视看得最多的是市电视台的新闻频道。

诸葛靖拎着勋章在胸口比画了一下，又问开始涂口红的梁静，你说这枚勋章该挂在哪个位置？梁静拿眼睛扫了一下，啤酒瓶盖一样的东西，也就你当宝。当然，这话她没有说出来，因为她现在抿着嘴唇，努力让刚刚涂上去的口红均匀。其实，这话很久以前梁静就对诸葛靖说过。

看看梁静不理会，诸葛靖就挤到她边上，拎着勋章在胸前摆弄。他要找一个最适合的位置，戴这枚勋章。但摆弄了半天，依旧没有找到一个合适的位置。梁静盯着镜子中的诸葛靖看了一会，然后侧过身，准备从诸葛靖面前挤出去。诸葛靖顺手搂住梁静，梁静盯着镜子一动不动，任由诸葛靖的手臂越抱越紧。诸葛靖把下巴搁在梁静的头顶，双臂从背后熊抱着梁静。过了一会儿，诸葛靖嬉笑着说，逛街打扮得这样漂亮干吗，又不是去约会。梁静不说话，扭了几下身子，想挣脱出来。诸葛靖却把右手顺着梁静的衣领，慢慢地滑向胸口。梁静的身子震了震，闭上眼睛，任由诸葛靖肆意活动。梁静的木然，让诸葛靖觉得无趣之极。他的右手在梁静的双乳上胡乱游走了一番后，把手抽了出来。诸葛靖的手刚离开，梁静就睁开眼睛扭了下身子。梁静的挣扎无疑是向诸葛靖发出了挑战信号。诸葛靖重新把手伸进梁静的衣领，掐着她的左乳，用力拧了一把。梁静忍不住"啊"了一声，狠狠地骂道，土匪。诸葛靖一把放开她，说，你要是不把自己搞得像个死人，我也不会这样。梁静抬起头，深深地吸了口气，又用力抽了下鼻子，把刚刚准备流出的泪水强忍了回去。梁静的沉默，让诸葛靖失去了挑战的信心，就拎着勋章回到客厅。梁静伸手轻揉了一下刚刚被诸葛靖拧了一把的乳房，她知道，又有一块乌青像墨一样染在洁白的乳房上了。

现在，梁静带着一块乌青坐在我的对面，喝着我给她泡的咖啡，絮絮叨叨地诉说着。若是换到刚结婚那段时间，梁静是不会一个人在夜里出门的，就是出门到我这里，也一定要诸葛靖陪着。她说只有诸葛靖在身边，才会有浓浓的安全感。我问梁静，当初你不是很崇拜他吗？梁静叹口气，说，当初，看着诸葛靖刚过三十，就有那么多的荣誉，让我好奇和崇拜，等到后来结婚了，我才感受到了差距，这差距是天生的、骨子里的，不是靠一句话两句话能改变的。我笑了，梁静，你成婚恋专家了。梁静叹口气，说，其实，你比我清楚，不然你为什么不结婚？我连忙说，打住，你与我无关。

其实，这个问题梁静曾经和诸葛靖探讨过。梁静说，你拿了那么多先进是工资加了还是职务升了？我看什么用都没有。诸葛靖说，怎么会没用，那是对我工作的认可。梁静"咏"了一声，说，你连家都不管，工作再好有什么用。诸葛靖皱了下眉，说，谁说我不管家，我不是把工资什么的都交给你了。梁静冷笑一声，说，自欺欺人。诸葛靖长叹一口气，伸手从口袋里摸出包利群香烟，抽出一根，又从烟盒子里挖出一个一次性打火机，点燃，深吸一口，把头转向窗外，不再说话。梁静挥手赶了几下飘到面前的烟雾，说，你是不是想抛家离子，舍生忘死做烈士，我告诉你，你要是把急切立功的心分一点点给我、给儿子，我们也就能和别人一样，和和睦睦、幸幸福福地过日子。

后来，在一次作协的采风活动中，刚好路过诸葛靖所在的派出所，我顺便进去看了下，他刚好出警回来。我说，梁静撑这个家也不容易，你要体谅点。诸葛靖说，我已经做得很好了，可是她始终不满意。我说，男人对女人动手总不是那么回事。诸葛靖沉默了许久，说，我也想控制，可有时候就是控制不住啊。我说，就像你下决心要把工作做好、做出色那样，肯定能做到。诸葛靖点点头。出门的时候，诸葛靖忍不住问我，你说我经常立功受奖是成功还是失败。我无语。其实，我也明白，梁静嫁给诸葛靖，只是风光了表面。她也没到，自己挑三拣四的最终结果，会是这样。

那年市公安局举行优秀民警报告会，市政府让市级机关部门派人参加，梁静被领导凑人数叫去了会场。演讲的时候，市公安局的领导忽然想到，优秀民警演讲结束后没人送鲜花，就像烧菜忘记了放盐。这样，坐在前排的梁静和其他几位女观众客串成了献花者。等报告会结束，公安局和工商局像两位做惯了月老，忍不住给诸葛靖和梁静牵线。半年不到，公安局和工商局的同事都吃到了他们的喜糖。

梁静和我一样，对这个生活了二十多年的城市，依然并不熟悉。所以，我们虽然和诸葛靖在同一个城市，可是，诸葛靖家住的地方，我们却从来没有到过。诸葛靖家在老城区的城郊接合部，过一条十来米宽的小河，就是以前的农村。本来这样的地方早就因为城市改造变了样，可不知道为什么，在城市改造翻天覆地的今天，这个角落却似乎被遗忘了，依旧保持着数十年不变的生活方式。老式台门里面，鸡鸭飞奔，灰尘乱舞。每天早上，台门口一字排开等着环卫所的人上门倾倒的马桶、痰盂，让第一次陪着梁静去诸葛靖家的我，以为时光倒转，回到了20世纪五六十年代。

在认识梁静之前，诸葛靖也谈过几次恋爱，但每次都被台门口那些和现代社会格格不入的氛围搅散。因此，当诸葛靖领着梁静进门后，诸葛靖爸妈坚持"若要好，大做小"的真理，对梁静宠爱有加，也时不时地敲打诸葛靖，让诸葛靖对梁静要好。诸葛靖和爸妈近乎双簧的表演，让温柔、单纯的梁静感动满足。

诸葛靖的起点不高，可是自从和梁静结婚后，诸葛靖的前途似乎变得美好起来。先是梁静爸妈觉得在老台门里生活，以后对孩子成长会有影响，就主动资助，帮着他们在工商局边上买了一套小房子。公安局的领导考虑到诸葛靖结婚了，不能再整天上路巡逻不着家，也就把诸葛靖从巡警队调到了派出所。只是他们没想到，诸葛靖在派出所比巡警队更忙。

梁静的家离我所在的日报社不远。那时候，我编国内新闻版，每天都要值班到半夜。梁静就经常过来，和我一起在报社食堂吃夜饭，再陪我到诸葛靖加班结束。我一直到现在都觉得，那段时间，不但是我最为充实的日子，也是梁静最为快乐的日子。后来，梁静怀孕了，来报社的次数就少了，儿子诸葛安阳出生后，她就再也没有时间来陪我。当然，没过多久我也调到了文联，还弄了个自己的工作室。梁静虽然时常联系，但见面的次数明显少了。

因为我与诸葛靖认识在前，所以，诸葛靖有时候会找我聊聊他和梁静之间的事。诸葛靖的目的我清楚，就是要让我劝劝梁静。确实，自从诸葛靖调到派出所，特别是儿子出生后，梁静对诸葛靖的态度也由支持转为反对，最明显的一点是她越来越讨厌诸葛靖的主动加班了。她很多次和诸葛靖说，你已经成家了、有孩子了，在抓好工作的同时，也得顾好家庭，如果家庭都没搞好，你把工作搞得再好又有什么用，再说，都快四十岁的人了，不能再像以前那样，冲冲杀杀的，不考虑后果。诸葛靖说，梁静说的话他也很明白，可是他做不到这样。他是单位的一张脸啊。

想当初，诸葛靖高考落榜，刚好，市公安局招聘协警，他就进巡警大队做了协警。上班第一天，他妈妈特意起了个大早，买来供品，让诸葛靖给祖宗磕了头。出门时，他妈妈给儿子整了整衣领，说，儿子啊，我们做爹娘的没本事，以后要靠你自己混出个人样，让我们把腰杆挺起来。

诸葛靖的任务是徒步巡逻，目的是震慑和打击违法犯罪，当然这是官话。用他们自己的话来说，是猫吓耗子。确实，四五个穿着作训服精神抖擞、步伐整齐地走在人来人往大街上的精壮男子，确实能唬住一些小蟊贼。不过，胆子大的贼人还是有的。一天，诸葛靖和两名队员巡逻到国商大厦的时候，身后突然传来一阵叫喊声，快抓住他，抢劫！诸葛靖转头一看，在他的身后，有四五个人在紧追一个戴摩托车头盔，穿迷彩服，挥舞着一把一尺来长杀猪刀，看不出年龄的男人。诸葛靖赶紧伸出手，想把他拦住。旁边的队员快速把诸葛靖往后一拉，你傻啊，这样上去还不是白白送死，要智取，懂吗？诸葛靖一听还真的有理。就在这一瞬间，一帮人从诸葛靖身边快速跑过。边上有几个人骂道，你们死人啊，坏人逃过来都不知道拦一下。诸葛靖连忙转身跟着追了上去。追逐中，诸葛靖死死地盯着男人不放。也不知跑了多远，男人跑着跑着突然跌倒在地上，握在手上的刀也随之飞出好远。诸葛靖跟跄着跑上去，一下骑在他身上。后来，市公安局专门召开表彰会，表彰诸葛靖奋不顾身抓罪犯的英雄事迹。

事后，诸葛靖渐渐明白，要让自己出彩，除了自身的努力还要机遇的垂青再加上巧干。诸葛靖渐渐成了单位协警的标杆，也成了整个公安局协警的标杆。当然，这是诸葛靖后来在找我请我帮忙做做梁静思想工作时候说的。记得我当时说道，其实你的心思还是比较卑鄙的。他苦笑一下，说，没法，如果不这样，我始终只能做一个默默无闻的协警。我说，那你后来能特招进公安，是你处心积虑的成果？诸葛靖连连摇头，没这样的事，那纯属意外。其实，我是和他开玩笑的，他抓毒贩的事，只是一个意外，一个差点让他去了另一个世界的意外。不过，我相信，如果没有后来配合警察抓毒贩的事，诸葛靖或许还是一名在路上巡逻，时刻期待能抓住立功受奖机会的协警。如果是这样，他就不可能和梁静认识、结婚。所有的一切，我只能用命来解释。就像我，一直单身，认识我的人都说我要求高，其实，我对另一半只求有缘，至于其他，我从没想过。

那次诸葛靖正在路上巡逻，突然接到值班室的电话，要他立即到国际大酒店，协助警察抓毒贩。诸葛靖心里不禁一慌。不过，看看身边全副武装的警察，心也就放了下来。然后，事情的结果出乎意料。在抓捕毒贩的过程中，诸葛靖被毒贩刺中了两刀。后来，诸葛靖在迷糊中听医生向前来慰问的公安局局长介绍情况时才明白，自己的运气比中了五百万的彩票还好，刺在咽喉的一刀，如果稍微偏一点点，立马就成了烈士时。局长俯下身子，亲切地握住诸葛靖的手，嘱咐诸葛靖好好养伤。诸葛靖心里一动，突然冒出一句，局长，我还能继续为公安事业做贡献。局长当即感动得眼泪都掉了下来。

我就是在那个时候去采写诸葛靖的。他的宣传材料、先进事迹报告会的演讲材料都是我的作品。我的材料写得很接地气，也写得很朴实，完全没有拔高和虚构。正因为这样，诸葛靖才被很多看过报纸、听过演讲的人记住。连市长在视察公安局的时候，还特意问了诸葛靖的情况，并对局长说，对于亟须传递正能量、弘扬正气的社会来说，绝对不能让英雄流血又流泪。所以，大家都觉得单纯给诸葛靖荣誉确实不够。就这样，市公安局在一次向社会公开招录警察的时候，把诸葛靖特招进了公安局。

特招进了公安局，并没有乱了诸葛靖的心智。因为诸葛靖心里很清楚，自己虽然有着众多的荣誉，但这些荣誉就像浮尘，总有烟消云散的一天。因此，能让自己踏实的，只有多干活，实实在在地做好每一件事。于是，诸葛靖把办公室放在了大街上，每天都在巡逻、值班、处警中度过。只是让诸葛靖想不明白的是，做协警的时候，似乎所有未婚的女孩子都可以成为他的妻子。可当他成了正式警察和英雄人物的时候，却再也找不到一个合适的女孩。因此，诸葛靖三十岁的时候遇上梁静，对诸葛靖甚至诸葛靖爸妈来说，都有种天上掉馅饼的幸福感。

结婚后的诸葛靖在梁静眼里，变得越来越平凡普通。她有一次曾嬉笑着对我说，我一直以为英雄都是完美无缺的，没想到英雄也会打呼噜、咬牙齿，有时候还会不洗脸、不刷牙就上床睡觉。我"哧"了一声，说，你以为英雄是神啊，别忘记，你的英雄老公可是我捧起来的。梁静赶紧说，好好，我不说了，再说下去是不是我得专门送个红包谢谢你。我笑着说，你知道就好。不到半分钟，她又说，我真的有些怀疑，他的这些缺点是与生俱来的，还是被我们这些看着英雄就觉得神圣得高不可攀的人宠出来的？我说，男人的这些臭毛病当然是天生的，要不我们怎么会叫他们臭男人呢。

诸葛安阳没出生前，诸葛靖每天加班，五天一次值班，梁静虽然觉得委屈，可还是觉得，自己应该要全身心地支持。可随着儿子的出生，梁静的心就变了，她想让诸葛靖擦地板、做饭菜、管儿子、换煤气罐、背米袋子。但诸葛靖依然和以前一样，值班时，两天不回家，不值班时，不到九点不回家，这让梁静抓狂。但诸葛靖对着满脸怒火的梁静，也愤怒地喊道，我要上班、要巡逻、要值班、要出警，哪有时间做这些应该属于你们女人的琐碎事。这是他们两个结婚以来的第一次交战，这次交战以两败俱伤告终。而我，从此以后成为梁静和诸葛靖的情绪垃圾桶。

　　对梁静，我早已习惯做她的情绪垃圾桶，而对诸葛靖，不，应该说是对男人，我还从没有过这样的经历。不过这样也好，给我写小说提供了不少的素材。那天诸葛靖和梁静大吵一场后，诸葛靖给我打了很长时间的电话，他说，我就不明白梁静为什么要反对我拼命工作，男人不拼命工作能成功吗？再说，成功男人的身后必定有一个贤惠女人在支持，梁静怎么就做不了这个贤惠女人？还有，既然她做不了贤惠女人，那么每年"优秀警嫂"的荣誉她为什么能心安理得地接受？尽管公安局在评比优秀警嫂的时候没有征求过她的意见，也没有让她写过先进事迹，可是也没见她把到手的荣誉退回去啊。再有，警察面临的危险又不是今天才知道，以前谈恋爱的时候不仅不反对，反而感觉很自豪。等到结婚了、有孩子了，每天晚上的枕边絮语不再是情意绵绵的悄悄话，而是经常说她很怕，怕新闻里说的警察死掉的事落到自己头上。说到这里，诸葛靖停顿了许久才说，说实话，梁静这样的话，开始的时候他很感动，可是说多了，就开始讨厌，其实，也不能说是讨厌，而是惧怕，惧怕她说的事真的落到自己头上。他让我劝劝梁静，让她以后别说这样的话。梁静在我这里当然满口答应，可是，一到诸葛靖面前，她立马忘得一干二净。终于有一天，诸葛靖趁着儿子在外婆家，梁静又老太太念经样絮叨数落的时候，抓住梁静的头发，打了她一顿。

尽管诸葛靖在出手的时候，时时提醒自己适可而止，但手上的拳头完全不听大脑的指挥，梁静还是被打得全身乌青。好在诸葛靖的拳头都打在梁静无法展示给人看的地方，穿着衣服，梁静依旧是一个没有一丝伤痕的女人。说实话，那天梁静连夜跑到我这里，脱光衣服，让我看她满身伤痕时，我气得大声喊道，离婚，和他离婚。梁静当时只是哭着没有说话。我看着把头埋在枕头里抽泣的梁静，激愤的心也渐渐开始冷静下来。我拿出手机，给诸葛靖打电话，我告诉他，作为外人，我不应该参与他们的家务事，可作为梁静的好朋友，我不得不说两句。诸葛靖一声不吭地让我骂了个痛快，然后小心翼翼地对我说，你帮我劝劝梁静，我错了。

让一个从没结过婚的女人去劝一个已婚女人，这和外行劝内行有什么区别？所以，我能做的就是什么都不说。梁静在我这里待了四五天，诸葛靖在他们派出所所长的陪同下，专门登门道歉来了。所长帮诸葛靖说了很多好话，做了很多承诺，梁静也终于跟着诸葛靖回了家。后来我才知道，这次冲突之后，诸葛靖虽然有了悔改表现，但这表现没能坚持多久，因为梁静把他当成了熟悉的陌生人。我问梁静，你和诸葛靖好了没？她淡淡一笑，说，好了。我笑道，没冷战？梁静"哼"了一声，说，不值得。我说，床头吵架床尾和，是怎么表达的。梁静转过头，没回话。我赶紧刹车。后来梁静才慢慢告诉我，那次梁静虽然被劝回了家，可很长一段时间，她都没和诸葛靖说话，后来，诸葛靖听从同事的意见，想用亲热的方式来解决矛盾。谁知，她做得比诸葛靖更绝，还没等诸葛靖把她的身子扳过来，就一下把自己脱了个精光，然后闭上眼睛，直挺挺地躺在床上，搞得诸葛靖毫无兴致。慢慢地，诸葛靖也适应了梁静的举动，梁静也熟稔了这样的动作。为了让梁静不再死人般地一动不动，诸葛靖迷上在梁静身上掐几下，让她因为疼痛而扭动身子的游戏。这样的婚姻，诸葛靖很灰心，只是他提不出"离婚"两字，但也不让梁静提出的离婚要求能成功。慢慢地，诸葛靖把家当成了旅馆，把梁静当成了工具。而梁静也用沉默接受了诸葛靖的改变。她不想再挽回，也不想再改变，在她的世界里，除了儿子，再无其他。

梁静和梁晓峰时常见面。当然，有时候我也有参与。我知道，梁静和梁晓峰的关系只是看着暧昧，其实，依然纯洁。我知道，梁晓峰对梁静，只是哥哥对妹妹的爱。因为梁晓峰已经向我求过两次婚了，只是我还没下定决心。当然，这事我从没和梁静说过。所以，当诸葛靖告诉我梁静和梁晓峰有私情，梁晓峰给梁静送生日蛋糕这事的时候，我立马想到这是梁静自己做的套，后来一问，果然如此。那天诸葛靖和往常一样主动加班后回到家，发现餐桌上放着一个蛋糕、一束玫瑰。他好奇地拿起玫瑰花，发现底下有一张折叠成心形的粉色纸条，打开一看，上面的词句有些暧昧。诸葛靖看了下落款，是梁晓峰。诸葛靖心里不禁一阵怒火，拿着纸条，往梁静面前一扔，说，还有这么好的男人记得你的生日，居然找上门来了。梁静没有说话，捡起纸条小心叠好，放入口袋。这让诸葛靖更加生气，他勒住梁静的脖子，在她大腿上狠狠地拧了一把。疼痛像火炭燃烧一样，把梁静烤得跳了起来。诸葛靖以为梁静会和以前一样不声不响，可是没想到她今天居然和诸葛靖磕上了。很少骂粗话的梁静突然对诸葛靖开骂了，还大声喊着，离婚，离婚。诸葛靖虽然也毫不含糊地抓住梁静的头发打了她，可后来，还是找了个地方偷偷地哭了一场，边哭，边反思自己的言行。于是，每次回家前，诸葛靖都想方设法让自己的心情开朗起来，想着等下打开家门后对在家的梁静热情地说上几句话，哪怕只有一句也好。可等诸葛靖打开门，面对着坐在沙发上看书或者看电视一声不吭的梁静，刚刚想好的情话立马被关在了门外。

这次，因为一枚三等功奖章的事，诸葛靖又把梁静的胸部拧出了乌青。梁静再次提出了离婚，而且说得相当决绝。她要我再次收留她。我说，那儿子怎么办？梁静说，儿子在外婆家，反正二老也喜欢外孙陪着，没事。我叹口气，说，也好，你和诸葛靖都好好冷静冷静，没有走到尽头，最好不要分手。梁静哭着摇摇头，不过了，坚决不过了，如果不离婚，我怕我会疯掉。

诸葛靖知道梁静除了我这里没地方去，所以，给我发了条"麻烦你了"的短信后，也就杳无音信。只是苦了梁晓峰，他好几次都说要把我和他之间的关系公开，可都被我拒绝了，我是怕，怕梁静知道了会受不了。

　　诸葛靖想改变自己，可是，他就是控制不了自己的情绪。他觉得自己有病。虽然这个念头的出现让他吓了一大跳，但最终还是下定决心去了第七医院。接待诸葛靖的是精神科一个四十来岁的女医生。优雅的气质让人一看就有种见到姐姐般的亲切。她给诸葛靖泡了杯茶，然后和诸葛靖面对面坐在办公室窗口，隔着一盆搁在茶几上向窗口攀沿的绿萝，细细听诸葛靖讲述他的过去和现在。诸葛靖整整用了一个下午的时间，把自己的经历和心情完完全全地宣泄了出去。女医生耐心地听完诸葛靖的宣泄后，抽了几张纸巾递给诸葛靖，然后很认真地和诸葛靖说，你有病，精神上有病。诸葛靖听了她的话，虽然心里早有准备，还是吃了一惊，我怎么会有精神病？她微笑着把茶杯递给诸葛靖，说，你不要把我说的精神病和你臆想中的神经病等同起来。其实，这精神病指的是精神上的疾病，报纸上不是说吗，十个人当中至少有七八个人精神上有病。而你就是这七八个里面的其中一个，不过，也别怕，只要吃点药，调整好心态，很快就能好。说完这话，她给诸葛靖开了一瓶比芝麻大不了多少的药丸，让诸葛靖每天早上吃上几颗。从医院出来，诸葛靖在车里坐了整整三个多小时，把他的人生经历在脑子里像搅拌机搅拌混凝土一样翻了一遍又一遍。越翻心越静，心越静，思路也就越是清晰。他明白，自己这样不着家地工作，其实不是为了荣誉，为了树形象，而是对公安工作的热爱。因为热爱，他把工作作为事业在奋斗。也正因为如此，当初受伤躺在医院病床上的时候，自己害怕的不是伤痛，而是怕离开工作岗位。想通了这点，他也就明白了今后该如何生活、如何工作，至少不能再像以前那样生活了。

那天傍晚，诸葛靖到我家的时候，我和梁静、梁晓峰在吃饭。梁静看看他，再看看梁晓峰，不禁站了起来。我也跟着站起身，对了诸葛靖说，你来了，坐吧。说完，把他让到沙发上，然后，对梁静说道，去，给诸葛靖泡杯茶。梁静白了我一眼，顺从地泡了杯红茶过来，放在诸葛靖面前。诸葛靖站起身，哈着腰说了声谢谢。我和梁静都在对方的脸上看到了一脸的惊诧。

等我们吃好晚饭，梁静刚要进厨房洗碗，梁晓峰连忙说，你坐，我去洗。我拉了下梁静的手，让她在诸葛靖对面坐下。诸葛靖看着侧身坐在对面的梁静，站起身，对着梁静恭恭敬敬地鞠了个躬，说，梁静，以前都是我的错，对不起，请你原谅。说完，从裤兜里摸出两张纸、一支水笔放在沙发的茶几上，这是我想了好几天写的离婚协议书，你看看，有没有什么要修改的，如果没有要修改的，你就在上面签上名字，我们找个时间去民政局把手续办了，但有一点我还是要说明，我是爱你的。

梁静拿起离婚协议书看了许久，脸色渐渐发白。诸葛靖则低着头，一副知错认错的模样。我伸出手，想从梁静手里拿过离婚协议书，梁静突然矮下身，一下坐在地板上，捏在手里的离婚协议书被她团成一团，捂在满是泪水的脸上。

窗外，一轮圆月，挂在东边的天际，水一样的月光，漫过窗台，把诸葛靖和梁静，慢慢淹没。

找不到的真相

一

三姐夫刚拆下几块碎砖，突然喊了声，有宝贝。我一下蹿到正在拆毁的墙头上，从姐夫手里抢过一个纸包。

纸包有点厚，包裹的稻草纸很粗糙。如果不是从墙洞里拆出来的，我绝对不会多看一眼。我小心翼翼地打开，里面只是一堆颜色黄黄的碎纸。好奇心让我拿起一张一张的碎纸片细细查看。在碎纸片里，我看到了父亲的名字。这让我产生了更强烈的好奇。我把碎纸一块一块地放在地上，慢慢地按照破碎的痕迹，想拼凑完整。可无论怎么努力，都无法拼完整。不过，功夫不负有心人，还是被我拼出了一些字："地区中级……刑事……三、被告郑明山……反革命罪……专区……法院……审判庭，一九五五年……月三日"。

期盼大半天，得到的是这样的一个结果，让我很失望，也让我很震惊。郑明山，不是我父亲吗？父亲怎么会有这样的判决书？在我眼里，除了回家次数少、喜欢抽烟外，再也没有缺点的父亲怎么会是反革命？虽然，在那个特定的年代里，反革命的帽子，和现在的雾霾一样，看着毫无根由，其实还是有据可循。因此，我敢肯定，在当时，父亲一定做过或者说过和反革命相关的事，如果真是这样，那么他在那个特定的时期，说了什么？做了什么？我忽然好想知道。

我慢慢地把这堆无法拼凑完整的碎纸收拾起来，重新用草纸包好。此时，我似乎看到父亲站在边上说，我是被诬陷的，我怎么会是反革命呢？你要给我去讨个说法。

我捧着这堆碎纸，找到了母亲。患了白内障的母亲，费了很大的劲，看了半天后，说，你搞这堆碎纸做什么？我说，这是爹的判决书。母亲明显吓了一下，抬起头，用混浊不堪的眼睛看着我说，你爹的判决书？什么判决书？我说，是判定爹是反革命的判决书。母亲努力眨了几下眼睛，想把那遮住眼珠的白翳驱逐干净，可她依然只能无可奈何地说，你在哪里找到的？我说，塞在墙头下面墙洞里，你不知道？母亲想了好长时间，说，我不知道，你爹从来没和我说过。

我说，爹是反革命你知道吗？母亲仿佛突然被人打了一下，佝偻的身躯震了震，摸索着从桌子上的纸巾盒里抽了两张纸，擦了下眼睛，又低着头坐了好长时间，才颤巍巍地站起来，拿个茶杯，边倒水边说，唉，过去的事情还提它做什么呢？我说，我想知道。母亲说，你爹都死了这么多年了，这事不提还好，提了就让人伤心。

我说，爹被判成反革命的时候，你们结婚了吗？当然结婚了，不过时间不长。刚刚还有点伤感的母亲，脸上忽然漾出了笑意，混浊不堪的眼睛，也"唰"地清亮起来。不过，这点笑意和清亮，很快被眼泪冲走了。母亲说，当时，你大姐还在肚子里，才四个多月，那天，天刚亮，你爹准备点火烧饭，门"嘭"的一声被人踢开了，一下冲进来四五个人，拿了根绳子，把你爹绑着就走，我和你奶奶追出去，追了大半里地，为首的那个人才说了一句，你们回家去等着，犯了什么法，到时候会告诉你们的。就这样，我们等啊等，一直过了一年多，你爹才被人押着回来，说他是反革命，因为表现好，同意由公社监督改造，就这样，他被送到专门改造四类分子的公社牧场，我和你大姐也被赶到了现在这个村子里。母亲擦了下眼睛，又说，我问过他，怎么好好的成了反革命，是不是瞒着我做了什么坏事？你爹说，没做坏事，只是被你三叔害了。我问三叔是怎么害的？你爹又死活不肯说。我还问过你奶奶，你奶奶也说不知道，只说你爹二十多岁的时候，被你三叔拉着做伴，到下三府去谋生，但过了几年，你爹就回来了，你三叔却在下三府成家了。你爹回来后，从来不说在下三府做什么事、靠什么生活。说完这些，母亲又长长地叹了口气，那时候各种帽子，像夏天的苍蝇，随时都有可能飞到你头上，想赶也赶不走，所以，从此以后，我也就不再问了。

二

三叔，是我大爷爷的大儿子，我只在大爷爷的葬礼上见过他。那次，父亲拉着我的手，走到一个黑黑瘦瘦，年龄和我父亲差不多的人面前，对我说，叫三叔。我依着父亲，怯生生地叫了。三叔摸摸我的头，说，好，好。我看得出，父亲还想和三叔说些什么，但三叔很快走开了。这时候，我才知道，我还有一个比父亲小三岁的堂叔，入赘在下三府。

三叔回来给大爷爷奔丧过后，再也没有回来过。从此，对我来说，三叔，只是我记忆中的一个符号，一个和我有着血缘关系，却不会时常想起的符号。这个符号，只有在过年的时候，我去五叔也就是三叔亲弟弟家拜年的时候，才会被五叔偶尔提起。

我和母亲说，我要去一趟下三府。母亲说，你去下三府干吗？我说，去找三叔。母亲说，我们从不来往，你去干吗呢。我说，我想问三叔，为什么我爹成了反革命。母亲一听这话，忽然气急起来，你不许去。我说，为什么？母亲说，没为什么，就是不许去。我说，娘，你想想，我去找三叔，是给爹找清白去。母亲依然坚定地说，这是我说的，你不能去，要去，你爹早去了，你爹在的时候说过，只要是他的子女，都不许去下三府，就当没有这门亲戚。

我一听这话，不禁吓了一跳，看来三叔对父亲的伤害不是一点点，而是刻骨铭心了，可是，既然这样，父亲怎么没和我说过这事。在我的记忆里，父亲对任何人都很随和，哪怕是那个把我母亲逼得差点剁了我手的三奶奶，每次见到，他依然是客客气气、恭恭敬敬叫她一声"三婶婶"。

　　一说起三奶奶，我就会想起那个夏天。那时，我刚满七岁。因为农忙，母亲把我送到奶奶那里。奶奶家有好多和我年龄相仿的本家小孩，我和他们玩得很好。那天，我们玩到了三奶奶家的自留地里。自留地里有一棵梨树，很大，我一个人根本就抱不过来，圆滚滚的梨，把树枝压得弯弯的。比我大一岁，按辈分应该叫我叔叔的青峰紧了紧裤腰带，对我们说了声，上。一下子，四五个伙伴猴子似的爬上树，摘下梨，就往地下抛。我乘机捡了一个，顾不得擦一下泥巴，就一口咬了下去。嘴巴里一股甘甜还没品尝出来，爬在树上的小伙伴们，忽然"刺啦"一下，全部溜下树，松鼠一般地逃走了。我刚想喊住他们，捏着梨的手，被人死死地抓住了。我被三奶奶抓住了，我以为以我的力气，要挣脱出这个瘦得像鬼一样的三奶奶，会易如反掌，可是，我失算了，三奶奶的手劲比我大多了，我细细的手臂，被她像钳子一样钳在手里，根本挣脱不了。她拖着我走到篱笆边，拔起一根篱笆上的细竹竿，朝我的手和脚一阵猛打，边打，嘴里边骂，叫你偷，叫你偷。我拼命挣扎，拼命辩解，我没偷，可是这个三奶奶根本不听。很快，一阵剧痛之后，我的手臂大腿上出现了一条条鼓了起来的清晰痕迹，我哭喊着，挣扎着，终于挣脱她的手逃回奶奶家。

　　我刚进家门，就看到了母亲，她来接我回家。我一见母亲，哭得更厉害了，还没等母亲问我为什么哭，三奶奶跟在我后面进屋了。她一进屋，就朝着母亲吼，你把儿子管管好，再不管，他要成贼了。一阵吼叫，把正抱着我的母亲吓了一跳，赶紧放下我，低声下气地问三奶奶怎么回事？三奶奶说，你儿子偷梨。我说，你骗人，我没有偷。母亲一把抓住我，问，你到底偷没偷。我哭着说，没偷。母亲一个巴掌打了过来，你给我说实话，你到底有没有偷。我哭得更厉害了，没偷就是没偷。三奶奶恶狠狠地说，没偷你手上的梨哪里来的？我说，我地上捡的。三奶奶说，我怎么在地上没看到有梨？

我还要说，站在边上的奶奶一把拉起我身上的衣服，气呼呼地说，为一个梨，你把他打得满身都是血痕了，我们不说你已经算好了。刚才还低声下气的母亲，突然看到我身上的伤痕，像一只被人抓住了的母鸡，绝望地大叫一声，冲进厨房，抄起菜刀，一把把我拖到门口，把我的手放在门槛上，恨恨地说，我让你偷，我砍了你的手，你总不会偷了吧。深知母亲脾气的奶奶，吓得一把护住我的手，一手抢母亲手里的菜刀。母亲眼巴巴地望着三奶奶，期盼着她能说一句，可三奶奶一脸不屑地说，做戏给谁看。母亲大叫一声，闭着眼睛举起了菜刀，泪水顺着她苍白的脸颊，快速流下。

我哭喊着，挣扎着，惊恐地看了眼母亲，然后转头死死地盯着三奶奶的脸，她的脸一会儿变得血红血红，一会儿又变得墨黑墨黑，一会儿又变成了雪白雪白，看着看着，我突然发现三奶奶的嘴角长出了两颗长长的獠牙，和我在连环画上看到的鬼一模一样，我惊恐地大叫一声，眼前一黑，就什么都不知道了。

等我醒来，已经躺在母亲的怀里，我伸出手，看了好几遍，才确定，手好好的，没被砍掉。从此，不管家里怎么忙，母亲再也没有把我送到奶奶家。后来才知道，我的手，是被父亲救下的。事后，我以为父亲会对冤枉我的三奶奶给点颜色，谁知，他根本就没有替我出气的心，而是说，你该打，谁让你去做不应该做的事。

现在想想，其实，父亲和母亲也不想这样，是现实逼得他们不得不这样，低三下四、处处忍让，要不是这样，我们就无法生存下去。小时候，只要生产队里的人家里有需要帮助的，我爹和我娘都会全力以赴地去帮忙。我一直以为村里很多人家，都是我家的亲戚。后来我才明白，我家和他们之间，什么都不是，只是一个外来户努力想靠近当地人的圈子，不想被他们排斥而可怜地巴结。所以，人家有事，我们必须去帮，而我们有事，他们却可以心安理得地旁观看热闹。

既然父亲对那些欺软怕硬的人都能忍让，为什么就不能宽容彼此之间还有手足之情的堂弟？我被这个问题折磨得坐立不安。

三

一家人久未走动，相互之间的牵挂就会少了很多。五叔的儿子也和我一样，把三叔压缩成了记忆，只有三叔家的地址，没有电话。好在现在通信技术发达，我给电信和移动做了点贡献后，三叔家的电话就被我查到了。我一直以为下三府是一个地名，查询了才知道，下三府，是我们这里对杭嘉湖一带的总称。三叔家在德清县。

接电话的是三叔的大儿子春刚，也就是我从未谋面，但按照排行应该叫他二哥的堂兄。我以为他会和我一样，接了电话之后会有激动和期盼，但让我想不到的是，他接了我的电话，言语中听不出有丝毫的激动和欣喜，似乎还有些冷漠，他说，好吧，有空过来。淡淡的语言，让我觉得自己成了剃头挑子。

我以为母亲对我找三叔探寻真相的反对，只是一时之言，当我坚持的时候，一定会很支持，谁知，她不但一如既往地反对，还拿出父亲的话来约束我。这让我很为难，不去，心里难安，去了，母亲反对。好在我单位工作出差的机会比较多，要想瞒天过海，还是很容易的。

坐车到德清武康车站，下了车，在车站门口站了半天，看了半天的公交车牌，却不知道该如何走。打电话到三叔家，电话铃响了很久，就是没人接。此时，我才后悔，没有事先打电话。当然，没有打电话，是我受不了春刚不冷不热的态度。

出租车把我送到村口就走了。站在村口，我茫然四顾，心空落落的无处落脚。我似乎看到了当年受三叔之邀，来到这里的父亲，那时候，他是不是也像我一样，孤身一人站在这陌生的村口，还是和三叔一块走进这个村子？我无法知道，但我相信，父亲站在这个村口的时候，肯定也有着憧憬和梦想，对一个长期生活在大山之中的年轻人来说，山外的世界始终充满诱惑。当然，他根本没想到，从脚站在这村口的土地上起，他的命运就发生了改变。从此，他只能卑微地生活。

想着，想着，我发觉自己走神了，也扯远了。傻傻的样子，让村口小店的主人觉察到了奇怪。这位身材胖胖的，脑后盘着发髻，看上去不到六十岁的女人，从低矮的柜台后面出来，问我，你去谁家？我仿佛被人窥透了心思，心里一阵慌乱，过了好久才定下神，说出了三叔的名字。

女人热情地给我指点了几下后，说，还是我领你过去吧。路上，她说，你从来没来过？我说是的。女人叹口气，说，这么多年了，很少见到他老家的人过来。我尴尬地笑笑，没有话说。她也不再说话。女人把我领到一个有一栋三层楼房的独家小院门口，小院的门虚掩着。她轻轻地推开门，朝着里面喊了声，明全叔，你家来客人了。里面传来一个苍老的声音，哦，进来吧。女人帮我推开院门，说了声，他在家。不待我道谢，就冲我挥挥手，走了。

三叔拄着拐杖从屋里出来，虽然只在大爷爷的葬礼上看到过一次，但我还是一眼就认出了他。瘦削的脸庞，微微弯曲的脊背，和父亲是同一个模子。三叔看了半天，我把父亲的名字说了好几遍，他才终于相信我的到来。他流着泪，喊着我的名字，拍着我的肩膀，说，我终于见到大侄子了，大侄子终于来我家了。

看着瘦削的三叔，我忍不住抱住了他。三叔的眼泪，也引出了我的眼泪。如果说我出门的时候有一层看似坚硬无比的怨恨外壳，那么现在已经被泪水浸泡成了碎片。

在我怀里的三叔，小孩子似的，呜呜哭着，眼泪、鼻涕，一下都倾倒在我的肩头。过了好长时间，他才安静下来。他打了个电话给春刚，说，赶紧回来，上八府大伯家的弟弟来了。下三府、上八府，这在我们那里才有的称呼，三叔一直没有忘记，简单的语言，却是不变的乡情。既然乡情难忘，那这么多年，为什么没有回家看看？这让我很奇怪，也很不解，如果春刚和嫂子不在这个时候出现，我肯定会把这个问题先抛出来。

春刚和嫂子看到我，并没有像电话中那样的冷淡，他们的热情，把我堆积在心中的最后一丝不安和不快冲刷得干干净净。春刚回家的时候，从街上买了好多菜回来。嫂子下厨，春刚和三叔陪着我喝茶聊天。嫂子给我泡了杯茶，三叔说，不泡这个茶，泡豆茶。我说不用了，随意一点，多好。三叔说，我给你泡的茶和你嫂子给你泡的茶不一样的。说着，从冰箱里拿出一个小茶叶罐，说，这是豆茶，是专门用来招待贵客的。我接过三叔递过来的茶杯，细细看了下，茶杯里面泡的是青豆、陈皮、茶叶，还有一些不知道名字的东西，喝一口，咸咸的，一点都不好喝。可是我还是说，太好喝了，谢谢三叔把我当贵客。

三叔说，你当然是贵客啊，从出来到现在，六十多年了，我一直在盼，一直在等，可是，从没盼到，没等到啊。我说，三叔，你在等什么？盼什么呢？三叔说，一言难尽啊。说完，抖抖索索地从口袋里摸出一包烟，抽出一根，递给我，我摇摇手，说，不抽。三叔说，不抽好啊，我是想戒，戒不了。我说，不用戒，这么大年纪了，还戒嘛呢。边说，边从桌上拿过打火机，给他点上。

我还想让三叔接着刚才的等啊、盼啊的话题说下去，可三叔却健忘了一般，只是说，你难得来一次，明天让春刚陪你好好玩玩，爬爬莫干山，走走下渚湖。我说，没事，我就想和三叔你聊聊天。三叔看了我一眼，你难得来一次，应该去玩玩的。我说，三叔，我主要是有件事想请你告诉我。三叔盯着我，奇怪地说，什么事？我说，前几天拆房子的时候，我找到了一张我爹藏着的判决书，这事他从来没和我说过，我想知道，他怎么会被判成反革命的？

我话刚说完，明显看到三叔身子抖了一下，接着慢慢起身，走到旁边的躺椅上，躺下。我拿了把椅子，跟着过去，在他身边坐下，静静地等三叔说话。但等了好久，他都没有开口，只是又从口袋里摸出一根烟，叼在嘴上。我从桌子上拿来打火机，打着，想帮他把烟点上，他摇摇手，从我手里拿过打火机，一下，两下，一直打了四五下，才终于把打火机打着，然后把烟点燃，深深地吸了一口，一个烟圈还没散尽，另一个烟圈又吐出来了。

四

刚刚还是阳光灿烂的天，突然阴了下来。抬眼望天，刚刚还是蓝蓝的天际，现在已经是阴沉沉的。一层又一层的乌云，跑马似的堆砌在对面的山岗上，越堆越厚，越堆越重，压得那黛色青山要坍塌了一般。

屋里越来越暗，我的心被这黑黑的乌云和暗暗的天空，压得闷闷的，透不过气。天终于承受不住了，雨"哗啦啦"的，漏了似的倾倒下来。

我转过头，静静地看着依然在抽烟的三叔，等着他说话。可是，一根烟抽完了，他没说，又一根烟抽完了，还是没说。我再也忍不住了，三叔，我没别的想法，就想知道我爹跟着你到了这里，做了什么，为什么成了反革命。三叔长长地叹了口气，你不是看到了判决书？判决书上肯定写得清清楚楚、明明白白的。我沉默了一会，说，我看到的判决书，是一堆碎纸，我只看到了后面的判决，没有看到前面的。

我的话音刚落，三叔的眼睛像闪电一样，在幽暗的屋子里刷地亮了一下，你爹的事，他没说？我说，他从来不说。三叔又问，难道和你娘也没说过？我叹口气，是啊，要是说了，我也不会问你。三叔长长地吐了口气，我也不知道啊。

听了这话，我忍不住气急起来，刚刚被亲情击溃的怨恨外壳，竟然重新坚固起来，说话的声音开始有些高了，我爹和娘说过，他被打成反革命和你有关。

三叔的身子又震了震，刚刚还有些光亮的眼睛，顿时暗了下去，和外面的天色混在了一起，他转过头，不再看我，抖抖索索地从桌子上又摸过一根烟，点燃后，深深地吸了一口，又慢慢地吐出。那混浊的烟雾，慢慢在他头顶盘旋，然后渐渐扩散，很快蹿到了我的鼻子里面，进入我的身体，我屏住呼吸，用手扇了几下。

三叔吐出满腔的烟雾后，闭上眼睛，任凭夹在手指间的香烟不屈地燃烧着，直到烧到海绵烟蒂，烫到了手指，他也只是受惊一样，把手指松了松，让燃尽的烟蒂，掉在地上。我坐在旁边，想说，不知道该如何说，想发火，也不知道该如何发火。

一场阵雨很快过去，天渐渐地转晴，刚刚还把天压得黑黑的乌云，犹如散市后的集市，很快消散，黑压压的天空，重新变得亮堂。

躺在躺椅上的三叔依然没有开口，也没有睁开眼睛，似乎睡着了一般。只有从眼角溢出的泪水，可以看出，他没有睡，只是不想开口，不想睁眼。

三叔或许也和父亲一样，也"戴过帽子"，卑微地生活过，也许，他根本就没有过这样的经历，在离家千里的下三府，快乐地生活着。不管怎么说，和父亲相比，他是幸运的，至少，他活到了现在，而父亲，没有等到平反昭雪的那一天，就去了另一个世界，他是戴着反革命的帽子去的，不知道另一个世界，有没有这样的帽了。

看着三叔蜷缩在躺椅上佝偻的身躯，再看看他眼角不停溢出，在满是沟沟坎坎的脸上曲折迂回，始终落不下的泪水，我仿佛看到了父亲，看到了他那谦恭卑微的笑脸。三叔在这背井离乡的地方，是不是也和我父亲一样，像一棵漂荡的浮萍，无处落脚，无处生根，苦苦地挣扎着，生活着。

我以为三叔静一静心会和我说，但他依然没有开口，只有脸上的泪水，在不停地流。看着泪流满面的三叔，我有些后悔，或许我过于直接、过于残忍，把三叔已经结痂痊愈了的伤疤，重新揭开，硬逼着他露出血淋淋的伤口。可是，他不了解我，不了解一个儿子对父亲形象完美的渴望，我现在想知道的，就是父亲为什么会成为反革命，为什么这个反革命罪和三叔有关。这些为什么，比三叔或许存在的伤疤下面血淋淋的伤口，还要残忍。

我心里斟酌了许久，从桌上的烟盒里抽出一根烟，递给三叔，给他点燃，说，三叔，时间都过去那么多年了，我爹也过世了，很多话都可以说了，我只是想知道这段历史，弄清楚我爹为什么会和这样的历史产生纠结，毕竟这个纠结，影响了我爹的一生，也影响了我们整个家庭。以前我是不了解，以为生活就是这样，但自从我看到这个判决书后，就慢慢明白过来，以前我们所受的苦难，不是我们做得不好，而是父亲有着一个特殊的身份，这个特殊的身份，让我们失去了很多，我爹不和我娘说为什么，我娘也不让我来找你，我今天过来找你，是瞒着我娘的。

我喋喋不休地说了很多，三叔只是静静地听着，没有说话，等到我说完了，他颤颤巍巍地站起身，拿起放在桌子上的茶杯，递给我，你娘真的没和你说你爹为什么会被判成反革命？我说，她没说，因为我爹没和我娘说。三叔盯着我看了一会，那混浊的眼珠里，盛满了不信，大侄子，真的没说？我说，真的啊。

三叔沉默了一会，忽然说，你会下棋吗？我说，不会。三叔说，我也不会，可是我从别人下棋中悟到一点，人生就是博弈，博弈的结果有三个：输、赢、平。输和赢是主要的，平局很少，但无论是哪一种结局，都是一个艰难的过程。你不懂下棋，你就无法知道其中的奥秘，就像你没有经历过人生，就无法知道人生的奥秘一样，我和你爹，就是两颗被人博弈的棋子，有时候我赢，有时候你爹赢，但不管输赢，主导的不是我们，受益的也不是我们。你爹的事，不是不肯说，是真的无法说，过去的，就让它过去吧，别老记着，有时候，不知道比知道好，糊涂比清楚好，你知道你爹是一个好人，这就行了，因为做人最重要的，是自己在子女心中的位置。

说完这话，我忽然看到三叔混浊的眼珠里又闪过了一丝光亮，仿佛黑夜中的流星，虽然一闪而过，但依旧拖着长长的尾巴。

不知道为什么，我从这光亮中竟然看到了三叔的狡诈，刚才看着瘦削的面庞上流露出的慈祥的笑容，也变成了奸笑、冷笑、皮笑肉不笑，看得我浑身发冷，忍不住抱住了双臂。

我说，我就想知道我爹他是因为什么原因判成反革命的，也想知道他是不是被冤枉的。三叔长长地叹了口气，说，真的不用知道。我还想再说什么，嫂子从厨房走了出来，说，吃饭了。三叔趁机站起身，蹒跚着往餐厅走，说，赶紧吃饭，大老远的过来，肚子早饿了吧。

本来，我还想和三叔谈谈，但在春刚的劝说下，一大杯白酒，把我早早地送进了梦乡。第二天吃好早饭，春刚说，我今天带你去莫干山玩吧。我说，不用，你告诉我怎么走，我自己去。春刚说，哪有这样的道理，你来我家，我不陪你，让你自己去。

上了莫干山，看着满山的青青翠竹、苍翠松柏，我的心也跟着舒畅起来，开始反思着和三叔的交谈，换位思考一下，我变得有些理解他了，他不说，肯定有不说的理由，我为什么一定要纠缠着不放？既然父亲都把这个秘密藏到了心里，那我做儿子的，为什么一定要把这个秘密挖出来呢？想通了这点，我也就放下了包袱。

没有了包袱，我显得很轻松，三叔也很轻松。第二天早上，他执意要陪我去游下渚湖，我怕他身体有闪失，坚持不要他陪。等我游完下渚湖，三叔第一次给自己倒了半杯酒，然后端着酒杯，说，大侄儿，在这里，我就是一个游子，我想回家，但已经不太可能了，做三叔的也不知道能不能等到你下次来看我。我也端起酒杯，说，三叔，我会经常来的。三叔哽咽着说，谢谢，谢谢。

五

从下三府回家，让我很失落，原本以为很简单的事，怎么会这样复杂呢？三叔为啥不肯说，难道父亲的反革命帽子真的是他一手造成的？如果真的是他一手造成，他不愿意说，也在情理之中，可是，要是和他没关系，是我父亲自己的缘故呢？那他为什么不说？本来以为去一趟德清，就能解答悬在我心头的疑问，谁知，不但没解决，反而更疑惑了。

我特意下了决心去，却没有找到真相，那几天，我天天梦见父亲，梦见他和我说那段历史，可惜，等我一睁开眼睛，一个字都不记得。

我还在纠结父亲梦里和我说的话的时候，春刚打电话过来，说三叔住院了，这几天身体好了点，想见我。我一听，来不及和母亲细说，就急匆匆地赶到了德清。等我赶到的时候，三叔已经进了医院的重症监护室。

春刚说，你第一次打电话，说要来的时候，我爸刚刚从医院回家，所以我也不想让你过来，主要是怕他激动，年纪大了，他始终想着落叶归根，可是，我们都在德清，他怎么回得去呢？这次，你走了没几天，他又病倒了，本来不想通知你，但我爸一定要我打电话给你，让你过来。我点点头，心里像压着一块大石头，沉沉的，说不出话。

三叔的两个女儿和小儿子也赶回来了，这三个堂兄堂姐，我从没见过，等春刚一一介绍给我，重症监护室的探视时间到了。

三叔躺在病床上，身上插满了各式各样的管子。春刚俯下身，在三叔的耳边叫了几声爸，三叔眼睛微微睁了一下，又闭上了。我走上前，喊了声，三叔，我来看你了。三叔闭着的眼睛动了几下，慢慢睁开，一看到我，他似乎有些激动，嘴巴一张一张的，我一时听不清他在说什么，就俯下身，问，三叔，你有什么话和我说？三叔耳语般地说，你……爹的……事……我……想了……很久，应该……告诉你，因为……我……我……对不起他……我还想听的时候，他突然停住，不再说话。站在我身边的春刚忽然尖叫起来，医生，医生！

三叔在医院监护室里又待了四五天，等我再次赶到德清的时候，他已经躺在堂屋的门板上，走了。

三婶家在当地是大姓，村里大多数人家都是本家，所以，尽管三婶不在了，来奔丧吊唁的人时常塞满院子。三叔，被风风光光地送到了殡仪馆，又风风光光地被送到了山上。

春刚在我走的时候，把我拉到了楼上，从一个柜子的抽屉里，拿出一个信封递给我，信封沉沉的，上面没有写字，但我能明显感觉到，信封里面的内容，应该和我父亲塞在墙洞里的判决书有关，尽管心里很想知道，但我还是努力克制着，没有打开，而是问春刚，二哥，这是什么？

春刚说，我爸说了，你上次来的时候，本来就应该把事情的原委都和你说个清清楚楚，但是，他没说，不是不想说，而是无法说。等你走后，他很后悔，觉得应该和你说，本来他下定了决心，要和你说清楚，可是，没想到走得这样快。不过，走之前他说在柜子里有一封信，如果他来不及和你说，就让我把这信交给你，这信他放在柜子里，我差点把大衣柜翻个底朝天，才终于找到，说实在的，要是他不说，我们根本就不知道。

我拿着信封，走到楼下，把它放在了三叔的遗像前面的桌上，三叔紧闭着瘪瘪的嘴，严肃地看着我，看得我心里有些慌乱，有些不大踏实。我拱手拜了几下，然后对着三叔说，三叔，我也想通了，正如你和我说的那样，忘记该忘记的，记住该记住的，这信封里面的东西，我收到了，也心领了，谢谢三叔。

说完这话，我拿起信封，拆开，然后抽出里面的纸，慢慢摊开，第一张纸上，没有一个字，我心里一愣，赶紧把下面那张抽了上来，依然是空白一片。

我拿着两张空白的信纸，抬眼看挂在墙上的三叔的照片，那瘪瘪的嘴角竟然往上翘着，露出一丝丝的笑意。我闭了下眼睛，再看，发觉他笑得更加的灿烂。

心有所想

天阴阴的，没有下雨，也没有刮风，就这样怪怪地阴着。

陆蕴坐在上岛咖啡二楼大厅一个拐角上，座位前面的那盆长势凶猛的发财树，把陆蕴严严地藏了起来，但是陆蕴却能看到大厅的全部，这样的感觉就像是儿时所做的"捉迷藏"游戏，自己能看到别人，而别人看不到自己，让人有种莫名的兴奋。

服务员送上的卡布基诺已经有点冷了，但陆蕴依然拿着银色的小匙在慢慢地搅动。面前放着一张刚刚出炉不久的晚报，陆蕴一边无聊地搅动咖啡，一边用那双足以迷到许多男人的凤眼扫描着报纸上的新闻。

谁也不会相信，刚过三十岁就已经是市内一家上市公司行政经理助理的陆蕴今天是来相亲的。但事实确实是这样的，今天的陆蕴就是到上岛咖啡和一个被人称作"孙总"的男人见面的。这孙总是陆蕴的老妈托她的老姐妹给寻来的，据说除了相貌稍微差了一点外，其他的条件都是属于"钻石"级别的。还没见过孙总的老妈被老姐妹那不知有否掺水的介绍搞得很着急，唯恐女儿过了这个村没了那个店，自作主张给女儿定好见面时间和地点，把陆蕴逼到了上岛咖啡。其实陆蕴也早就希望有个家了，只要有家就能有孩子。想要有个孩子，有个真正属于自己的孩子是陆蕴这几年早就渴望的事情，只是一直没有找到合适的人选来完成这个光荣而艰巨的任务。

天依然是阴阴的，而且越来越暗，大厅里的灯开始亮了起来。老妈所说的孙总依然没有出现，陆蕴心中不禁有一丝愤怒产生，想放下报纸起身就走，一阵手机震动的感觉通过放在身边的手袋传到了陆蕴的腿部，陆蕴拿出手机，电话是一个不是很熟悉的号码，按下之后，才知道原来是那个孙总已经到了，只是不知道陆蕴的位置，通过手机定位来了。

孙总很快到了陆蕴面前，他刚伸出手想和陆蕴来个握手礼，但没想到，手伸到半路就停住了，让已经站起身，低着头伸出手的陆蕴愣了一下。

陆蕴，原来是你啊，你看看，这城市说大就大，说小就小，没想到我们又在这里见面了。缘分啊，真的是缘分。孙总开心地笑道。

陆蕴抬起头一看，心里马上发出一阵惊呼，天啊，这世界真的小，让两个以为再也不会碰上的人竟然碰在了一起，而且还是相亲来了。陆蕴心里惊了一下，但不愧是上市公司的行政人员，见多识广，很快定下心来，主动地握了一下孙总的手，笑着说道，请坐，孙总，真没想到，几年不见你成大老板了，到现在人家早就忘记你的大名，只知道孙总了。

呵呵，见笑，见笑，老同学了，你难道不知道我的底细，我也是这样混混日子罢了。你这几年过得好吧？孙总笑着说。

我还是这样，混日子吧。陆蕴不想说很多，转而问道，你呢？过得怎么样？

我和同学们分开后就回老家接过了老爹的班，这几年忙得团团转，好不容易生活正常了，老婆却给我戴了顶最最环保的帽子，只能和她分道扬镳。孙总苦笑着说，我也没想到，托人找对象找的竟然是你。老同学，你说这不是缘分是什么？

这世界确实小，陆蕴轻轻地拿起杯子，抿了一下杯子中的咖啡，细声说道。趁陆蕴喝咖啡的空闲，孙总挥手召来了服务员，细声地点了一个水果拼盘和一壶西湖龙井。

看着孙总细声招呼服务员的样子，陆蕴想起了十多年前的夏天。那时还在大学的校园，毕业考试结束毕业论文答辩完成后，大家都在学校里等着从校长手里接过奋斗了四年的毕业证书。不用上课，没有考试，让这帮即将分手各奔东西的天之骄子的心在青春荷尔蒙的作用下骚动起来，校园里开始变得疯狂，情侣之间的搂抱、亲热也不像以前那样偷偷摸摸了，一切都变得光明正大、理所当然。陆蕴的男友比她低上一届，因此他不敢像陆蕴一样无所顾忌地疯狂。受了同学影响的陆蕴渴望男友能和同学一样疯狂，但内向的男友却显得有些畏缩。不甘寂寞的陆蕴就开始接受男同学的邀请，参加各种活动。拿到毕业证书的那天晚上，陆蕴以为男友会和她一起祝贺，但等她兴奋地跑到男友寝室的时候，才知道男友早就和别人去帮老师做实验了。生着闷气的陆蕴很快接受了因为形象差了点而一直没有找到女朋友的同学孙总的邀请一起去了一家歌舞厅。舞厅的灯暗暗的，孙总拉着陆蕴的手，挑了一个角落坐下。舞曲低低地回旋着，不时有一对对抱得严严实实的男女从他们面前晃过。恍惚中，陆蕴竟然把孙总当成了那个胆小的男友，任凭孙总抱着她在舞池中游荡，嘴堵在自己的嘴上，手在自己身上游走。长长的舞曲终了，陆蕴才从迷糊中苏醒过来，不禁面红耳赤，挣脱开孙总的双手后，跑出舞厅。孙总不知发生了什么，赶紧出门，谁料等待他的竟然是陆蕴狠狠的一巴掌。在这个夏天的晚上，陆蕴尽管没有做出格的事，但她始终无法原谅自己，特别是在那个内向的男友向她提出分手后，她更是不能忘记自己在那个夏天的放荡，在心中，她把孙总当成了引诱她走向邪恶的仇人。只是没有想到，地球转了几圈之后，两个原本以为不会再见面的人又碰在了一起，而且是碰在了相亲这个敏感区域。

天终于挣脱了阴沉的束缚，彻底暗了下来。城市的夜空开始被各色的霓虹灯照亮，原本有着坚实棱角的城市开始显出了虚幻的轮廓，让人想入非非。陆蕴接受孙总的建议，在上岛咖啡用了西餐，用完餐后，孙总提议道，我们去哪里休息一下？孙总的话让陆蕴不禁想起了那个晚上，她脸一红，继而笑着说道，我想回家了，还得向老妈汇报相亲结果呢。那你向老妈汇报的结果将是如何？孙总笑着说。我们是同学，我如实汇报。陆蕴笑着向孙总挥挥手。孙总从陆蕴的笑意中读出了一丝信息，笑着说，那我送你？不用，我自己还要去商场逛逛。既然是同学，陆蕴也就少了很多的拘束，挥挥手后，顾自走了。孙总看着陆蕴走远后，才打开停在面前的车门。

夜间的街道比白天要丰富多彩，店面上的广告、店门口的灯箱、街上的人流，都让夜间的街道显得更加的灿烂。陆蕴完全没了相亲前的紧张和激动，心情好了，看什么都顺眼。她一面走，一面毫无目标的四处张望，路边的商铺让她想起了自己差点做妈妈的经历。那年她从大学毕业分配进去的一家物资公司跳槽到现在这家公司的时候，当然，那时这家公司还没有现在的规模，还没有上市，刚进公司不久，她就被一个成功男士深深地爱上，她也深深地爱上了他。接下去的事情就都是顺理成章，她租住的那个一室一厅的小窝成了他和她疯狂缠绵的温柔乡。接下去的事情也是很顺当的，她怀孕了。体内那先天带来的母性让陆蕴欣喜得差点疯了，当她喜滋滋地准备婴儿服装并把这消息作为意外惊喜的生日礼物在他生日的那天晚上告诉他的时候，没有得到期盼中的喜悦，反而把他吓得脸色灰白。这个说爱她爱得死去活来的人多次用下跪的方式逼迫她到医院把已经养了三个多月的孩子打掉。腹中的孩子没了，后顾之忧也就没有了，更没有了地位名誉的威胁，他终于在一个漆黑的夜晚轻松地抽身而走。每每想起这事，每每看到那蹒跚学步的孩子，陆蕴心里总有一股说不出的痛苦。她把孩子失去生命的那天作为还没有成形更没有见过面的孩子的生日，她时时会想，要是我的孩子还在，他该有两岁了，三岁了，四岁了……她渴望有一个孩子，有时候这种渴望甚至有些疯狂，陆蕴明白，不是自己不想要小孩，实在是找不到一个合适的人做未来孩子的父亲。孙总的出现，把陆蕴深藏在体内的痛苦又激发出来了，她那被刻意压住想要有一个孩子的愿望不失时机地溜了出来，深深地刺痛了陆蕴的心。

自从那次上岛咖啡见面相亲之后，孙总时常打电话给陆蕴。因为有了老妈老姐妹的介绍，陆蕴懒得再称呼孙总的大名了，时常称他孙总，孙总倒也慷慨接受。陆蕴好像突然忘记了十多年前的那记巴掌，在两人独处的时候时常让孙总占些表面上的便宜，至于实质上的便宜，陆蕴不是不想，而是心有阴影，毕竟前几年爱得死去活来的经历让她有了惧怕，也是这原因，使她把自己拉入了需要相亲的行列。她越来越相信越是容易得到越是不珍惜这话了，所以她宁愿忍受欲望的煎熬，也不再轻易付出。在一次约会中，孙总在陆蕴的一再要求下，不得不说了前妻的许多事情。当然，陆蕴也在孙总的"强迫"下交代了她的恋爱史，当然这其中绝对没有扼杀腹中孩子的记录。夜越来越深，原本躲在云层里的月亮开始显得皎洁和美丽梦幻起来。同学的情意、岁月的印记、对孩子的怀念，让陆蕴彻底缴械，终于，久违的感觉重新回到了陆蕴身上。有了一次，必定有第二次，有了第二次就无法收拾，最后，还是孙总屈就，搬进了陆蕴的家，两人提前成了"家"。既然有了家，陆蕴就成了家庭主妇，每天下班回家，烧好饭菜等孙总回家，整一个贤妻良母。时间一天一天过去，原本习惯了一个人孤独地抱着枕头睡觉的陆蕴已经习惯并且留恋两个人的生活了。

家的感觉，让陆蕴想有个孩子的欲望越来越强烈起来。同学加恋人的孙总让她有种放心的感觉，她相信自己和孙总一定能经营一个有利于孩子健康成长的家。可是每当陆蕴说起孩子，孙总始终设法避开这个话题。每次做那传宗接代的大事的时候，孙总总是说服陆蕴，采取措施阻隔种子和土壤结合。他宁愿浪费种子，也不愿意让种子发挥应有的作用，生根、发芽、结果。陆蕴很想有孩子，可是孩子是两个人的事情，她一个人无法做到，急了，她就学着单位那些已经结婚生子了的同事的样，逼迫孙总。孙总不管陆蕴如何逼迫，总是说不急不急，现在我们不是在一起了吗？孩子嘛，慢慢来，等我生意稳定了有一大笔钱了，再考虑孩子。陆蕴想想也是，自己和孙总虽然都有房有钱，可是要是真的组合成一个让孩子健康成长的家庭，确实也是要好好筹划，毕竟要让自己的小孩过上幸福快乐的生活才行。

六一节那天，好几个同事带着儿女来单位，让三十好几的陆蕴受了大大的刺激，沉睡的母性开始慢慢苏醒了的陆蕴一个更加强烈的欲望冒了出来，要是我现在孕育一个孩子，我一定好好对他，不管能不能见阳光，我一定好好善待，陆蕴的心里念头冒出，这个念头一出，她就想到了孙总。

孙总还没有回家，被"我要一个孩子"的念头霸占了心灵的陆蕴泡了一个被玫瑰花瓣包围着的热水澡，穿上了前几天刚买但还没有穿过的透明蕾丝内衣，慵懒地躺在床上，煎熬般地盼着孙总早点回家，盼着孙总在她还算肥沃的土地上播种、施肥。裹脚布似的电视剧已经结束，孙总还是没有回家。陆蕴刚刚燃起的激情一时无法平息，她想了好久终于拿起电话拨通了孙总的电话。话还没有说出口，泪水早就顺着脸颊留下。哽咽的声音、低低的抽泣，把孙总急得连声说，我回来了，我回来了，已经在家门口了。

从家门口到家里的距离不足一米，可是孙总用了足足二十分钟，这二十分钟对急切等待的陆蕴来说无疑是漫长的。接下去的一切都是像以前一样的按部就班，到了关键时刻，陆蕴轻轻地在孙总的耳边说，我想要个孩子，好想要，我们结婚吧，好吗？正横刀立马等待冲锋的孙总听了陆蕴的话，停下了动作。他撑起上身，对着陆蕴说，我早就和你说了啊，现在要个孩子还早，我们还没有能力为我们未来的孩子提供一流的生活条件，再等等吧，好吗？

不，我就想早点有个孩子，我可不想做高龄产妇，专家说过，高龄产妇生小孩的危险系数比年轻产妇的危险系数要增加好多，你总不希望我有危险吧。陆蕴娇羞中有着固执。我当然不想你有危险，可是我真的想再奋斗几年再要孩子，要不我们先结婚然后再要孩子，好吗？孙总细声说道。不好，我就是要先有个孩子然后再结婚。正在兴头上的陆蕴竟然把孩子放在了婚姻的前面，她不知道哪根神经搭在了孩子这根弦上，忘记了刚才还想着的让孩子有个名正言顺的家，有名正言顺的爸爸、妈妈。

孙总看着陆蕴，忘记了动作。陆蕴睁着眼睛，看着注视着她的孙总，在孙总的眼睛里，她竟然看到了一个非常漂亮的女孩，正用睁大的眼睛在注视她，她不禁一阵眩晕，闭上眼睛，伸出双臂，轻轻地搂住了孙总的脖子，仿佛就是搂住了孙总眼中的那个女孩。陆蕴慢慢地把孙总的头按到了自己的胸前，把孙总的嘴巴小孩般地按在挺拔的乳房上。

天已经很亮很亮了，太阳早就挣脱了云彩的拥抱挂在东边的天上，孙总不知道什么时候已经离开。手机的闹铃响过了三遍，按照往日，此时的陆蕴早就在上班的路上了，可是今天的陆蕴却还是赖在被窝里，回味着昨晚的成就，她轻轻地抚摸着平坦光滑的小腹，对着还不知道在什么地方奔跑冲撞的"孩子"说，孩子，妈妈一定会很爱很爱你的。整整一天，陆蕴都沉浸在无限的遐想中，天也因她的遐想而变得分外的蓝，太阳也变得分外的温暖。

自从陆蕴提出不管如何都要一个孩子和孙总真正意义上的无阻隔的赤裸相见后，孙总变得相当的被动。这样的感觉让孙总很是尴尬，他只能逃避，起先时，用工作忙加班的方式逃避，后来用出差的方式逃避，到最后竟然失踪似的不见了，打他电话也是关机的时候多，开机的时候少。尽管和孙总交往了几个月，可是陆蕴始终没有去过孙总的公司，不是孙总不让她去，而是她不愿意去、不想去。她的潜意识中对孙总始终没有爱情，和他在一起，起先是同学情谊不好意思断然拒绝，然后是生理和心理需求，现在又转化成了给她个孩子。有时想到孙总，想到孩子，她总会莫名其妙地想真不知道自己的想法是可爱、可悲抑或可怜？

孙总逐渐把和陆蕴组成的临时家当成了旅馆，让陆蕴感觉有点寂寞。男怕无聊，女怕寂寞，陆蕴的脑中各种各样的念头又闪现出来，她的脑袋里突然冒出了孙总和前妻缠绵的镜头，冒出了和其他女人缠绵的图像，她有些疯了，她要好好地调查孙总的行踪，看看孙总是不是像那个没她活不下去，但最后依然绝情而走的男人一样，她要答案、要结果，但在内心中又怕有答案、怕有结果。所以，半个月后，当她在一个私家侦探手中接过一只沉沉的文件袋的时候，她抱在怀里一直抱了整整五个小时，从晚上的七点一直抱到了深夜的零点，才打开了那装满照片的文件袋。文件袋中有很多的照片，都是孙总的，更多的是孙总和同事在一起的照片，这么多的照片中，竟然没有一张孙总单独和别的女人在一起的照片，有的几张也是和自己在一起的照片。

孙总没有其他女人，那为什么对自己提出结婚要孩子的要求是如此的抵触？陆蕴想不通，她能做的就是想方设法让孙总回家，千方百计和孙总做爱，让孙总那种子天天播在自己那肥沃的土壤。她时刻期盼孙总的种子能在自己的土壤中生根发芽。时间一天一天地过去，希望在陆蕴心头也一天一天地升起，到每个月总有那么几天即将到来的时候，她竟然莫名地恐惧起来，她害怕，害怕那每个月都要光临的"朋友"准时到来，那几天，她生活得战战兢兢。一个月很快过去了，那准时到来的"朋友"没有到来，和上次那次无缘的怀孕一样，她感觉自己应该能做母亲了。做母亲的喜悦让她开始留意街上的童装商店，开始留意同事中那些孩子的打扮，开始留意同事谈论的育儿养女经了。每天晚上，她都要摸着那依然平坦、光滑的腹部和肚子里不知男女的孩子说话、聊天。自从陆蕴感觉自己怀孕后，她一切都变得很小心，一切都变得很敏感。她不再穿紧身的衣服，不再去一些人多的地方，每天都是坐在办公室里，忙完了事情也不再和同事们一起去疯狂，她变了，变得文静，变得柔弱，变得成了同事眼中的另外一个人。她的变化，让同事们吃惊不已，想问，但又不好意思问。

她是在一个不经意间知道事情真相的，这个真相差点让她昏了过去。那天她刚刚把处理好的文件交给顶头上司——行政经理，转身即将出门的时候，那位同为女性的上司叫住了她，说，小陆，你的裤子上是怎么回事？陆蕴顺手摸了一下屁股，发觉湿湿的，把手伸到眼前一看，天，竟然一片血红。她只感觉一阵眩晕，顾不得和经理说话，一阵风似的跑出公司，她要去医院，她不能让肚里的孩子有什么闪失。一系列的检查下来，医生的诊断让她彻底绝望。妇产科医生那声音让她好几天都无法忘记，你只是月经延迟了几天，根本没有怀孕。

她躲在被窝里，哭完一阵又笑一阵，笑完一阵又哭一阵，不知过了多久，她终于想起要给孙总打个电话。从没听过陆蕴哭一阵笑一阵的孙总不知道发生了什么事情，赶紧赶回家，等陆蕴趴在他的怀里哭了半天终于止住了眼泪后才明白，原来她没有怀上孩子，误把例假推迟当成了怀孕。孙总听了陆蕴的哭诉，没有劝说，只是抱着陆蕴流泪。孙总一流泪，安慰的对象就掉了个，变成陆蕴安慰孙总了。你真的很想要个孩子？孙总问。是的，我真的很想要一个孩子，也不知道为什么，我有了这个念头后渴望得特别厉害，孙总，我们要个孩子吧，你不要躲避我了，好吗？陆蕴完全丢失了以前的矜持，变得可怜，现在她只要孙总答应和她生个孩子，她将什么也不在乎。陆蕴，孙总犹豫了许久终于说道，假如我没有生育能力你会怎么办？不可能的，孙总，你不可能没有生育能力，如果你没有生育能力，你那儿子是谁的？陆蕴从孙总的臂弯里跳了起来，搂着孙总的脖子说道。

我说的是真的，陆蕴，你听我说，我不是和你说过老婆给我戴了顶最最环保的帽子吗？因为她生的儿子不是我的种，是别人的，我是先天性的无精症，本来我也不知道，是在婚检的时候查出来的，只是我没有告诉她。和她结婚后，我去过好多医院治疗，但都没有成功，当然，我治疗她是不知道的，我都是趁出差的时候去治疗的。她以为我是男人，肯定能生育，于是，她在和她的领导偷情时，根本没有避孕，等她喜滋滋地告诉我怀孕的消息的时候，我对她已经绝望，因为女方怀孕期间时无法离婚的，所以我没有声张，一直等孩子两岁了，我才提出离婚。孙总抱着陆蕴说，我很爱你，真的很爱你，我知道你并不爱我，我也知道你很渴望有一个属于自己的孩子，很遗憾，我不能给你，这也是我迟迟没有答应和你结婚的原因，当然我也不希望抚养别人和你生的孩子。所以，我只能离开你，陆蕴，你去找一个你爱的人吧，和他生养一个属于自己的孩子。

　　春天很快过去，夏天也接近了尾声，陆蕴恢复到一个人的日子已经很久了。自从孙总提出离开后，他真的很快就搬出了陆蕴的住处，他说要给陆蕴一个自由选择的空间，不能再住在一起影响陆蕴的生活。孙总离开后，虽然偶尔会打个电话、发个短信问候一下，但是这都和性无关。每当寂寞的时候，陆蕴时常会想起孙总，想起和他在一起的日子，她想告诉孙总，她可以不要孩子，只要和他在一起，可是这只是一瞬间的思想，她很快会被另一个念头说服，"女人没有自己的孩子不是一个完美的女人"的理念始终占据着她的心头。

　　夏天已近尾声，秋天的脚步已经慢慢逼近，但是树上的知了始终不知疲倦地鸣叫着，叫得陆蕴心里烦烦的。街上热闹得很，商店各类打折海报已经引不起陆蕴的兴趣，她只想着早点回家。她不愿意看到街上那拖儿带女的一家三口，只要看到这一家三口，她就觉得他们在向自己挑战，她无法承受他们的挑战。她越来越发觉自己已经对要求有个孩子有点疯狂了，她也曾想过随便找个男人，不谈爱情，只要让她生个孩子就成；可是到最后即将实施的关键时刻，那沉睡在心底的传统理念又将她刚刚鼓起的勇气击个粉碎，她不想超脱传统，去做一个反叛女人，她不想。

广场上巨大的电子显示屏上在做一则广告，上面的广告词拉住了行色匆匆的陆蕴的脚步。"试管婴儿是不孕不育者的福音"，其他的广告词没有记住，这十三个字却烙铁似的烙在陆蕴的脑袋里。这十三个字，让陆蕴有了急匆匆赶回家的冲动，一开家门，陆蕴顾不得换鞋就打开了电脑，在搜索一栏上输入了"人工授精、试管婴儿"，一按回车，那数十万条的信息扑面而来。陆蕴慢慢地一条一条细细查看，和刚才的着急判若两人。网上的信息，让她看到了希望、看到了阳光。但是她查了好多的资料，都没有找到她要的资料，月亮已经偏西了，房间里只剩下空调的"嗞嗞"声，陆蕴经过一番折腾后，进入了梦乡。在梦中，她见到了医生，她见到了自己的肚子在慢慢地变大、变大……耳边有了婴儿的笑声和哭声……

月亮慢慢西斜，整个城市沉入了寂静，只有陆蕴的梦依然热闹着。

我要吃肉

随着太阳慢慢露头，游荡在天边的云朵也像变色龙似的由乳白，转成粉红，再转成桃红，最后变成火红，整个天空都成了火炉。屋门口菜地里刚刚精神起来的南瓜叶、丝瓜花、冬瓜藤蔓，又变得无精打采。远处水田里的秧苗，除中间的一片嫩叶还努力坚挺，其他的细叶都瘫软在水面。

被热醒了的曹安，连粘在眼角的眼屎都没擦，拖着一根弯钩小扁担，去看鸡窝了。鸡窝里除了十来根凌乱的鸡毛，几摊隔夜鸡屎，一只躲在角落的鸡蛋，再也没有其他的了。曹安用小扁担的钩子把鸡蛋钩到面前，看一眼，就把鸡蛋打了个稀巴烂。这个塞了苦楝树籽的鸡蛋，是曹安昨天晚上放进去的。原本以为会被那只好斗的公鸡啄破吃掉，谁知，却被母鸡抱到角落了。

曹野告诉他，只要鸡死掉就能吃到鸡腿，曹安就想着怎么让鸡死掉。曹野和曹安同龄，但曹野得叫曹安叔叔。昨天，曹野舔着一只油亮亮的鸡腿从门口走过，坐在门槛上玩泥巴的曹安小心翼翼地对曹野说，给我吃一点。曹野不说话。曹安说，就一点点。曹野飞快地把鸡腿往身后一藏。曹安伸手去夺，曹野立即"哇"的一声哭了出来。曹安赶紧住手。这是他从疼痛中得来的经验。一次，曹野在吃炒黄豆，曹安说，给我吃点。曹野不肯。曹安又说，那就吃两颗。曹野想了许久，依然不肯。曹安恼了，抓住曹野，从他手里使劲挖了三四颗黄豆塞进嘴里。晚上，曹野在他奶奶谢阿大的带领下，上曹安家来讨说法了。尽管谢阿大得叫曹安的奶奶为婶婶，可为了不让儿子媳妇年底回来说自己没有照顾好孙子，也就顾不上辈分的差别，一口一个老不死，把曹安的奶奶气得差点晕厥过去。无处出气的奶奶，转了一个圈子，找到一把竹丝，狠狠抽打曹安的屁股，直打得曹安哭得上气不接下气，这事才算罢休。现在，曹安能做的就是哄曹野改变主意，能给自己吃一点鸡肉，哪怕只有一点点，也好。

　　曹野只顾着自己小心地咬下几条肉丝，然后细细地嚼着。根本不理曹安。满嘴巴的口水，让曹安无法控制。他拎了拎有些下滑的短裤，小声说，给我咬一口，就一口，很小的一口。曹野想了一会，说，不。曹安说，要不就吮一下。曹野看看曹安，再看看手中的鸡腿，还是不说话。曹安再次拎了拎滑下去卡在屁股上的短裤，说，要不我以后天天给你当马骑。曹安说的这话，让曹野的心活动了。他想了想，伸出手指，在鸡腿上认认真真地画了一个和指甲盖差不多大小的圈圈，说，就咬这里，不能多。曹安用力点头。曹野又加了一句，真的不能超过，不然我会哭的。曹野这样一说，曹安只觉得屁股一阵刺疼，只能收了狠狠咬一口的心，乖乖地依着曹野手指画的地方小心而又仔细地咬了下去。细长的鸡丝完全没能按照曹野的要求断掉，而是随着曹安嘴巴的离开，也跟着起来，把曹安心疼得叫了起来，你骗我，咬多了。曹安赶紧让刚刚进到嘴巴的鸡肉躲到舌头底下，然后大着舌头分辩说，我没多咬，是鸡肉自己起来的。曹野把鸡腿放到眼前转了几个圈，你就是多咬了。曹安把刚刚从舌头底下翻起来的鸡肉重新藏了回去，小心翼翼地说，真的，不信你咬一口试试。曹野想了许久，才细细咬了一口，果然，也带起来好几条鸡丝，这才止住了即将掉下的眼泪。曹安才放心地把压在舌头底下的鸡肉翻到舌头上面，慢慢地嚼着。心里不由自主感叹道，真好吃。

看着曹安嚼着鸡肉有滋有味的样子，曹野怕曹安再提要求，就赶紧大口大口地啃咬鸡腿。啃着，啃着，他忽然想到了曹安对他的好，于是，把鸡腿递到曹安面前，说，叔，你再咬一口。曹安刚想下口，又突然停住，说，我真的咬了。曹野说，真的。曹安又问，真的？曹野有些不耐烦了，赶紧咬，不能多。曹安连忙下嘴，咬了一口。当然，这口比刚才那口大了一点。曹野又啃了几下，棒槌一样的鸡腿，很快只剩下一根细柴棒样的骨头。曹野啃了一下骨头顶上的几根筋腱，筋腱像是在骨头上生了根，一动不动。曹野想了想，把骨头递给了曹安。曹安啃咬了许久，才把这几根筋腱啃进嘴巴。筋腱啃掉后，曹安看了看曹野，又使劲咬了几下骨头，鸡腿骨纹丝不动。

曹安突然想起一件事，你家怎么杀鸡了？曹野跳起身，在被他扔在地上的鸡腿骨上蹾了几下，说，我奶奶才舍不得杀鸡。曹安说，那你怎么能吃鸡肉？曹野说，鸡死了。曹安踢了一下依然完整的鸡腿骨，羡慕地说，我家的鸡怎么就不死呢。曹野抬头看了眼曹安说，只要你想要让它死，它肯定会死。曹安听了，心里一动，问曹野，吃老鼠药会不会死？曹野说，我家的大公鸡就是吃了老鼠药死的。曹安说，你家还有老鼠药吗？曹野看了曹安一眼，想了想，说，都被我奶奶扔掉了。曹安一阵失落。曹野偷偷地附在曹安的耳朵边上说，人吃了会死的东西鸡吃了肯定也会死。

曹野的话，让曹安一下高兴起来。于是，曹安在回家的时候，偷偷转到屋旁的茶园地，摘了好多奶奶说吃了会死人的红蛇莓，小心地撒给几只正在四处找食的母鸡，然后认真地蹲在边上，等着鸡吃了红蛇莓后死掉。可是，曹安等了大半天，那几只母鸡只顾低头啄地上的石头泥土，对红蛇莓根本连瞧都不瞧。气得曹安从地上抓起一把泥土，死命地朝那几只可恶的鸡撒去。鸡四处飞散的惊叫声，惊动了在里屋准备做饭的奶奶。她走到门口，看了眼怒气冲冲的曹安和已经安静下来、依旧四处晃荡的鸡群，从门后拿了根小扁担，到鸡窝里钩出两个鸡蛋和几块碎鸡蛋壳。奶奶捧着鸡蛋壳，扔给晃荡在院子里的那几只鸡，骂道，该死的畜生，又吃蛋了，小心我打死你们。

奶奶的话，曹安听了很高兴。他就站在边上，指着那几只在扒拉这泥土找食的母鸡，对奶奶喊道，打死它。可是，奶奶只是骂了几句，又转身进了厨房。曹安再次生气地捡起一块石头，朝领头的那只大公鸡狠狠砸去，大公鸡被惊得"咕咕"乱叫一阵后，很快又恢复了踱着方步巡视的样子。曹安还想找石头再砸，奶奶在厨房里叫他了。奶奶说，乖孙子，别惊了鸡，不然明天下的蛋都是软壳蛋了。曹安说，我要吃鸡肉。奶奶伸手在他头上拍了下，鸡要下蛋的，怎么能杀掉呢。曹安执拗地说，就要吃，不然我就不给你烧火。奶奶笑了，孙子乖，鸡不能杀，要不等你生日了，奶奶给你煮两个鸡蛋。曹安想了想，那我要吃鸡蛋。奶奶还想说，可是曹安已经踮着脚，从碗柜的角落里摸出一个奶奶刚刚放进去的鸡蛋，嘴里喊着，就要吃。

奶奶赶紧接过鸡蛋，说，小心，别摔破了。边说，边从身后的竹碗柜里拿出一只蓝边瓷碗，说，乖孙子，看我给你变一个戏法。说完，在鸡蛋的大头处磕了一个小洞，拿一只筷子伸进去，慢慢搅和了一阵后，把蛋清、蛋黄晃荡着弄进碗里，然后举着蛋壳对曹安说，给你鸡蛋要不要？曹安接过蛋壳看了一会，突然心里生出一个念头，飞奔着出门了。

曹安顺着村子走了一圈，不知道鸡除了老鼠药外，还有什么吃了会死。路边菜园子里有几株高低不一的楝树，细碎的叶子中间，一串串青翠碧绿的果子在微风中晃荡。曹安看到果子，忽然想到奶奶经常告诫他，不要随便玩楝树籽，会毒死人的。他灵光一现，费了好大的劲，爬上树，摘了一把楝树籽下来。摘了楝树籽，会不会被毒死。曹安有些害怕，怕鸡肉还没吃到，自己却被毒死了。不过，这个念头很快被马上就有鸡肉吃的幸福冲走了。他用衣角兜着楝树籽，找了个稻草堆，紧挨着坐下。用石头把楝树籽砸碎后，一点一点塞进蛋壳。很快，没有了蛋清蛋黄的蛋壳又重了起来。曹安捧着蛋壳，左看右看，总觉得有些不对劲。看了许久才明白，原来蛋壳顶上还空着。不过问题也不大，那只每天要啄破鸡蛋的大公鸡怎么会在意这个呢。挨到天黑，曹安趁奶奶不注意的时候，偷偷地把鸡蛋塞进鸡窝。

大公鸡没死，这让曹安难受得想哭。不过，他很快被门外尖厉的咒骂声、小孩的哭喊声吸引住了。隔壁阿宕家门口，谢阿大一手拿着一把细竹丝，一手拉着穿一条破短裤的曹野在叫骂。竹丝是大人教训小孩的最佳武器，疼但不伤身。曹野挣扎着想从谢阿大手里逃脱，但瘦弱的曹野那里逃脱得了，只能像一只系着线，被人扯在手中玩乐的知了，哭叫着围着谢阿大打转。

谢阿大的骂声尖厉、清晰。在谢阿大的叫骂声和曹野的哭喊声中，曹安明白过来，昨天晚上曹野家又死了一只鸡。当然这鸡也不是自己死的，是阿宕教唆曹野拎住鸡头扭死的。不巧的是，曹野扭鸡头的时候，被谢阿大看到了。还没等谢阿大动手，曹野很快供出了阿宕，也供出了上次曹安曾经分享过一点点鸡腿肉的小公鸡，也是在阿宕的指导下搞死的。曹安不由得骂了句该打，要是昨天把这个办法说了，说不定现在就在吃鸡肉了。不过，他也只敢想想。

谢阿大在阿宕的家门口尖厉叫骂。阿宕却拉把竹椅，坐在院子里那棵碗口粗细、开满火红色小花的石榴树下，边抽烟，边冷冷地看门口打骂孙子的谢阿大。最后，阿宕似乎再也忍受不了谢阿大的咒骂，大声吼道，有完没完。说完，转身就走。阿宕的吼叫，把谢阿大吓了一跳，像个忘记了台词的演员，呆站了一会后，才反应过来，在那些围观的留守老人劝说声中，灰溜溜地拉着曹野回家。

阿宕是村主任的爹。曹安经常听村里的那些爷爷奶奶说过，阿宕年轻时候就是村里的一霸，横做横行，没人敢惹。后来，随着年岁的增加、体力的衰弱，阿宕才渐渐有所收敛。就在村里人以为阿宕总算像个人了的时候，他却又重新成了村里的霸王，因为他的儿子做村主任了。阿宕有了称霸的资本。

曹安自从看了曹野被谢阿大狠打的惨状后，恐惧之中又有些庆幸。庆幸自己还没把鸡弄死，不然，他的下场肯定和曹野一样。不过，他始终在回味鸡肉的味道，那个香啊，让他一想起来，就流口水。

不敢再想办法弄死鸡的曹安，只能把希望寄托在奶奶身上。于是就整天缠着奶奶一刻不停地说，我要吃鸡肉，我要吃鸡肉。可是说得口干舌燥，奶奶除了笑着摸摸他的头，说一声，等过年了，你爸爸妈妈回来了，我就把最大的那只大公鸡杀了，到时候你要吃多少就给你吃多少。曹安开始的时候还高兴了一下，但细想一下，他又觉得失望，过年的日子扳着手指都数不过来。

伤心中的曹安想到了生病。只要生病，有什么要求，奶奶都会满足他。可惜，以前只要洗个冷水澡就会发烧的他，现在不管睡觉时不盖被子，还是下雨的时候把自己淋在雨里，身体依然棒棒的。眼看着自己不会生病，曹安就拿着菜刀，抱着一只刚刚下好蛋的母鸡，让奶奶杀鸡。奶奶说，鸡蛋是换钱给你买薯片、饼干、方便面吃的，鸡杀了，你就没得吃了。曹安说，没得吃就没得吃，我就要吃鸡肉。奶奶哄了一会，发觉曹安根本不听劝，就从门后摘下那把竹叶摘得精光的竹丝。一看奶奶摘下竹丝，火烧一样的疼痛让他想着就慌。他扔掉母鸡，攥住裤腰，老鼠似的往外逃，边逃边哭喊道，我不吃了，不吃了。

不过，没过两天，曹安居然吃到了肉，而且是比曹野给他吃的鸡肉要好吃很多的猪肉。那油腻、滑润，咬一口能直接润到心窝的感觉，让他好长时间做梦都在吃。

那天曹安想去找曹野玩，刚刚走到隔壁阿宕家门口，坐在门口的阿宕向曹安招招手，说，过来。曹安站住身子问道，干吗？阿宕说，你过来再说。曹安转头看看自家的门，不说话。阿宕笑着说，怎么？怕你奶奶？一个老太婆有什么好怕的。曹安听阿宕骂奶奶是老太婆，刚想开口骂过去，却被阿宕手上的一包巴掌大小的薯片堵住了。阿宕晃了晃，问，想不想吃？曹安咽了口口水，不说话。阿宕摊开手，过来，我就给你。曹安再次回头看了下自家大门，门大开着，奶奶没有出来。他飞快地跑过去，抓住阿宕手上的薯片，刚想跑，却被阿宕一把拖进屋。阿宕和曹安家虽然是邻居，可不知道为什么，奶奶和阿宕从不交往。有时候，阿宕家门口石榴树上的石榴掉下来滚到曹安家门口，奶奶也会一脚踢开，不让曹安捡来吃。听去阿宕家看过电视的人说，阿宕家客厅的电视机是液晶的，和电影院的荧幕一样大。曹安好几次想趁着阿宕放电视的时候，溜过去看看，但都被奶奶凶狠的眼神拉住了。

被阿宕拖进屋的曹安，一眼看到了那台挂在墙上和电影荧幕一样大的电视机，他不由自主地张开了嘴。阿宕笑着打开电视机，电视里出现了一只猫和一只老鼠。曹安很快被电视机里的不停追逐、打斗的猫和老鼠吸引住了。他忍不住问，怎么我家的电视机里没有猫和老鼠？阿宕关上门，说，你家的电视机怎么能和我家的比。说完，从电视机下面的柜子里拿出一沓光盘，你家有这个吗？曹安摇摇头，说，没有。阿宕说，那就对了，以后想看猫抓老鼠，你就过来。曹安想拒绝，可头不由自主地点了起来。

阿宕拉开一把竹椅，在电视机前的茶几前坐下。茶几上盖着一只脸盆大小的竹匾。阿宕掀开竹匾，下面是一只青瓷大海碗，大海碗被一张透明的塑料保鲜膜盖着。阿宕小心撕开保鲜膜，曹安突然闻到了一股从未闻到过的香气。凑过去一看，是一碗红得发亮的土豆烧肉。曹安盯着碗里的土豆和肉片看了会，把头转向了阿宕。他想说想吃肉。可又不敢说。阿宕似乎看穿了曹安的心思，笑了笑，伸出右手，用大拇指和食指夹了一块土豆递给曹安，想吃吗？曹安点点头。阿宕说，接住。曹安赶紧摊开双手。阿宕把土豆放到曹安手掌上，曹安把土豆塞进嘴巴。一股从未尝过的香甜味道，在曹安的嘴巴里冲来撞去。阿宕说，好吃吗？曹安舍不得张开嘴，就嗯了一声。阿宕说，还想吃吗？曹安连连点头。阿宕说，那你过来。曹安连忙走到阿宕前面。阿宕左手揽住曹安的脖子，右手扯住曹安的裤腰，只轻轻一拉，曹安本来就不紧实的裤衩"唰"的一下褪倒了膝盖上。曹安惊了下，本能地伸出手拉住裤子。阿宕的右手已经扯住了曹安的"小G"，别动，你只要让我玩会，等下给你吃肉。曹安扯着裤头，想挣脱阿宕的手，可抵不住桌上那碗土豆烧肉的诱惑，就乖乖地站着一动不动。曹安小茶壶嘴似的"小G"在阿宕的揉搓下，居然硬了、长了。阿宕伸手打了下曹安刚刚起来的"小G"，笑道，没想到这么小年纪"小G"也会硬。被打痛了"小G"的曹安，忍不住啊地叫了声。阿宕一紧脸，说，哭了就不给你吃肉。曹安只能忍住。阿宕又玩了好大一会儿，才放开曹安。曹安趁着阿宕放开自己的当口，伸出手，飞快地从土豆中间挑出一块一寸来长的肥肉，塞进嘴巴。

后来，曹安好几次被阿宕叫过去，却再也没能吃到肉。一次，曹安扒下裤子对阿宕说，阿宕公公，你什么时候再给我吃肉？阿宕闭着眼睛，扯着曹安的"小G"，没有说话。曹安又说，我要吃肉。阿宕睁开眼睛，你真的想吃肉？曹安嗯了一声。阿宕说，要吃肉很简单，只要和你奶奶说，你赶紧死，你肯定就有肉吃了。曹安说，真的？阿宕嬉笑着说，当然。

带着疑问的曹安还没进家门，就奶奶、奶奶喊开了。奶奶正在厨房给猪烧饲料，见曹安喊叫，大声应道，我的乖孙子，有什么事？曹安盯着奶奶看了半天，说，我要吃肉。奶奶说，和你说过了，等过年了，你爸妈挣钱回来了，我们就去买肉吃。曹安说，不，我现在就要吃肉。奶奶说，你现在要吃肉，奶奶没钱去买肉啊。曹安说，你赶紧死，我就有肉吃了。奶奶一愣，说，兔崽子，你这么盼着奶奶死啊。曹安说，你死了我就有肉吃，是不是真的？奶奶盯着曹安看了一会，伸出手在曹安头上轻轻地拍了一下，忽然笑了，好好，那我马上死，让我孙子有肉吃。曹安开心地笑了。

等了好几天，奶奶还没给曹安吃肉。曹安忍不住说，奶奶，你还没死？奶奶拍了下曹安的屁股，我当然没死啊。曹安忽然有种委屈，那你什么时候死啊？奶奶一愣，问道，奶奶死了，你有什么好处？曹安认真地说，我有肉吃了。奶奶的脸一寒，谁教你这样说的？曹安说，阿宕说的。奶奶哼了声，说，和你说过了，别和这个畜生说话。曹安说，为什么？奶奶说，等你长大了，你就懂了。曹安一扭身，对着奶奶大声吼道，我不管，我就要吃肉，你赶紧死。奶奶的脸明显变青了，举起手，向着曹安打了过去，小畜生，叫你乱说。

　　要不是曹安吵着要吃肉，奶奶几乎忘记四十年前的事了。当时，自己家和阿宕家只隔一堵薄薄的板壁。因此，两家亲近得和一家人一样。后来，阿宕偷偷在房间的板壁上挖了一个洞，偷看奶奶洗澡，结果被奶奶发现了。从此，两家就陷入了互不理睬的无声战争。当然，如果没有后面发生的事，两家也不会把这种摆不上台面的冲突公开出来。那天，奶奶端了澡盆准备在房间洗澡，隔壁突然传来阿宕老婆凄厉的喊声。这个畜生，又在打老婆。奶奶狠狠地朝地上吐了口唾沫，就开始脱衣服淋水洗澡。刚涂上肥皂，紧闭着的房门却被人死命地敲响了。奶奶慌得连身上的肥皂都不擦，赶紧穿上衣服，颤着嗓子问，谁？门外传来阿宕急切的声音，是我。奶奶生气地说，你来干什么？赶紧出去。阿宕又狠狠地敲了几下门，说，快，开门，我老婆肚子疼，可能要生了。奶奶说，你老婆要生孩子跟我有什么关系。阿宕说，我要你去帮忙。奶奶说，我又不是接生婆。阿宕说，我送医院来不及了。奶奶说，来不及也得送。阿宕边喊，我求你了，边伸腿一脚踢开了房门，把衣衫不整的奶奶吓得瘫倒在地。此刻，隔壁突然传来阿宕老婆一声凄厉的尖叫，阿宕再也顾不上奶奶，跌跌撞撞地跑回家。阿宕的老婆满头大汗喘着粗气躺在床上，一个看不清男女的婴儿，蜷缩着身子躺在阿宕老婆赤裸的下身中间。紧跟其后的奶奶赶紧上前，抱起孩子。可惜，无论奶奶如何努力，孩子始终没能哭喊出来。这是阿宕的第一个孩子，而且还是儿子。气急败坏中，阿宕居然连扇奶奶两巴掌。从此，阿宕偷看奶奶洗澡，奶奶报复不肯给阿宕老婆接生的事，成了村里人很长一段时间的谈资。这本早就结痂的疮疤，现在又被重新挖得鲜血淋漓。奶奶想上门去吵，可吵了又有什么用，还不是在村里人面前再丢一次脸。老都老了，这个脸也丢不起了。奶奶想让曹安早点吃上肉，只有吃上肉了，他才不会被阿宕利用。可思来想去，她实在没有办法让曹安吃上肉。

曹安自从哭喊着要吃肉被奶奶打了后，居然中了邪似的，再也不怕奶奶打了，反而经常问奶奶，你什么时候死？你怎么还不死？开始的时候，奶奶还气得打曹安几下，到后来，她也变得麻木，任由曹安乱说。其实，曹安没有中邪，而是阿宕这段时间经常坐在门口的石榴树下吃肉。阿宕对曹安说，只要你去问一下奶奶什么时候死，我就给你吃一块肉。因此，每当曹安被奶奶打得哭喊出来的时候，阿宕都会坐在石榴树下，看着偶尔随风飘落的石榴花瓣，笑眯眯地用细长的手指，拎起一块比小指甲大不了多少的肉，送到曹安的嘴巴里。不过，这样的时间并不长。因为，奶奶不再打曹安，阿宕也听不到曹安的哭喊声了。

因为想吃肉，时常徘徊在阿宕家门口的曹安，终于被阿宕叫进了家门。阿宕抓着曹安的"小G"玩了一会，懒洋洋地对曹安挥挥手，你可以走了。曹安盯着阿宕覆盖在桌子上的竹匾，期期艾艾了半天，才说，我想吃肉。阿宕一听这话，又来精神了，他把手放在曹安头上，努力让自己变得和蔼可亲，和你说过了，你只要回去和奶奶说让她赶紧去死，你马上就有肉吃了。可是，我说了，没用。曹安犹犹豫豫地说。阿宕用手指点点曹安的额头，你只要天天说，我就给你肉吃。阿宕的话，让曹安刚刚暗下去的眼睛再次亮了起来，他似乎再次咬到了油腻、润滑、香气扑鼻的红烧肉，口水也就顺着嘴角挂了下来。

曹安挺着隐隐生痛的"小G"，往家走。走到门口，奶奶正好颠着小脚在驱赶五六只四处乱窜的母鸡。曹安看着奶奶，突然感到心里很委屈，于是就朝着奶奶大声吼道，奶奶，你怎么还不死。说完，"哇"的一声大哭起来。曹安的哭喊声把奶奶好不容易拢回来的鸡又惊得四处奔散了。奶奶气得一把扯过曹安，伸出巴掌，对着曹安的屁股就打，边打边骂，让你哭，让你哭。奶奶的巴掌，让曹安想起了阿宕的话，于是边挣扎着翻转身对着奶奶的胸口擂鼓样的击打，边大声哭喊，我要吃肉，你赶紧死。奶奶开始时还是虚打着曹安，可是越打越生气，下手也重了许多。奶奶的巴掌让曹安娇嫩的皮肤如同染上了色彩，红、青、紫、黑各种颜色都有，奶奶后悔得心头发颤，躲到房间里哭了半天。

本来以为这次下手狠了，曹安不会再说要让自己死，不会再哭着喊着要吃肉，谁知，没过两天，曹安顶着屁股上的乌青，边吃奶奶特意给他煮的水煮蛋，边问奶奶，你什么时候死？我要吃肉。气得奶奶长叹一声。

日子一天天过去，曹安依然失望地发现，奶奶还没死。想去阿宕家，可不知道怎么回事，阿宕玩小孩子"小G"的事被村里人知道了，只是没有人像谢阿大一样，拿着砧板、菜刀在阿宕家门口边用菜刀乱砍砧板，边骂人。奶奶虽然也想骂阿宕，但最终还是没去。她能做的，就是不许曹安往阿宕家门口走。阿宕似乎对谢阿大的骂并不在乎，他依旧坐在门口的石榴树下，看着偶尔凋零的花瓣，喝茶、抽烟、喝酒、吃肉。

就在曹安即将放弃奶奶死了就有肉吃的念头时，奶奶突然生病了。村里的赤脚医生麻子张水对奶奶说，你的病我看不了，还是赶紧去镇医院，不然要挺不过去的。曹安听了，好奇地问麻子张水，挺不过去是什么？麻子张水看了眼曹安，说，就是死了。曹安激动地问道，那我是不是有肉吃了？麻子张水拍了下曹安的头顶，说，你这个没良心的小东西。奶奶努力睁开眼睛，盯着曹安看了一会，又慢慢闭上，泪水，顺着眼角流向了乱乱的发髻。

奶奶病得有点重，麻子张水征得奶奶的同意后，叫了村里的光棍兴华，用钢丝车拉着奶奶去了几次镇上的医院。医院给奶奶配了药水。麻子张水每天上午、下午来曹安家里给奶奶打针。曹安等麻子张水给奶奶打好针后，都会轻轻地伏在奶奶身边问，奶奶，你要死了吗？奶奶开始的时候还不理曹安，后来见曹安问得实在太多了，就轻轻地叹了口气，看来真的要死了。曹安开心地笑了，问，是不是我马上就有肉吃了？奶奶点点头。曹安说，我好想今天就吃。奶奶听了，眼睛里又溢出了泪水。曹安轻轻地帮奶奶擦去眼泪，奶奶，你干吗哭？等你死了，有肉吃了，我一定把最大、最好的那块留给你吃。奶奶努力笑了下，傻孩子，我死了，还怎么吃肉。曹安说，怎么会吃不到，我肯定给你吃。

奶奶开始拒绝打针吃药，这让麻子张水很担心，毕竟，曹安爹娘出门的时候，和麻子张水打过招呼的。所以，他细声细语地劝奶奶。可惜，奶奶还是不听。麻子张水没法，再说，曹安爹娘放在他那里的两百块钱早已用完，也就依着奶奶，听天由命。

日子一天天过去，奶奶依然每天硬撑着给曹安烧饭。曹安时常跟在奶奶的后面问，奶奶，你不是说我很快就有肉吃了，怎么到今天我还没肉吃呢？奶奶叹口气说，那是我还没死。曹安很伤心，那怎么没死。奶奶叹口气说，阎王爷不收我。奶奶边说，边伸出手想抚摸一下曹安的头。曹安把头一扭，双手推开奶奶往门外跑去，边跑边哭喊道，你赶紧让阎王爷收了你，我要吃肉……

天渐渐暗了下来，清朗的天际，渐渐被薄纱般的夜雾和渐次升起的炊烟笼罩。在田间干活的农民因为赶农时，还没放工，原本四处撒野的那五六只小母鸡，已经勾着头踱着步，慢慢地往家里走了。奶奶一步一步挪到门口，胸口似乎被人死死地摁住，需要弯下腰、俯下身才能缓过气来。奶奶的俯身，惊到了一只刚刚走到门口的小母鸡，它立马两爪一曲，翅膀半张，蹲在了奶奶的小脚边。这是阿宕家的小母鸡，奶奶挥挥手，让小母鸡走开。可小母鸡显得很卑微，不但不走，反而把身子矮得更低了。奶奶扶着门框静静地站了一会，小母鸡也纹丝不动地在她的身边蹲着。奶奶盯着小母鸡看了好长时间，终于长长地叹了口气，伸出手擦了下刚刚从眼角溢出的泪水后，抓住小母鸡的翅膀。小母鸡"咕咕咕"亲昵地叫了几声，更加温顺地垂下脚，任由奶奶抓着，一动不动。

天越来越暗，刚刚哭着跑出屋的曹安，不知去了哪里。奶奶抓着小母鸡，一步一步往隔壁挪。挪到阿宕家门口，奶奶把小母鸡随手一放，继续往村口挪去，她要去看看曹安有没有在村口。此刻，刚刚被她放下的小母鸡，却像个忠诚的仆人一样，紧紧跟在她身后。

村口有一条十多米宽的小溪，溪边有一棵大樟树。樟树粗大的根部一半长在路上，一半直直地往溪中间长去，把好好的石坎挤出了一个大大的缺口。大樟树旁边是一座一百多年前建的石桥。桥不长，走上二三十步就能走完。桥下是一个大大的水潭，很深。奶奶一步一步挪到桥头，没看到曹安的身影，就顺势在桥头的一块大石头上坐下。此刻，阿宕背着手，抽着烟向村口走来，看到奶奶坐在桥头，停了一下，又慢慢地踱了过来。踱步的阿宕惊动了站在奶奶脚边的小母鸡，它尖叫一声，扑扇着翅膀往桥上跑去。阿宕已经认出了自家的小母鸡，连忙追上去抓。谁知，阿宕不出手还好，一出手，小母鸡更变得慌不择路。慌乱中，小母鸡居然往桥下的水潭飞了下去。小母鸡的突然起飞，阿宕一时反应不过来，只是本能地伸出手，想一把抓住小母鸡，结果，跟着小母鸡一起掉入了水潭。等奶奶把几个刚从田头做农活回来的村里人喊住，捞起阿宕时，阿宕已经死了。

曹安并不知道阿宕死了，只是觉得阿宕的儿媳妇，也就是村主任老婆做作的哭声，让他有一种莫名的恐惧。他慌乱地走到奶奶房间，问奶奶说，隔壁阿宕家怎么了？奶奶说，阿宕死了。曹安说，他死了，有肉吃了？奶奶嗯了一声后，不再说话。

曹安看了看躺着一动不动的奶奶，悄悄溜出门。阿宕家里乱哄哄的，电视机前的茶几，已经被一块搁在两张长凳子上半新不旧的门板取代了。阿宕躺在门板上，有三四个人在手忙脚乱地在给阿宕换衣服。曹野扯着他奶奶谢阿大的衣角，站在堂屋门口，谢阿大似乎已经忘记自己咒骂阿宕的事，在犹豫要不要去帮忙。曹安看见曹野，招招手，让曹野过来。曹野看看谢阿大，悄无声息地走到曹安身边，曹安说，阿宕死了？曹野点点头，说，嗯，死了。曹安盯着忙乱的人群和躺在门板上的阿宕看了会，说，他们是不是有肉吃了？曹野说不知道。曹安咽了下口水，说，我想吃肉。

谢阿大见曹安和曹野躲在边上嘀咕，问道，你们在嘀咕什么？曹野说，他在问我阿宕死了是不是有肉吃了？谢阿大笑了，当然有得吃。曹安心里一阵激动，他飞快地跑出去，因为他要告诉所有的人，我快要有肉吃了。此刻，黑暗的夜空，除了天上寒森森的月亮和一群冷漠的星星，无人能和曹安一起分享即将能吃肉的幸福和期待。

阿宕的死，让他久未回家的儿子、村里的村长终于回来了。因为阿宕是村主任的爹，所以，阿宕的丧事比村里所有死掉的人都要隆重。各种各样的花圈，几乎把曹安家的门都堵了。村里所有人，都得到了到阿宕家吃豆腐饭的邀请。因为是隔壁邻居，阿宕的儿子豪爽地对颤颤巍巍的奶奶说，你们奶奶孙子两个这几天不用烧饭，都在我家吃。

奶奶没有听阿宕儿子的话，每天依然自己生火做饭。而曹安则满怀期待地等着去阿宕家吃肉。可苦苦地等了一天，只有土豆、豆腐、白菜，曹安依然没有吃到肉。他轻声问奶奶，曹野奶奶说阿宕死了，就有肉吃了，怎么到现在还没肉吃，他们是不是在骗我。说着，说着，他忍不住用手推着奶奶哭了起来。奶奶笑了，说，别哭，马上就能吃了。

阿宕一直到第三天早上，才在他儿子儿媳和村里一帮老头老太太的护送下，去了村后的山上，准备住进他修了十多年的坟地。没有送阿宕去山上的曹安，起床后就去了阿宕家。此刻，阿宕家空空荡荡，看不到人。曹安走了一圈后，很快就找到了厨房。厨房间淡黄色的地砖上，凌乱地堆放着白菜、土豆、豆腐、南瓜、丝瓜。三四条比他手臂还长的鲤鱼，躺在一只大木盆里。边上的桌案上，放着两只盖着锅盖的搪瓷脸盆。曹安偷偷掀开一只锅盖，里面是满满一盆闪着亮光、肥瘦得当的红烧肉。阿宕死了，真的有肉吃了。曹安激动得腿都发抖了。他飞快地往嘴巴里塞了一块红烧肉。本来想慢慢吃，可红烧肉像长了脚似的，哧溜一下就进了他的肚子。他的肚子很快变得滚圆。他还想再吃，可实在吃不下了。

曹安舒舒服服地打了个饱嗝，伸了个懒腰后，猫一样溜回家，奶奶还没起床。他小心翼翼地从油腻的口袋里摸出几块红烧肉，挑出一块最肥的，送到奶奶嘴前，奶奶，快，吃肉了。

奶奶说，哪来的？曹安说，阿宕家拿来的。奶奶叹了口气，说，你吃吧。曹安又打了个长长的饱嗝，说，我吃饱了。奶奶笑着拍拍曹安的脑袋，说，好吃吧。曹安说，奶奶，你死了，我是不是也能这样吃肉。

代理所长

　　所里的弟兄除了办证大厅里值班的内勤雨菡，都出门了。

　　我的办公室在二楼的楼梯口，办公室对面是一面警务公开墙，我的照片也挤在了这警务公开墙上，而且排名就在所长徐敏的后面。按照我的意思，我的照片排在最后都没有关系的，但徐敏说，你尽管只挂职锻炼一年，到了基层，你也是一级领导，这规矩乱不得。

　　我开始收拾桌子上的物品，一个星期了，能回家舒舒服服地睡一个懒觉了。在派出所，我已经不再属于公安局规定的住所民警，但是因为我的家在邻县，我不可能每天往返一百多公里上下班，只能在周五的傍晚回家，周一的早上赶回派出所。本来想让徐敏给我派辆车，但他到现在也不回来，打电话也不接，我只能准备坐公交车回去了。

　　雨菡拿着一沓报表进了我的办公室，见我在收拾物品，就问，教导员，你准备回家了？我看了她一眼，说，一个星期又过去了，我想家了。雨菡把报表搁在我桌上说，教导员，所长刚才来电话说，让你等一会儿，他等下会派车送你回去，现在他和所里的其他民警一起在搞一个案件，估计马上好了。我笑了笑，我是归心似箭啊，真恨不得像孙悟空一样一个跟头翻到家。

正说着，我的电话响了，是徐敏。我接起电话说，徐大所长，你是不是已经给我准备好车子了？徐敏笑着说，李教导员，"打铁先须自身硬"，你自己都脱离不了卿卿我我的腐败生活，怎么教育引导我们的民警？我也笑着说，徐大所长，你是饱汉不知饿汉饥呢，天天抱着弟妹不放，我是人比黄花，要是再不扎紧篱笆，家长的位置就有动摇的可能啊。徐敏听了我的话，不由得大笑起来，哎哟，我们尊敬的李教导员原来也食人间烟火的。徐敏一笑，我的脸不由自主地红了起来，看得雨菡偷偷地抿着嘴笑了。

徐敏年龄比我小八岁，是我外婆家邻居的儿子。小时候我去外婆家，穿着开裆裤的徐敏会缠着我陪他玩，还很亲热地叫我大姐。后来我上大学，找工作，结婚，加上外婆过世，外婆家基本不去，徐敏也就很少见到了。没想到那年我从市日报社考入市公安局，他也从县农业局考到了县公安局，我和他成了全市新民警培训班的同学。十年以后，我依然是动笔杆子的普通民警，而他则从普通民警一步一步走上了县里最大派出所所长的岗位。半年前，市局要求机关没有基层工作经历的民警全部下基层锻炼，于是我这个捏惯了笔杆子的老民警被徐敏要到了他的派出所，成了他们所里的副教导员。徐敏"利用"手中权力，把我的排名排在了两个副所长的前面，成了名义上的第二把手。

刚到派出所那天晚上，徐敏单独请我吃饭，说是为我接风。几杯酒下去，我看着意气风发的徐敏说，一方诸侯的味道不错吧？徐敏拿着酒杯用一种似醉非醉的眼神瞄着我说，大姐，你要听真话还是假话？我说，我当然要听真话啊。徐敏说，那我就和你交个底吧，我这个所长做得外面风光内心窝囊，真的，有时候想想自己都觉得可悲，当初我很想做一番事业，可是一段时间下来，才发觉很多事情我只能想，不能做。比如说搞一次行动，抓了几个人，不是局领导来关照，就是镇领导来说情，我们听他们的话就有饭吃，不听他们的话只能饿死，你说我窝囊不？我说，那也不能这样说，做领导的也要坚持原则，坚持实事求是，你不能枉法不顾。徐敏说，我也想坚持原则，可是很多时候没法坚持原则，说到底，都是虚荣心在作怪。我笑着说，那你就放下虚荣，认真工作。徐敏说，放下虚荣？容易吗？你一年后一拍屁股走了，只留下好坏让人点评，而我还得在这个所里工作生活，有的时候也为我的懦弱而惭愧。我说，你也别想那么多，让别人去说吧。徐敏说，大姐，你是文人，你可以凭着意想在纸上指点江山，就像你现在是副教导一样，只说不做，无人会对你点评什么，可是我和弟兄们不行。我说，其实我知道副教导员只是一个哄人的虚职，一年后，我依然是一个捏笔杆子的老民警，挂职锻炼只是为升主任科员增加一个砝码而已。徐敏说，大姐，你放心，在派出所，你就是教导员，就是所长不在时，履行所长职务的第二把手，我会尽自己的能力照顾你的。

事实也是如此，徐敏对我的照顾真的无微不至，让我从一踏进派出所的大门就没有产生过陌生感。

收拾好桌子，太阳已经搁在了山脊上，像挣扎着发出红色光芒的圆球，把周边的云彩染得红中带黑，黑中露红，玄幻无比。我打开电脑文档，想把那篇写了一半的小说《城市角落》续写下去，可是心有杂念，根本就静不下心写。于是，我关上办公室的门，把脚搁在了办公桌上，两眼盯着窗外那红红的已经不再刺目的夕阳，想从中找出点灵感来。

手机突然响了起来，我一阵兴奋，受惊似的把脚从办公桌上放了下来，迅速套进鞋子里，边接电话，边起身准备拿茶几上早就准备好的背包。

电话是徐敏打来的，他说，大姐，真不好意思，今天晚上你得辛苦一下加班了。我说，怎么回事？徐敏说，刚才我们去抓捕一个逃犯，结果被逃犯的亲属和他们村里的一帮村民围困，几个弟兄被打了，几个为首的村民被我们带回所里，今天晚上要把这案子全部做好，免得夜长梦多。

我想想也是，干警们在前面冲锋陷阵，我安安稳稳地坐在办公室里看书、喝茶、看报，也应该在干警们忙的时候做个帮手，哪怕给他们烧水、倒茶也是一种支持。尽管这样，但我还是故意用一种万般无奈的口气说，大所长的指示我敢不听吗？你命令下来，我只能服从了。徐敏笑了，说，大姐，要不要我打个电话替你向姐夫请假？我说，你这小子找打，这不是很明显地给他机会吗？徐敏赶紧说，好，大姐，我听你的，你马上让雨菡通知一下弟兄们，到会议室开会。

　　等徐敏一帮人回到所里，天已经完全黑了下来，弯钩似的月亮悬挂在天空，把整个世界笼上了一阵淡淡的光晕。我走到楼下，让食堂的阿姨把饭菜摆在桌子上，等大伙全部回所后开饭。刚走出食堂，雨菡已经在楼梯口叫我，说开会了。我赶紧走到会议室，徐敏和干警们已经坐在会议室里等我了。徐敏手按着肚子，看到我进门，没有说什么，只向我招招手，让我坐在他身边。

　　徐敏看了一下大伙说，今天各位弟兄辛苦了，任务完成得不错，晚上把带回来的几个人的笔录都做好，先把证据固定下来。他用左手抹了一下额头上的头发，然后对坐在我边上的杨立军、唐华山两位副所长说，你们两位和各位弟兄要一切服从教导员的指挥，绝对不能乱作主张，我去县城医院看一下几位受伤的弟兄。说完，他转过身对我说，大姐，你今天晚上是代理所长，你得抓住机遇大胆用权，不然等我回来你想用都没得用了。我笑着说，大所长，别贫嘴了，还是赶紧去吃饭吧，吃饱饭弟兄们才有气力干活。

　　徐敏突然一脸正色地对我说，我说的是大实话，今天晚上你是我们全所弟兄的主心骨，他们的工作一切都是你说了算。我还想笑话几句，却看到徐敏的脸突然变得苍白，额头上也不停地有汗珠冒出。我不禁慌了起来，急切问道，徐敏，你怎么了？徐敏捂着肚子强笑了一下说，大姐，我这肚子已经痛了几天，等下去看受伤弟兄的时候也想顺便去看一下。我一听，大吃一惊，你刚才怎么不说？快，赶紧去医院。徐敏一把拉住我的手说，大姐，晚上的事拜托给你了，我知道你是从机关里来的，处事的魄力比我这个一直在小地方做所长的要强，反正一句话，晚上的事你看着办。我连声答应，赶紧叫上驾驶员小文千叮万嘱一番，才让小文开车直奔县城。

食堂的阿姨把饭菜重新热了一遍，几碗青菜黄黄的很难看，不过肚子饿了，再难吃的食物都成了美味，况且所里大多数都是二十出头的年轻人，很快，桌上的空碗慢慢地多了起来。

叫你们的所长徐敏出来，你们这帮狗腿子，都给我出来。突然传来一阵阵的拍门声和叫骂声。我一听，很快就明白，这帮围攻过弟兄们的老百姓又杀上门来了。杨立军想站起身去门口看看，我一把按住他说，他们一时半会儿不会走，你先吃饭，饭吃饱了才有力气对付后面的事情。杨立军看看我，没说什么，开始埋头吃饭。

我走到楼上，从走廊的窗口向外看。门口围着十来个人，除一个敲门的人显得有些声嘶力竭外，其他几个人都是懒懒散散地站着，仿佛只是围观者。我看了一下，心里有底了，这些都是乌合之众，根本不可能齐心协力上演一出"劫狱"之类的大戏。我没有在一线单位待过，没到过一线单位，并不代表我不了解一线单位的动作，不知道群休性事件的处置方式。为了宣传的需要，我多次到派出所、交警大队、特警大队采访，接触过各式各样的群体性事件，我相信只要我能合理借鉴他们的处置方法，一定能圆满处理好门口这闹哄哄的十几个人。

知己知彼才能百战百胜，说实在，到现在为止，我都不知道徐敏他们今天去抓的是什么人。自从到了派出所后，我把自己的位置放得很准，说好听点我是来挂职锻炼的，说难听点就是来混个基层工作的资历。徐敏对这点也看得很清楚，所以他名义上让我分管办证大厅，实际上是任我自由自在地游荡，喜欢做什么就做什么。

等杨立军、唐华山吃好饭，我把他们叫到了办公室。我问杨立军，今天去抓的是一个什么人？

杨立军说，是龙山村的张国宝，去年三月，张国宝为了宅基地的事和邻居打架，把邻居打成了轻伤。本来我们已经给他们调解好，让张国宝赔对方五千块钱了事，当时张国宝同意了，但对方不同意，后来对方同意了，张国宝却不愿意，把门一关，游走四方做生意去了。这样一拖再拖，对方成了上访户，张国宝成了网上逃犯。今天去抓张国宝，张国宝认为不是他不赔，是对方不要他赔，他不应该是逃犯，更不应该被我们开着警车把他抓回来，所以就叫了几个亲戚和邻居把我们围了起来，一来二去的，我们的几个弟兄被他们村里人和亲戚打。

我说，我感觉这事其实很简单的，你到村里把张国宝传唤到所里再抓也不迟。杨立军笑了笑说，教导员，群众工作要是都像你想的这样容易做就好了，不过，这次把事情弄大，不一定是坏事。唐华山接着说，教导员，和你说实话吧，这次抓张国宝弄出这样大的动静我们是故意的，目的只有一个，就是要让张国宝的弟弟出面。我笑了一下说，这张国宝的弟弟是做什么的？杨立军说，教导员，你还真别说，张国宝的弟弟张国强还真的有来头，你知道我们镇里谁最牛？张国强！有人还称他是"张半镇"。

张国强我知道，徐敏在我报到的第二天专门带我去过张国强的天强集团。在办公室门口一直等了三十多分钟，那个婀娜多姿的女秘书才打开门放我们进去。张国强看见我们并没有意想中的热情，倒是徐敏却出乎意料地向张国强赔着笑脸。这让我有种"拜山头"的感觉，作为一方平安的维护者，"拜山头"的应该是他们，而不是我们。后来，徐敏还想带着我去镇上的几家大企业走访，都被我一口谢绝了。徐敏对我说，我的大姐啊，你以为我喜欢去结交这些有了几个钱就不知道天高地厚的人？我也是没办法，他们手眼通天，做菩萨不灵做鬼很灵，到年底，就是这帮人给我们评议行风建设的，得罪他们，派出所的行风评议立马在倒数三位，我马上就得被局长找去诫勉谈话，弟兄们的奖金立马减半，我敢不讨他们的好？徐敏的话把我说得一愣一愣的，怪不得以前下去采访的时候，常听人说，机关里的人制定一些方案、制度，从来不从实际出发，都是闭门造车想当然。当时我听了这些话还为机关里的那些同事抱不平，现在才真正体会到闭门造车的可怕，体会到下基层挂职锻炼的必要性和重要性。

我笑着说，怪不得张国宝这样牛气，原来有"我的弟弟是国强"在支持他。唐华山说，今天我们演出的是一出"敲山震虎"戏，就是要把面子看得比天还大的张国强引出来，让他把龙山村村口的监控探头装上，上次要不是他背后使坏，说我们设置的监控探头杆子挡了他二叔家门口的风水，这监控探头我们早装上了。

我一听笑了，原来这样，可是让几个弟兄受伤这代价也太大了。杨立军说，没办法，舍不得孩子套不住狼，基层做事，很多时候都不得不这样付出代价。

门口的叫声越来越响，那两扇用自来水管焊接的大门更被敲得震天响。我对唐华山说，你把处警车开到门口，把车上的高杆灯和3G监控摄像头打开，余下来的事我做。

唐华山把处警车开到大门口，我和杨立军站在车前。汽车大灯、高杆灯上的强光，把派出所大门外照得一片雪亮。我拿眼睛往外面瞟了几眼，发觉站在门口的人比刚才又多了好多，但从他们的站立姿势和神情来看，大都是好事的围观者，只要把这批围观者的心思抓住了，这出头闹事的人根本不是问题。

我正了正帽子，对着门口那一大帮人喊道，我是派出所的教导员李燕，今天我全权负责处理所有事务，你们有事要反映，我同意，你们可以推举出一名代表和我谈。从现在开始，我们的摄像头将完整摄录整个事情的经过，然后直接传送到县公安局指挥中心，也就是说你们包括我在内的一举一动、一言一行都被完整地摄录下来并保存。

说完这话，我明显看到后面的人群开始退了，看热闹的退出了，留下的几个就是刚才敲门呼叫的。我看了看手表说，从现在开始，我等你们五分钟，你们在五分钟内把代表推选出来。说完这话，我开始静静地看着对方。刚才那个歇斯底里拍门喊叫的男子的声音明显显得底气不足，几个人开始交头接耳，看得出，他们谁都不愿意做代表。我笑了，我要的就是这个效果。有人说作家就是要学会观察，我尽管不是作家，但我却学会了观察，看到了这帮乌合之众只会起哄难以成事，也敏锐感觉到了幕后一定有个指挥者，因为指挥者不在现场，他们对我提出的要求需要请示之后才能决定。其实，我这也是一个试验，想试试那个幕后的指挥者是不是杨立军所说的张国强？他会不会在最后时刻出来露面，只要他露面，今天徐敏策划的这一仗算是胜了。

我静静地看着门口那些喧嚣的人，没有说话，人群忽然骚动起来，并自觉地散了开去，两道汽车灯光像柱刀一样地穿过关着的大门，直直地照射在我和杨立军身上。杨立军脸上露出了一丝不易察觉的微笑，轻声说，张国强来了，我们赢了。

车开到门口停了下来，车门打开，出来的果然是张国强。我眼睛盯着他没有出声，他讨好似的对我和杨立军笑了一下，然后板着脸对那些站在门口的人说，你们知道这是什么地方吗？这是派出所，你们堵在门口就是妨碍公务，走走走，赶紧散了，别等着关进去了才知道后悔。

这帮人听了张国强的话，果然慢慢地散去。张国强笑着对我和杨立军说，两位领导，能不能放我进去。

杨立军看了我一下，我点点头，杨立军让传达室的老陈把门打开，放张国强进来。杨立军上前握住张国强早已伸出来的手说，感谢张总在关键时刻伸手援助。张国强笑着说，这是应该的，我听说村里那帮无知的农民到派出所来闹事，赶紧过来，毕竟我既是龙山村的村民，也是龙山村的支部书记，于情于理我都有不可推卸的责任。

杨立军笑着把我介绍给张国强，张国强使劲握住我的手说，教导员上次来我公司，我正好有事在忙，怠慢了，请教导员多多原谅。

我笑了笑说，不敢，是我打扰了张总的繁忙工作。我把张国强让进办公室，杨立军和唐华山也一起进来坐下，杨立军泡了杯茶递给张国强，说，我们的工作还是需要张总这样的领导多多支持，领导的支持就是我们工作的动力。

张国强双手接过递上的茶杯，说，教导员，我也不耽误你的宝贵时间，就直奔主题了。我笑着说，你说，我们能做的，一定尽力做。张国强把茶杯往茶几上搁了一下说，还是我哥哥的事，他今天这样不配合你们执行公务，是我所没有想到的，当初我还好多次趁他打电话给我的时候劝他到派出所来自首，可是他就是不听，以为人在外面你们就拿他没办法。

我看着张国强问，那张总的意思？张国强说，我的意思是触犯法律，必须得受到法律的制裁，但作为普通人，我也不想让哥哥成为囚犯，所以我有个不情之请，也不知是否合适？能不能对我哥哥在法律规定的范围内网开一面，别让他坐牢？另外，还有其他几个被带回来的村民，他们都是受了我哥哥的欺骗，因为无知才参与进来的，我想如果问题不严重，能不能让他们受点处罚后就放他们回去？让我在他们家人那里也可以有个交代。

我看了看杨国军和唐华山，两人都牵了一下嘴角。我说，张总，你哥哥是上了网的逃犯，今天我们把他抓了回来，要马上放有点困难，但我会想办法的，让他尽早回家。至于那几个村民，我等下打电话问一下几个受伤民警和协警的伤情，如果不重，等下你就做个担保，让他们回去吧。

张国强站起身，对着我和杨国军、唐华山连声说谢谢、谢谢。我喝了一口茶，对张国强说，张总，我们有件事想请你帮个忙。张国强说，教导员你说，我一定大力支持。

　　我说，事情其实是一件小得不能再小的事，就是在你们村口设立监控探头，张总你也知道，这个监控探头的设置，既对犯罪分子能起到一个明显的震慑作用，也能保护你们村子的平安，这样的好事何乐不为呢？我们所打算到今年年底，在全镇所有村的主要路口都安装上监控探头，让我们镇率先在全县实施"天网"工程。我们踏看了好多次，总是觉得这监控探头设置的最佳位置在你叔叔家围墙旁边，可是你叔叔就是不愿意让我们安装杆子，使得这监控探头到现在都没装上，早装上一天，这老百姓的安全感就早一天获得。

　　张国强想了半天后说，教导员，这事你放心，我现在回去和叔叔说，你们明天只要派人去安装就成，安装杆子、拉光缆这些事我们村会负责的。

　　我赶紧说，谢谢你，张总，要是全镇所有的村干部都像你这样支持我们的工作，还愁这个社会不平安？

　　张国强说，教导员，要不你打个电话问问徐所长，看看受伤的警察们的伤势如何？

　　我拿起电话拨出徐敏的号码，手机里传来"对不起，你所拨的号码已关机"的提示音，我以为拨错了号码，又重新把号码拨了一遍，可是手机里提示的依然是关机的声音。没法，我只好拨驾驶员小文的电话，小文说，徐所长在医院检查，其他人没有什么大事，都回来了。我问，谁在医院里陪徐所长？小文说，嫂子在，徐所长不让我们陪他。

我搁下电话，对张国强说，张总，其他受伤的同志情况都还好，伤势不重，就是徐所长还在医院检查，你哥哥今天晚上在我们所里待一个晚上，明天我想办法给他办个取保候审的强制措施，其他几位村民等我们做好笔录，你作保把他们都带回去吧。

张国强沉思了半天，说，那好，我先回去了，谢谢教导员，谢谢两位副所长，等徐所长回来了我再登门请罪。

唐华山陪着张国强走到楼下，让传达室的老陈打开大门，放张国强出去，大门外早就人影全无，只有张国强的车孤零零地停着。杨国军说，他哥哥还在我们手里，明天那个监控探头得抓紧时间装好，别给这个老狐狸反悔的机会。

我说，国军，你们两位辛苦一下，去督促一下弟兄们，让他们早点把笔录做好，也好早点回去休息。两人答应一声都出去了，窗外的月亮已经升在了半空，淡淡的一丝月光让院子里的几株桂花有了若隐若现的阴影，细看一下，我不由得笑了，桂花树的阴影其实是我们办公室灯光的作用。我伸了一下懒腰，才想起没给家里打电话和他说我今天加班回不去了。刚想打电话回去，桌上的电话响了，看来心有灵犀，我在想着他的时候他也在想着我了，其实他对我不能准时回家已经习惯了，做警察的每天能准时回家，这和奇迹差不多。

电话不是他打来的，是一个陌生的声音，但听得出打电话的人有些刻意做作。你是不是派出所的教导员？我说，是的，你是谁？他说，你别问我是谁，我想问你打击黄赌毒是不是你们派出所的职责范围。这当然是我们打击的范围啊，你怎么说？我的声音不禁高了起来。他依然用不紧不慢的语调说，那好，这可是你说的，我向你举报，桃花源娱乐城里黄赌毒盛行，你们现在就去检查，但我希望你别做保护伞，我举报，你通风报信了，然后再去查，你还能查到什么？对桃花源我已经举报了不下十次，每次都是我举报，你们通风报信后再去检查，当然什么也查不到，我可是明确告诉你，前几次举报我都录音录像了，今天也同样。要是我现在举报之后又看到那些吃喝嫖赌的人从桃花源里逃出来，我就把这些证据送到公安厅、送到公安部，我要让你们这些保护伞也和他们一样倒下。让我奇怪的是，他说的这些话不但专业，而且没有一丝的怒气，很是平静。我回答道，那不行，你总得给我一点时间，让我部署一下啊。他说，你别给我找借口，你们110接警是有承诺的，五分钟内到达现场，我不要求你五分钟内到达，我只要求你五分钟内出发。我看了一下手表说，那好，你给我半个小时的时间，你可以看着，桃花源里的人有没有逃出来。

桃花源是镇上众多娱乐会所中生意最为兴旺，有很多人都说桃花源的老板有深厚的后台。我到派出所后，也确确实实接到过好多次的举报，派出所也有过好多次的检查，可是每次检查都没有收获。我拨打徐敏的电话，想问问徐敏这事该怎么办？徐敏的手机依然关着。我突然想起他在会议上的那几句话，心里不禁咯噔一下，是不是徐敏的伤势很严重，他特意交代？想到这里，我背上不禁渗出一阵冷汗。我赶紧拨小文的电话，小文已经在所门口了，我让他停好车马上到我办公室。徐敏这个家伙，玩的是什么把戏？把这一挑子撂下后就不管了？

我问小文，你送徐所长去医院的时候他身体怎么样？小文说，好像就说肚子痛，其他没说什么。我问，你有没有陪他去检查？小文说，没有，徐所长在半路的时候就给嫂子打电话，让嫂子在人民医院门口等他。我们到的时候，嫂子已经在门口，所长让我到骨伤科医院和小高一起把几位在骨伤科医院检查的兄弟接回所里。我说，我知道了，你先去休息一下，等下有事叫你。

小文出门后帮我带上了门，我坐在沙发上，两只脚搁在茶几上想刚才那个举报该怎么处理？如果出警我应该怎么办？我突然想到了去年一次市局为了突击检查市区娱乐场所，从下面县市抽调民警的事，那次抽调民警效果很好，有针对性地查了几家娱乐场所，大获全胜。但对我来说，异地调警一是不可能，二是行不通，看来只能挖掘潜力。我打电话给杨立军和唐华山，让他们马上来我办公室一下。

我问杨立军，现在所里有多少民警和协警在？杨立军扳着指头算了一下说，有十八个民警，二十二个协警，一共四十个人。我心里暗暗盘算了一下说，你留四个协警看着候问室，其他人马上到会议室开会。

人员很快都在会议室集中，我拿着两个上街宣传发放用过的环保袋走进会议室，分别交给杨立军和唐华山。我对所有的民警和协警说，刚刚接到县局的紧急通知，有一个重要任务要执行，现在我命令所有人都把手机放在杨副所长和唐副所长拿着的袋里，执行任务时的通信，全部用对讲机。我第一个掏出手机，放入杨立军拿着的袋子里，杨立军和唐华山也掏出手机放入袋中，很快，三十六个人的手机全部进了两只环保袋，我拿过袋子，各自打上一个结，对雨菡说，你把这两袋手机放到保险柜里，并负责管好所里的安全。雨菡严肃地点了点头。等雨菡出门，我把民警协警分成四组，我和杨立军、唐华山各带一组，民警张华带领一组，作为应急分队。

分配好人员和车子，嘱咐刑侦组的民警带好相机、摄像机跟随杨立军、唐华山两位副所长后，我才向大家说出了任务。当我说出晚上的任务是突击检查桃花源娱乐城后，我从很多民警脸上看出了会心的笑容，特别是杨、唐两位副所长，笑容更加灿烂。

桃花源的内部布置虽然经常以装修的名义在改变，但这丝毫难不倒我们，我带着一队人守住桃花源的前门，民警张华带着一队人守住桃花源的后门，杨立军和唐华山各自带着一队人冲击各个包厢。刑侦组的民警拿着相机、摄像机，及时摄录，一切都有条不紊地进行着。

人员一队一队地被带出来，刚才送我们过来的车子现在成了拉违法嫌疑人的专用车。突然，我看到了好几张熟悉的面孔，其中就有两个多小时前刚刚从我办公室走出的张国宝和镇政府分管城建的潘副镇长，当他们路过我面前的时候，我故意扭着头，不看他们，心里却暗暗叫苦，这两位全镇的知名人物被查到，就成了烫手的山芋，我该如何处置？要是徐敏在那该多好，他一定能把这棘手的问题圆满解决掉。

此时我才明白，我这个指挥官其实也是一个屁股指挥脑袋的主，碰上正事，只会怯场，只会盼着有人能救场。我不禁恨起那个举报的人来，你早不举报迟不举报，偏偏要等徐敏不在的时候举报，这不是明显给我出难题吗？今天这个行动要是没有杨、唐两位副所长在行动中的随机应变，能不能成功还是一个未知数。

等我赶回派出所的时候，所里已经人满为患，每个民警办公室里都有被传唤后暂时羁押着等待做笔录的人，办公室的电话也是此起彼伏地响着，整个就像一个闹市。我对小文说，你去通知一下，所有民警办公室的电话线都拔掉，有事用对讲机联系。办公室里很快静了下来，我沿着走廊走了一圈，看到杨立军在给张国宝做笔录，唐华山在给潘副镇长做笔录，我不想进去和他们打个照面，就在门口看了一会儿。其他民警都各就各位井然有序地讯问着那些违法嫌疑人，认真地做着笔录，我就放心地走进办公室。

桌上的电话死命地响着，打破了深夜的宁静。我饶有兴趣地看着电话，听着那焦急的铃声，仿佛看到了电话线那头一个神情焦急的人，踩着脚转着圈子在等我接电话。电话铃声终于停了，我赶紧拿起话筒，我还得打电话回家查岗，看看那个有可能罢免我家长职务的人在做什么。电话响了半天才被他接起，他嘟哝着说，你回来了？饭在压力锅里，菜在桌上，吃了赶紧睡。我听出了他想要撂电话，赶紧说，等等，我是和你说我不回家了，单位里统一行动。我这话一说，估计他的瞌睡已经被惊醒了不少，因为他回过话来说，你也真是的，后半夜三点多还打电话吵我，挂了，我得睡觉，你也早点睡。说完，我只听到"啪嗒"一声后，话筒里很快就传来嘟嘟的忙音。我看了一下手表，指针正好指在后半夜的三点半上。我苦笑了一下，撂下了话筒。

对讲机里忽然传来一阵嘈杂的声音，接着听到有人在喊，呼叫李燕教导员。我按下按钮回应道，我就是，你是哪位？有事说。对方说，我是徐敏，你打电话给我，我等着。

我拿起话筒，拨通徐敏的电话，我的大所长，关键时候你手机关机，你现在在哪里？身体怎么样？徐敏呵呵地笑了两声说，李教导员，代理所长，大姐，我向你汇报，我现在在人民医院手术室门口，再过十分钟就要进手术室了。怎么回事？我的语气有点急促起来。医生说是阑尾炎，问题不大，不过这对你来说或许是好事情，徐敏笑着说，在我住院期间，你将继续行使所长权力，过一把所长的瘾。我说，哎，徐大所长，你消息真的灵通呢，我刚刚尝了把所长的味道你就知道了。徐敏说，我当然灵通，你的一举一动我都掌握着。

我说，你还说这话，你把我逼上了梁山，人却找不到了。徐敏说，大姐，你别生气，我真的很佩服你，你用五个小时完成了我五年无法完成的任务。徐敏说，谢谢你，大姐，真的，你帮我完成了我想做但做不到的事，你让我看到了我的弱点是什么，那就是太在乎所长这个位置，导致做事前怕狼后怕虎，缩手缩脚。说着，徐敏话锋一转，慢条斯理地说，这次我的举报是成功的，我很满意。

我心里一个激灵，这不是打举报电话那个人的声音吗？我刚想说什么，徐敏说，不说了，大姐，我得进手术室了，我老婆的同学拿着手术刀等了我五个多小时了，要是让他再等下去，我怕他要报复我。

　　我大声说，徐敏，你这小子，早点回来，不然抢了你的位置。

说该说的

县公安局刑侦大队的十来个兄弟，用了快一年的时间，终于把龙山大厦抢劫杀人案的嫌疑人赵林抓住了。

听刑侦大队的兄弟说，他们本来以为要花费不少力气，赵林才肯把作案过程交代清楚。谁知，赵林在讯问室里坐下没多久，就把案子交代得一清二楚。这让刑侦大队的兄弟很开心。但按照他们的经验和赵林交代案件的神情看，赵林不会只做了这么一起案子，应该还有其他案子没交代。

虽然办案的警察有这样那样的怀疑，但赵林闭口不说，一时也没有办法。不过，依赵林现在的口供，警察的任务也算是完成了。可既然心里已经有了怀疑，不再问问，就像做菜，油有了，调料有了，火也已经生了，可最最重要的原料——菜，却不多。或者说，菜有了，但还不够做成一盘。这样的欠缺，无论对受害者的交代，还是对自己肩负职责的担当，都让刑侦大队的这帮兄弟不愿到此结束。

我就这样被抽调到刑侦大队，负责对赵林案子的挖掘。我在警校学的专业是犯罪心理学。所以，这次我的任务是充分发挥我的专长，用专业的方式，解决赵林。

我警校毕业后，一直在派出所，虽然天天和鸡毛蒜皮的杂事打交道，但因为我学过心理学，所以，在调结纠纷，解决争端等方面，小有成效。特别是辖区的几个上访专业户，被我几次心理疏导后，居然都不再上访。这让所领导和局领导不得不对我刮目相看。这次到刑侦大队，虽说是抽调，结案后重回派出所，但我还是很激动。所以，在去刑侦大队报到前，恶补了好几个版本的心理学理论。

我见到赵林的第一眼，觉得这个人有点面熟。想了许久，才想起去年夏天，我开车路过环城南路的时候，见前面围着一群人。我下车走过去，只见一个戴着眼镜，四十来岁的男人，抱着一个长发垢结，满脸胡子看不出年龄的流浪汉在打电话。我问了一下，原来，流浪汉在横穿马路的时候，刚好被一辆摩托车碰倒了。流浪汉在跌倒的时候，右太阳穴刚刚磕在从垃圾车上掉下的半截红砖上，顿时鲜血直流。流浪汉不知是受伤过重还是晕血，总之，他摸了摸伤口，看了眼一手的鲜血后，立马倒地。骑摩托车的稍微停了下，看到流浪汉突然倒地，"轰"的一下，加大油门，逃了。刚好，这个戴眼镜的男人骑自行车路过，看到摩托车逃走，想想凭着自己的两条腿，无论如何是赶不上摩托车的，就蹲下身子，抱起流浪汉，一手按着流浪汉流血的太阳穴，一手打电话报警，呼叫急救车。我看了看自己的一身警服，想了想，对男人说，来，你把他抱到我车上，我送他去医院。男人看了看我，再看了看我已经打开车门的汽车后座，说，算了，急救车应该马上就到。我回头看看自己昨天刚洗干净的汽车，感激地说，谢谢。男人说，谢什么，理解就好。

说话间，急救车到了。医生看了下流浪汉的伤情，然后对我和男人说，麻烦你们把病人抬到车上。我和男人连忙把流浪汉弄到担架上，再抬到车上。看着急救车呼叫着离去，我对男人说，谢谢你。男人说，没事。后来，平时喜欢写些心灵鸡汤的我，本来想写个千字短文，发表一下感慨，但不知什么原因，居然一直没写。现在，如果不是提前看了赵林的案卷，我一定不会相信，这个曾经不怕脏臭救人的男人，会是多起抢劫杀人案的嫌犯。

虽然没戴眼镜，但赵林显然认出了我。因为他动了动被束缚在椅子上的手，然后，努力让自己笑了笑，算是和我打了招呼。我本来不想理会，但转而一想，还是走到他的面前，说，真没想到，和你再次见面，居然是在这样的情形下。赵林眯着眼睛盯牢我看了许久，说，我也没想到，你居然会来审问我。我说，我不是来审问你的，我是想和你聊聊。赵林说，聊什么呢？我说，什么都可以，从你上次救人的举动中，我知道你的本性并不坏，而且还能为别人考虑，说实话，那次我真的有点感激你，要是换其他人，流浪汉肯定要我送了。赵林笑了，说，其实，我早听到急救车的警报声了，我只是做了个顺水人情。我说，这样啊，不过，我还是要谢你。

赵林哦了一声，把屁股挪了挪，又把身子往后仰了仰，努力让自己坐得舒服些。做完这一切，他对我说，能给我抽支烟吗？我从裤兜里摸出一盒蓝壳软利群，抽出一支，点燃，然后把烟搁在赵林的嘴巴里。赵林深深地吸了一口，香烟一下燃去了大半。我等了许久，才看到淡白色的烟雾从赵林的鼻孔里慢慢冒出，像极了倒流香。等鼻孔里烟雾散尽，赵林又吸了一口。这次吸得并不深入，但挂在烟头上的烟灰像死蚕一样掉在了地上。

赵林又吸了两口，整支烟很快就抽没了。赵林动了动嘴唇，然后"噗"的一下，把烟蒂吐在地上，停了停，说，聊什么呢？我和你有什么好聊呢。我说，随便，你喜欢说什么就说什么。赵林说，你就听我自言自语？我说，也行。赵林说，那太好了，这段时间天天问我案子的事，问得我都烦了。

我说，我和你说了，今天不说案子的事，我一直对你不顾流浪汉身上满身臭气，把他抱在怀里的行为很佩服，说实话，换我，不一定做得到。赵林叹口气，说，谁都有落魄的时候。我说，你也落魄过？赵林眯眼看了看我，不说话。

我说，听你老婆说，你不在家的时候，她连吃饭都没味道，真的吗？赵林低下头，沉吟了一会儿，说，嗯，她经常说，如果遇不到我，她就不再相信这世界上还有爱情，我想问她为什么，她却不愿意说。说到这里，赵林忽然笑了，其实，她不说我也知道，只是我不问而已。不过，爱一个人，就不要在乎她的过去。说到这里，赵林叹了口气，说，只要一说到爱情，我就激动，你别说我不配说爱情，我知道，我说爱情显得虚伪和奢侈。但从心底里来说，我对老婆的爱，和我以前所经历的，追求的爱完全不同。这才是真正的爱情。尽管在这里面了，但我依旧有权利说爱情。好了，不说爱情了。一说爱情，我就觉得我太对不起老婆了。对她，我只能是下辈子还了。

我说，你这次出事，确实出乎你老婆的意料，她一直和我们说，你不是那样的人，我也不太相信，可事实就是事实，没法。

赵林闭着眼睛，深吸一口气，说，再给我一支烟。我从烟盒里抽出一支，点燃，再次塞到赵林的嘴巴里。赵林"吧嗒吧嗒"吸了一会儿，直到烟屁股的海绵被烧着了，他才把已经缩成细细一条的烟屁股吐掉。又长长地叹了口气，说，我确实有很多事都没和老婆说实话。我说，为什么？赵林抬头看了会天花板，说，人哪，一步走错，步步错。我从没想过，我会成为这样的人。

赵林再次向我要了支烟。他仰着头，闭着眼，任由烟像细丝一样，弯曲着慢慢上升，到了赵林的头顶，像纱一样罩在头上。过了许久，赵林深吸一口烟后，说，我下面讲的都是我经历过的，有的你们在审问我的时候说过了，有的没说过。不管有没有说过，我希望你都能听着。我想了想，说，好。

赵林再次动了动身子，努力让自己坐得舒服些。他说，我们是同龄人，当然有着相同的话题、类似的经历，所以，我说的，你可能会理解。因为不想读书，我十六岁就从家里出来。目的很简单，挣点钱，不要爸妈管，可以让自己玩得舒心。我找的第一个活，是给舞厅看场子。本来舞厅老板不肯收我，可看我撸起袖子，老板看到我胳膊上满是小老鼠一样的肌肉，晓得我有力气，就让我留下了。舞厅每天下午一点半开门，到五点的时候，休息一个小时，一直到晚上十一点半关门。舞厅夜场人多，下午场人很少。因此，下午人少的时候，我们几个服务员都会下到舞池去跳舞。舞厅的服务员不多，一男四女，五个人。一个卖票，一个收票，一个在舞厅里面卖零食、卖茶、卖饮料，一个负责放舞曲，而我，就站门口，负责保安。说实话，我那时候虽然长得孔武有力，实际上没有丝毫用处。说难听点，就是吓唬人，碰到舞厅里有人闹事，我只能起到吓唬的作用。所以，时间不长，老板就把我开了。不过，我很快又回来了，因为老板招了一个保安，确实比我厉害，上班第一天，就把人打骨折了。老板钱没赚到，反而被叫到派出所，关了一个晚上，还赔出了一万多块钱。所以，老板想了想，还是把我找回来，继续让我充当吓唬人的保安。确实，和这个给老板惹祸的保安比，我还是比较机灵的，一有人闹事，我立马会逃到街对面的警察执勤岗求助。闹事的人只要看到我往街对面跑去，他们立马会一哄而散。有谁愿意进派出所？不过，有段时间，我宁愿被人打得血流满面，也不跑。我为了一个人，甘愿挨打。雪琼是在舞厅里面卖饮料的。舞厅里放得最多的舞曲，是专门给人搂搂抱抱的慢四。每当放这个舞曲的时候，整个舞厅里就只有雪琼买饮料的吧台还有萤火虫一样的灯光。不过，这个时候也是男人争风吃醋抢舞伴的时候。男多女少，站在吧台里，喜欢跳舞的雪琼，就不可避免地成了那些找不到舞伴饿狼的对象。有好多次，等我听到雪琼的叫声冲进去，被几个男人围着的雪琼已经衣衫凌乱。每到这个时候，我第一个反应就是冲进去，搂着她，大人抱小孩似的把她保护到门口。每到这个时候，我的脊背总会被人打上一拳，或者踢上一脚。有狠一点的，会趁着黑灯瞎火看不清人的时机，在我脸上招呼几下。

就这样，我和雪琼好上了。雪琼比我大两岁。她是几个服务员里面最漂亮的。我从第一次见到她，就喜欢上了。所以，我尽管站在舞厅的门口，我的耳朵始终竖着，听着雪琼的一举一动。有几次，雪琼看我被人打出鼻血，会边用卫生纸给我塞鼻孔止血，边悄悄地流眼泪。我说，这有什么好哭的，流鼻血，小事。雪琼说，你经常替我挨打，我过意不去。我笑了，伸出手，小心搂住她的腰际，说，我愿意。有一次，我说，雪琼，我们别在舞厅干了，换个地方。雪琼说，我除了倒茶、卖饮料，还能做什么？我说，世界那么大，总会有适合我们做的事。可雪琼不愿意。后来，我又说了几次，可她始终不肯答应离开舞厅。最后，在我的再三恳求下，她才吞吞吐吐地说出了原因。这时候，我才明白，为什么经常有男人为雪琼争风吃醋，因为，她居然靠周游在这些像发情小公猪一样的男人中挣钱。这个结果，让我差点疯掉。我曾经尝试离开她，可做不到。年轻时候不懂爱情，以为离不开她就是爱情。所以，我当时就想，男人，就应该养着女人，我一定要把雪琼养起来。现在回想起来，那时真的是无知。说到这里，赵林低下头，把头搁在了椅子横着的那块隔板上。

我没有说话，只是静静地看着他。过了一会，我轻轻敲了敲他的脊背，他抬起头，我递过一支烟，他说了声谢谢，然后张开嘴，咬住烟屁股。我拿出打火机，给他点燃。他深吸一口，说，真的是一言难尽。那就说说你的第一次，我盯着他的眼睛说。赵林避开我的眼睛，说，第一次？哪个第一次。我说，你自己知道。他沉默了许久，说，你不是说不审讯我吗，怎么变卦了。我笑了，说，我没审讯你，我是在和你聊天谈心。是啊，如果没有第一次，我的人生或许是另外一种结局，他长长叹了口气，说，那时候，我晚上住舞厅边上的小平房，小平房有三间，我一个人一间，其他四个女的住一间，还有一间给我们做厨房。离小平房不远，有一家超市，超市不大，但生意很好。一天，雪琼和一个男的抱着跳了好几支舞曲，我在半途上借着有人买饮料的机会，和雪琼说，你不要再陪他跳了，你看他，两只手多不老实。雪琼白了我一眼，没说什么，就又和那个男的搂抱着下了舞池。当时，我恨不得拿把刀把那男的杀死。可人家人多势众，我只能眼睁睁地看着他在雪琼身上乱摸。那天晚上，我一夜无眠。同时也想明白了一个道理，想让自己喜欢的女人也喜欢自己，只有一个字，钱。为了钱，我得奋斗。

我说，你的奋斗不应该用别人的生命做筹码。赵林愕然地盯着我。我说，我真没想到，你会做这样的事，而且还到了一百多公里外的地方去作案，作案后马上回来，所以，一直没人怀疑你，只是我不明白，他不可能认识你，你为什么要杀他。赵林沉默了一会儿，说，我也不想杀他，可是，他反抗，不用刀，我胜不了他。我说，一条命换了多少钱？赵林想了想，说，五千多。我叹口气，问，你用什么杀的？赵林说，匕首，我在小商品市场买的。我说，刀后来去哪里了？扔超市边上的河里了，我知道，留下来是个祸，赵林舔了舔上嘴唇，说，我过了几天去二手市场买了辆摩托车，然后晚上就带着雪琼沿着环城河狂飙了一圈，把雪琼刺激得尖叫不已。我真正感受到了，有钱真好。赵林说完这话，脸上露出一丝笑意，似乎在为自己的举动点赞。不过，他很快又沮丧起来，说，你要知道，我这幸福持续了没多少时间，因为雪琼对摩托车兜风的兴趣很快就消失了，她迷上了买衣服、买鞋。我的工资，加上她的工资，哪够她这样消费呢。她又开始陪男人跳舞了。我想管，可是我没办法管。我也曾想过和她分手算了，可你要知道，我那时候用你们读书人的话来说，情窦初开，哪里放得下。所以，我能做的就是挣钱。就这样，我和雪琼在小商品市场租了个摊位，专卖女人的衣服和包包。为什么卖女人的衣服？这是雪琼说的，她不是喜欢买衣服吗？自己卖衣服，不但可可以天天穿新衣服，而且还能当模特，一举两得。你是不是要问，我们开店的本钱哪来的？找朋友借的。借了十万。我到现在都很感激这个朋友，他对我并没有多少了解，就很大方地借钱给我了。

我说，你朋友现在在哪里？赵林叹口气，说，现在也不知道他去哪里了，我们已经很多年没见了。我问，他是哪里人？赵林说，东北的，你知道东北人讲义气、够哥们。以前还有联系，后来手机换了之后，什么联系方式都没有了。

我说，你们服装店生意好吗？赵林说，生意很好，我们隔几天就得去省城进货。我说，据我所知，你们的生意并不好。赵林突然有些激动，谁说生意不好？我说，当初我就住在小商品市场边上，里面服装店生意的好坏，我很清楚。赵林听我这么一说，沉默了一会儿，说，就算你住在边上，你也不可能知道二十年前我们卖衣服挣了多少钱。我说，这话倒是对的，不过，我听雪琼说，那时候你们开店是亏得多赚得少，要不，你们的店也不会开了半年就关了。赵林问，雪琼说的？放屁。钱都是我管的，我当然知道，那时店不是关门，是我去进货了，关了不到十天，我们的店又开了。

我说，1997年的6月23日你做什么去了？赵林想了想，说，我又不是电脑，早忘记了。我说，这样重要的日子，你会忘记？赵林说，我真的忘记了。我说，当时解放路上有家珠宝店你是否还记得？店的门面不是很大，但进深很深。赵林说，我不知道。我说，你怎么会不知道，你到小商品市场不是天天要路过的吗？赵林低下头，说，时间过去那么久了，我真的早忘记了。赵林还想自说自话地说下去，我说，服装店并没有给你带来幸福，反而把雪琼的心养大了，她对小商品市场里的衣服鞋子已经不感兴趣，因为她觉得这是乡下人穿的，所以，她要追求更高档的享受，而服装店的收入，已经无法满足她的消费，所以，你看上了这家珠宝店。赵林愣了一会儿，说，我没做珠宝店的案子。我笑了笑，说，这次应该是你第二次作案，因为这次作案后，你就感受到了抢珠宝店带来的钱财，远远超过抢其他的店铺。可惜，你这次抢劫并没有成功，因为管店的老板被你惊醒了，而你就开枪打死了他。赵林听我这么一说，忽然喊道，我并没有想他死，是他逼得我不得不出手。我说，你要抢珠宝店，并不是临时起意，而是早有预谋，对不对？

赵林有气无力地说，既然你都知道，为何还要问我。我说，你是为了追雪琼才买的摩托车。当时，你要是不买车，雪琼就不可能和你好。你为了她，抢了超市，杀了人，可以说，你在她身上像是赌徒在下赌注，是不是。只是，你这赌注下得太大。我停了停，说，你抢劫超市的时候用刀作案，抢劫珠宝店的时候怎么用枪了？赵林说，这都是电影上学来的，珠宝行里的东西价值大，所以我担心管店的人会有刀。我要用枪才能对付刀。我说，枪哪里来的？赵林说，买的，从一个云南人那里买的。确实，为了买枪，我等了很长时间，也被人骗了不少钱，不过，最后，终于还是买到了。

我说，你抢了胜利路的珠宝店，照理说有很多钱了，那雪琼怎么还是离开你了。赵林苦笑一下，说，黄金珠宝要卖掉才能换成钱，她等不及了。我说，可惜了，雪琼并没有你想的那么好，你为她付出了那么多，但她还是离开了你。

赵林说，雪琼离开我，是因为我对她已经厌倦了。骗人，我笑了，说，我和你说过，我们是同龄人，也有相同的恋爱经历。所以，你所经历的，也是我曾经经历过的，我敢肯定，她离开你，绝对是因为你没法满足她的需求。

赵林的身子轻微颤了下，但没有说话，只是用力抿了抿嘴唇。嘴唇有点干裂、起皮，看起来就像长了层鳞片。我从背后的柜子里拿出一只纸杯，再从放在身后墙角的饮水机里接了大半杯水，递到赵林的嘴唇边，赵林一口气喝完。我问，还要不？赵林舔了舔上唇，说，再来·杯。我哦了一声，转身走到墙角，边从饮水机上接水，边说，那个电脑店的保险柜里是不是有两万多块钱。赵林脱口而出，哪有这么多，只有一万多块钱。话音刚落，他狠狠地跺了下脚。说，再来支烟。我不说话，从烟盒里抽出一根，直接搁在赵林的嘴巴上，然后拿着打火机，"啪"地点燃，又熄灭。连续几次，赵林盯着打火机说，你给我点上吧。我把烟点燃，赵林吸了一口。很浅，不看烟火的明灭，根本无法看清他到底吸了没有。连续几下，赵林终于长长地吸了一口，烟火一直燃到了烟屁股上。灰白的烟灰，弯曲着在烟屁股上挂了一会，终于断裂，掉在了赵林的裤子上。

赵林低头看了一会儿裤子，说，电脑店的案子，我做的。我打开保险箱，拿了里面的钱，有一万多块钱。电脑店，我去了五次。保险箱的位置，是我无意中看到的。那天我进去的时候，保险箱他还来不及锁住，所以，我根本不用撬。

我说，你已经有不少钱了，干吗还要再去做？赵林叹了口气，人哪，被钱奴役了是祸啊。我拖了把凳子，坐到他对面，说，你这话新鲜，怎么想到的？是不是有感而发？赵林说，我后来才明白这一点，当初只想着钱越多越好。说到这里，他把头往后仰，想了许久，说，我一直想不通，是我害了雪琼，还是雪琼害了我。有时候我看电视、电影，看到里面有妓女、老鸨，我就会想到雪琼，雪琼真的像一个只认钱不认人的妓女。只要我有钱了，她对我百依百顺，要多温柔就有多温柔，没钱的时候，那个冷啊，能把你冻死。

我敢肯定，电脑店的案子，肯定不是你的第一次。赵林说，真的是第一次。我说，你第一次做就这样熟练，不可能。赵林说，真的是第一次，没骗你，说实话，我现在的案子已经足够把我枪毙了，我干吗还要赖呢。也对，我想了想，说，还是把枪的来路说清楚吧。

赵林低头想了会儿，说，一个云南人卖给我的。我说，你怎么会认识他的？赵林说，云南人经常来舞厅跳舞，出手也大方。他经常一个人来，来了就买两罐啤酒，然后坐在吧台边上的，边看雪琼卖茶水饮料，边看人跳舞，等雪琼空了，他就会拉着雪琼跳舞。我说，他拉雪琼跳舞肯定是慢四。赵林抬头看了我一眼，问，你怎么知道？我笑笑，说，继续。这样的时间大概过了一个多月，一天，他刚和雪琼跳完一曲，就悄悄地把我拉到厕所，摸出一把手枪，说卖给我。我说没钱。他说知道我有钱随身藏着。我说我买了枪也没用。他说，不管有用没用，留给我的只有两个选择，一是掏钱买下，二是被他一枪打死。他的话把我吓得尿都差点流出来了，没法，我就掏出五百块钱把枪买下了。他给我枪的时候，随带了五颗子弹。

我突然插了一句，第二天上午，你就把他带到了郊区的龙山，让他教你打枪，在试枪的时候，你突然掉转枪口，把他打死了，是不是？赵林愣了一下，问，你怎么知道？我说，若要人不知，除非己莫为。

赵林沉默了一会儿，说，人啊，第一步走出很难，只要走出第一步，后面就很容易了。

我说，所以，后面你就不停地作案了，我就想不明白，你抢的财物，已经足够你生活一辈子了，怎么还要不停地作案？赵林叹口气，说，很多事，你没经历，是想不明白的。当一个男人，时常被女人骂没用、无能的感受，你应该不会有。我说，你作恶许多，最后雪琼依然离你而去，你想过原因吗。

赵林想了想，说，我们不合适。我说，怎么不合适？赵林说，我本来以为雪琼和我一起在小商品市场开服装店，可以安安稳稳地挣钱，没想到，她的心很野，很快就不满足一个月两三千块钱的收入了，她觉得，她应该是能挣大钱的人。所以，我和她开店没多久，就关门各奔东西了。我想了想，说，你现在的老婆怎么认识的？赵林说，同学。我哦了一声，说，你老婆是本地人，而你是外地人，怎么会是同学？赵林说，成人高中的同学。我好奇地问，你怎么想到读成人高中了？赵林说，我服装店不开了，闲着没事，就去读夜高中了。我翻了下桌上的案卷，说，可是，你老婆不是这样说的。

赵林抬头看了我一眼，似乎想从我脸上看出些什么，但很快又低下头去了。

我笑了笑说，这有什么不好说的，说不定我追我老婆的过程比你还要惊险呢。赵林也笑了，说，肯定没我惊险。说，那你说说。赵林看了看我，说，你不是都知道了。我说，我想听听你怎么说。

赵林说，我老婆是我从别人手里抢来的。我说，就是，你还说是成人夜高中的同学。哦，对了，我似乎想起了什么，当初你给老婆，不，那个时候应该是叫女朋友，买了一条项链，多少钱？赵林怔了一下，没说话。我说，这条项链你老婆一直戴着，因为她不知道来路，只知道这是你的定情礼物，所以，一直珍惜着。赵林依然没说话。我说，这条项链，是邻县望海大厦珠宝柜台中，最具特色的一条，是不是？确实，送给女人，特别是心爱的女人的礼物，一定要有特色。大家都有的礼物，那就凸显不出你的用心，是不是这样说的？对这一点，我得向你学习。我第一次送我老婆的礼物，就是一条极其普通的珍珠项链。到现在她都在说我小气、没男人气概。我站起身，拍拍赵林的肩膀，说，像你这样有男人特质，怪不得你老婆很快就被你追到了。

　　赵林依然低着头，没说话。我拍他肩膀的动作，让他完全没有想到，他忍不住歪了歪身子。我俯下身，对着赵林的耳朵说，告诉我吧，另外的那些戒指、项链、玉器，你都放在哪里了？赵林的身体震了震，依然没说话。我说，你既然有为了送女朋友礼物，去抢项链的决心，怎么就没有承认的勇气呢？再说了，你藏着，也不是能永远不被人发现，我只是想早点知道而已。我再次拍拍赵林的肩膀，说，要不要再喝杯水？赵林不说话，我说，那再抽根烟吧，我不抽烟，这盒烟放在我的口袋里，到最后也是被我扔掉。你在里面难得抽烟，帮我抽掉算了。说完，从桌子上拿过那包蓝色利群香烟，抽出一根，点燃，轻轻吸了一口，说，烟真的是好东西，我就这么吸一下，都觉得很舒服，怪不得你以前不抽烟，现在到里面了，反而会抽烟了。说完，把烟塞到了赵林的嘴里。赵林没有吸烟，而是任由烟自由燃着。我说，抽吧，别浪费了。抽烟和你告诉我剩余的金器、玉器放在哪里是两回事，别合起来。说完，我顾自回到桌子前坐下。

　　赵林叼着烟，抬起头，两眼望着天花板一动不动。直到死蚕样的烟灰掉落在他的下巴上，他才深深地吸了一口。这一口，烟火直接烧到了烟屁股上。烫得他连忙低头，吐掉烧了一半的烟屁股，说，在老家，正屋堆放杂物的那间小屋后窗台的那块大石板下面。我哦了一声，说，都在？赵林叹口气，说，都在。我说，没卖掉？赵林说，黄金、戒指、项链，大多被我拿到金店卖掉了，玉器都在。我哦了一声，说，那应该有好多。赵林低下头，想了想说，我也不知道有多少。我说，不对吧，你应该知道的啊。赵林突然抬起头，笑了。我奇怪地问，你笑什么？赵林说，我突然想起了前段时间流行的一个段子，抢银行不用去知道自己到底抢了多少，报纸上会说的。我一听，也忍不住笑了出来。

我说，你做的案子实在是太多了。我实在想不通，你一次作案，抢的财物足够让你享受一辈子了，干吗还要连续不断地去做呢？赵林叹口气，说，都是赌博害的啊。我说，你老婆不管你？赵林说，她只知道我偶尔会去打牌、打麻将，但从没想到我会输那么多。我哦了一声，说，那你老婆对这些事应该知道的。没，没有，她从不知道我的事。赵林急了起来，要是让她知道，我们这个家早散了。

我重新起身，走到赵林身边，拍拍他的肩膀，说，男人，要勇于担当。赵林说，我说的是真的，你要知道，只有在家里，看到老婆、儿子，我的心才会安定，要是看不到他们，我会慌乱不堪。我叹一口气，说，人哪，做了坏事，总怕被清算。赵林点点头。我从桌上拿起烟盒，抽出一支，搁在赵林的嘴上，点燃，说，你娶了一个好妻子。赵林深吸一口香烟，过了半天，才徐徐吐出，说，我辜负了她。我说，她一直和我们说，会等着你出去的。赵林说，不可能，她恨我都来不及。我说，看来你还真的不了解你老婆啊，来，我让你听一段录音。

我拿过桌子上的手机，打开一段视频，点击播放。视频是赵林老婆在接受我问讯时候说的，她抽抽搭搭地说了半天，才说清楚一句，赵林，你把做过的都说了吧，我和儿子会一直等你出来。

赵林闭着眼听着手机里传出的声音，眼泪慢慢顺着他的眼角溢出，无力地说，我哪里还出得去。我说，看来你对法律还是不太了解，你可以主动交代我们没有掌握的案子立功。赵林"哧"了一声，说，这个念头我一点都没有，因为我确实没有可以交代的了，我所做的，全部都是你们知道的。我说，那不一定，譬如，你不懂黄金的熔化，你没有直接和金店的人接触，因为有人帮你在做这个。赵林说，没有，就我一个人。我说，那你的水平太高了，什么都会做。

赵林不说话。我俯下身，盯着赵林的眼睛说，告诉你，你藏在老家的赃物，我们早就找到了，你只说了石板底下一处，忘记说阁楼角落的了。赵林的脸唰地一下白了。我说，我不知道你为什么要分开放，是为了更安全，还是留后路，但我相信，我们很快会弄清楚的，我只想问你，帮你的那个人是谁？

赵林低下头，说，真的没人帮我。我说，哦，那就算了，你当初从云南人那里买了十颗子弹，我给你算了算，早用完了，你后来的子弹是从哪里买的？买了多少？赵林说，后来的子弹我是从网上买的。

我叹了口气，说，赵林，你不顾流浪汉身上脏臭的举动，我一直很佩服，你是一个有爱心的人，所以，当我看到你的第一眼，我就觉得你不应该这样。还有，你有现在一些男人身上没有的品质，担当，对家、对自己、对老婆、对孩子的担当，我最看不起的男人就是遇事就躲，最好把自己的责任都推到别人的头上去，而你，恰恰不是这样。

赵林看着我，一声不吭。我叹口气，说，要是我们不在这里见面，我一定会和你成为朋友的，不过，我停顿了一会儿，说，我还是很佩服你，敢作敢当。

赵林咬了咬嘴唇，说，我想见一下老婆和孩子。我说，对不起，按照规定，现在你不能见，你有什么话，需要我传达的，只要不违反法律，我可以给你传达。赵林说，让我看看刚才你给我看过的视频，好吗？我想了想，说，好，但这次只能看，不能听，我把声音关掉。赵林点点头。

我打开视频，放在赵林前面，按照赵林的要求，接连放了三遍。

看完视频，赵林闭着眼睛，让眼泪在脸上肆意流淌了很长时间，然后睁开眼，对我说，再给我抽支烟。我点点头，再次从烟盒里抽出烟，自己帮着点燃，然后搁在赵林的嘴上。赵林一口一口，慢慢地吸着。青色的、白色的烟雾，慢慢弥漫在赵林的脸上。赵林忍不住咳嗽了几下，很快吹散了蒙在脸上的烟雾，赵林满是泪水的脸重新出现在我面前。我没有说话，只是静静地等着赵林开口。

你们问吧，我全都说。赵林说完这句话，长长地吐了口气。

青 杏

一

细雨，淅淅沥沥地下了十来天，小巷满是水洼。男人紧跟在青杏的后面，似乎很紧张，时不时转头顾盼左右前后。青杏是踮着脚尖走的，脚上黑色皮鞋被雨水泡得胀胀的，每走一步，都有穿行在泥泞中的沉重。小巷的尽头是两间背街临河的小平房。青灰色的墙面，因为掉了墙皮，露出一块块狭长小巧的青砖。临栋的墙头还有一个脸盆大小不规则的破洞，里面有一根歪斜发霉的木头柱子。整幢房子看上去像个站立不稳的酒鬼。

青杏摸出钥匙开了门，湿湿的屋门发出滞腻的"嘎吱"声，显得比以往沉重了许多。一股浓浓的霉气，疯狂地向门口扑来，把青杏熏得忍不住屏住呼吸后退了一步。适应了短时间的黑暗后，屋子里的东西也就看得清清楚楚了。一个双眼煤气灶摆放在门边一块没有铺设瓷砖的水泥薄板上，上面坐着一把已经看不出本色的黑色茶壶。房子中间，一张红色小方桌，被几张钢折椅围着。屋顶上有天窗。因为背阴，天窗的玻璃上长出了青苔，连带着天窗边上的椽子也黑得如墨。天窗边沿有一条长长的水迹。一粒珍珠样的水珠顺着水迹往下走，一直走到横梁底部，蛰伏着。

青杏进门后，从小方桌上拿起一罐空气清新剂喷了几下，一股浓郁的茉莉花香，很快弥漫开来。青杏转过身放下空气清新剂，黑衣男人刚好走到门口。青杏迟疑了一会，才招呼道，进来吧。沉闷和无力的声音，听得让人不自在，也让门口的男人，变得更加的迟疑和不安。他呆呆地站着，没有进门的意思。青杏接过男人的雨伞，现出男人并不苍老的脸。没了雨伞的男人有些手足无措，两只有着粗大关节、厚实老茧的手胡乱搓着。青杏牵住男人的手，努力让自己轻柔地把男人拉进屋。那扇湿沉的木门在她身后艰难地关上。

进了房间的男人像变了个人，还没等青杏把窗帘拉严实，就一把搂住青杏。手像两条受惊的水蛇，慌不择路地在青杏身上乱窜。青杏边任由男人锉刀样的手掌在身体上胡乱游走，边伸手帮男人把衣服脱去。横梁上那颗蓄积许久的水珠终于掉了下来，不偏不倚掉在男人赤裸的胸口上。男人慌乱地颤了下，用手一抹，看清楚是水，才长长地舒出一口气。

上了床的青杏，忍着男人满嘴的烟味和大蒜味。成了一个有着严谨职业操守的熟练工。男人其实并不持久，还没等青杏把自认为必须的程序走完，他已经瘫在青杏身上了。男人在青杏身上趴了一会儿，又冲动起来。青杏推推他的身子，说好的只一次。男人没有理会，手依旧不停地在青杏身上磨搓。从没有过主动的青杏，被男人弄得有些冲动，推着男人的手臂也变得松弛。男人冲撞了一阵后，一口咬住青杏的耳垂。青杏惊叫一声。男人喘着气说，我会对你好的。青杏听了这话，刚刚活跃起来的身子，像一条被扔到岸上的大鱼，猛力蹦跶了几下，男人差点被掀了下去。男人想发火，青杏却像突然通了电的收音机，"哇"的一声哭了出来。哭得男人再也没有了兴致，穿起衣服就走。青杏想喊还没付钱呢。可不知道为什么，这话像一个根大的木头，横亘在青杏的咽喉，无论怎么努力，都无法吐出。"我会对你好的"这话，只有季柏和她说过。当初，她就是凭着季柏和这话，心甘情愿安下心来跟了他。

二

青杏的家在千里之外一个大概叫"江南"的地方。要落实到具体地址，她又不知道。她只知道自己家的四周都是山。去趟镇上，都要打着火把出门，顶着星星回家。她没读过书，也没出过远门。她是在赶集的路上，被一个叫张哥的男人拐走的。那年她十七岁。青杏先坐汽车，后坐火车，倒腾了两天，才到张哥家。到家的当天晚上，她就被张哥强奸了。第二天，她被张哥关进了一间没有一件家具的房间。里面已经有了四五个神情木然的女人。

青杏被关了三四天后，张哥的家成了人口集市。青杏和这几个还没来得及熟悉的女人，成了被人扒拉挑选的商品。七八个年龄不一的光棍，把青杏她们前后左右看了一遍后，开始和张哥讲起了价格。有一个四十多岁的光棍，挑中了坐在青杏边上一个三十来岁的女人，居然还没等张哥开价，就拉着女人进了隔壁的柴房。凄厉的喊叫声，在堂屋这帮男人嘻嘻哈哈的坏笑声中，显得格外的刺耳和无助。确实，在这群只能用钱买女人的男人眼里，女人就是用来发泄欲望和生儿育女的，没有人会在乎女人的想法。

女人一个个被男人抓猪崽一样，付钱领走了。坐在墙角瑟瑟发抖的青杏，突然，被人牵住了瘦如竹竿的手臂。她一阵颤抖。抬起头，看到了一张并不苍老的，但看着可怕的脸。这人刚拉住青杏的手，边上几个男人就哄笑起来，季柏和，你拉这个女人回家，搓衣板样的身子，小心磕断她的肋骨。季柏和的脸唰地红了起来，结结巴巴地盯着青杏说，跟着我走，我会对你好的。季柏和的话像一大坨芥末塞进了青杏的嘴巴，把青杏辣得一句话都说不出，只有眼泪、鼻涕像潮水一样，漫过她巴掌大瘦削的脸庞。

季柏和果然没有食言，他把青杏买回家后，似乎并不怕青杏逃走。不但不像防坏人一样防备青杏，而且还任由青杏自由活动。闲在家里，无所事事的青杏想找事做，可季柏和说，干什么活，我养你。因此，她就天天帮着婆婆生煤炉、烧饭烧水，等着一家人回家吃饭。不过，这种日子，尽管单调，却是她以前想都不敢想的。她觉得自己太幸福了。她很想把自己现在过上了城里人的生活，告诉爸妈，可惜，却不知道该怎么做。

不过，这样的好日子刚过了三年就结束了。结束的理由很简单，季柏和进了监狱。

季柏和是纺织厂的机修工。本来在女多男少的纺织厂，要找个媳妇很容易，可是季柏和左脸颊上的一大块黑斑，让他自卑，也让女人望而却步。现在，有了老婆的季柏和，挺直腰杆，开始参加工友之间的活动了。一次，季柏和跟着几个机修工在厂门口的一家小餐馆里，喝酒、吹牛、讲荤话。说着、说着，这帮男人心里的火被勾了起来。于是，趁着酒劲，钻进厂门口边上的女工宿舍，把那些留在宿舍的女工骚扰了一番。

纺织厂的女工大多是一点就着的干柴，男人的骚扰刚好给了她们嘻哈发泄的机会。于是，在女人故作惊慌的惊叫声中，这帮冒着心火的男人开始浑水摸鱼闹腾了起来。本来搂搂抱抱、亲亲摸摸，也就在嘻哈中过去了。可其中一个居然精虫上脑，竟然当着大家的面把一个女人拖到角落，扒了衣服。要是边上没人，两人也就这样你好我好大家好过去了，可在大庭广众之下，女人就大声叫嚷起来。这下可好，他们这几个人成了流氓团伙。扒女工衣服的男人，被判了死缓。季柏和和其他男人，也被重判了十五年。

季柏和的犯罪，就像一颗天外飞来的炸弹，把刚刚完善起来的家，炸得千疮百孔。先是季柏和的父亲生病，最后钱用完，人也完。接着是季柏和的母亲大病一场，亲戚中能借的，都被借遍了。

季柏和虽然长得丑，可依然像房顶上的那根歪脖子栋梁，没了它，这个家还真的撑不下去。青杏成了上不去，下不来，悬在半空，危机四伏却不知道该怎么办的迷路小孩。若不是季柏和对自己好，青杏早就抱着儿子走了。

青杏的心思季柏和的母亲看得清清楚楚，所以，她从医院回来后，就把季伟拉到身前，然后对着青杏"啪"地跪了下去，青杏，以后这个家只能靠你支撑了，你不支撑，这个家就散了，季伟也就成了无依无靠的孤儿了，若有来世，我一定做牛做马报答你。青杏愣了好久，才回过神，哭着把婆婆搀扶起来。婆婆的下跪，无疑是把绝望中的青杏架在了火堆上。为了这个家，为了婆婆，为了儿子，她只能替季柏和撑起这个家。

青杏虽然从小吃过不少苦，也懂得不少的生存方式，但那是在山窝窝里。到了城里，那些爬树砍柴的手段，根本没有用武之地。加上这三年来，季柏和一直把青杏当宝，不让她干活，让青杏变懒不少。所以，青杏找过好多工作，但都没做两天，不是被对方辞了，就是自己走人。

青杏找工作的时候，看到有人在捡废纸、饮料瓶换钱。想了半天，觉得这个活不错。虽然辛苦，但毕竟来的是现钱。现钱，对天亮就要花钱的家来说，是多好的事。事实和青杏想的一样，一天下来，收获虽然不多，但维持生活还行。当然，如果没有后面那件事，青杏说不定还在过捡废纸、饮料瓶的日子。

那天青杏路过矿山机械厂的门口，一个身材瘦长，留一头短发，穿一套蓝色工作服，四十来岁的男人把她喊住了。男人叫葛荣，是矿山机械厂的门卫。青杏停住脚步，问道，有事？葛荣说，这里有些书报，卖给你。青杏笑笑，我只捡不收。葛荣挥挥手，那算了。青杏刚走了没几步，葛荣却叫住了她，回来吧，这些书报反正卖不来多少钱，送你了。青杏回头看了他一眼，真的？葛荣笑了笑，说，当然真的。

传达室的桌子上除了一台电话机，干干净净的没有一张纸。青杏奇怪地问，你说的报纸呢。葛荣推开传达室里屋的门说，在里面，你进去拿。青杏拎着编织袋进了里屋。里间是休息室。墙角的一张单人床上，是一床印着大朵红牡丹，折叠得方方正正的被子。一张已经露出木头原色的写字桌靠窗摆着，上面是一只失去了一块巴掌大小搪瓷的红花纹脸盆，里面放着一副碗筷。桌子脚边上的电炉上，坐着一只钢精锅。单人床底下，整整齐齐叠放着一堆报纸。一切，是那样的干净和有序。青杏不由得对葛荣产生了一丝好感。

青杏摘下口罩，问了一句，就是这个？葛荣点点头。青杏轻笑一下，俯下身，把床底下的报纸一摞一摞地搬出，塞进编织袋。葛荣站在边上，无意中在青杏敞开的领口中，看到了两只虽然下垂，但依然饱满，随着青杏的动作，不停晃荡的乳房。葛荣的脸涨得血红。他踟躇了许久，正想往青杏的领口伸出手。刚好青杏站起身，葛荣慌忙停住。青杏觉察到了不妥，看了下胸口，连忙低头拉了拉衣领，然后对葛荣轻声说了句谢谢你。

青杏的话，似乎给葛荣壮了胆。他突然从背后抱住青杏，两只手掌紧紧地按压在青杏的乳房上。青杏被吓了一跳，忍不住惊叫道，你干吗。葛荣连忙捂住她的嘴，说，别叫，会让人听到的。边说，边把青杏往床边拖。青杏死命挣扎着，但哪里是葛荣的对手，很快就被葛荣按倒在了床上。葛荣压在青杏身上，一只手紧紧捂着青杏的嘴，另一只手伸进衣服里，抓住了青杏的乳房。胸口酥酥麻麻的感觉，让挣扎着的青杏一阵迷晕，她突然像一个泄了气的皮球，软在了葛荣的身下。就这样，该发生和不该发生的，都发生了。

完事了的葛荣知道自己惹了大祸，当即跪了下来，边哭，边打自己的脸，求青杏原谅。葛荣的举动让青杏呆了一下，接着，也哭了起来。就这样，两个本来应该是对立的男女，因为一场不同心思的哭，把心连了起来。也把青杏刚刚产生报警，让他和季柏和一样去坐牢的念头生生地压了下去。事后，葛荣还把衣兜里的一百多块钱都塞进了青杏的口袋。

青杏以为，这天肯定会在后悔和痛苦中度过。可是，到了晚上，冷静下来的青杏，却回味起白天的粗暴和疯狂了。季柏和从来没有这样过。葛荣强制侵入，让青杏回味。过了两天，她不由自主地又出现在了的传达室门口。从此，每隔几天，青杏都会出现在矿山机械厂传达室的那间休息室内。她和葛荣，似乎早有默契。无须多说，直奔主题。每次分开，葛荣都会把早就捆扎好的报纸杂志交给青杏。有时候，他还会在报纸里面塞些废铁。当然，他也会时不时地往青杏的口袋里，塞上一两百块钱。

其实，青杏每次离开葛荣，她会哭，会骂，会觉得对不起季柏和。可过上两三天，她又会忍不住出现在葛荣的面前。

青杏的变化，婆婆看得清清楚楚。她想和青杏说说，可不知道该怎么说。她只能不声不响，用自己的沉默，替青杏，也替这个家维护着那层薄得可怜的尊严。

三

要不是后来男人做了一件事，青杏还是会把自己和他的关系，归结到简单的肉体交易关系。

那天早上，青杏被房顶上一阵窸窸窣窣的声音惊醒。青杏以为是猫在房顶上嬉戏闹春，睁大眼睛盯着屋顶看了一会儿，感觉不对。原本黑黑的房顶，慢慢地亮堂起来。太阳顺着房顶檩条间的细洞，钻进屋子，碎金般洒落在地上、床上。难道被拆迁了？青杏一个激灵，急乎乎起床。推门一看，只见屋檐口架着一架梯子。男人右脚踩在房顶上，左脚站在梯子间，两手正在把脚边的瓦片撩起，堆放到边上，给脚留出一溜可以站立的空间。青杏对男人喊道，你干吗呢？男人转过头，笑了下，瓮声瓮气地说，给房顶修漏。青杏说，修漏也不知道说一声，吓我一跳。男人说，上次我不是和你说过，等天晴了我会过来修的。青杏这才明白过来，那天自己随口一说，男人还真的有心了。

其实，房子早就漏了，青杏不知和房东说了多少次。可房东说，这间破房子早被纳入拆迁范围，迟早得拆，还浪费那钱干吗。因此，他除了收房租的时候出现，其余时间根本见不到影子，连打电话给他，都不一定会接。没法，青杏只能见招拆招应付着过。现在倒好，男人主动上门干活，将给青杏省去不少麻烦。青杏进屋烧了壶水，找个杯子给男人泡了茶，然后颤巍巍地爬上梯子，把杯子递给男人。男人憨笑着接过，说了声谢谢。青杏脸一红，说，我谢你才对。

天窗边的漏点，是因为一块仰瓦裂开。现在，男人从边上取了块好瓦片，把裂开的仰瓦换上，漏点就堵住了。随着男人一点点把瓦片重新安放整理好，刚刚漏进屋子的碎金又被挡在了外面。不过，接近正午的阳光，透过男人刚刚擦拭干净的天窗玻璃照进来，形成一根并不太斜的光柱，立在小方桌上，支撑住了屋顶。

青杏打好水，绞好毛巾递给男人，笑盈盈地说，我还不知道大哥的名字呢。男人的脸一红，边洗手，边说，我叫宋华。青杏说，谢谢宋大哥，以后我就不怕下雨天了。宋华说，没事，以后有事要帮忙尽管说。青杏说声那太好了后，从放在床头的一只红色坤包里掏出皮夹，找出一张五十元纸币递给宋华，宋大哥，这是你的辛苦费。宋华搓着手连声说不要，不要。青杏浅笑着说，宋大哥，钱你就拿着吧。边说，边把钱往宋华的衣袋里塞。宋华连连拒绝。青杏说，我这今天不方便。宋华的脸"唰"的一下红了。

看着宋华背着梯子的背影，青杏暗叹一口气，尽管自己的身子是用来卖的，但也要卖得矜持。宋华走了后，青杏想起，该去看看已经一个多月没见的婆婆和儿子了。自己和儿子，虽然近在咫尺，却又如远在天涯。有时候青杏会恨婆婆，恨自己，恨那个远在监狱的季柏和。可恨有什么用，恨当不了饭吃，恨不能换钱、不能换米。

有一天，青杏在鑫峰服装厂门口的垃圾堆里，翻检服装包装纸下脚料。服装厂搞卫生的瘸子阿三看到她，向她招招手让她过去，她走过去问，有事？阿三笑嘻嘻地说，我房间里有很多废旧包装纸，反正卖不了多少钱，送给你了。青杏笑着说了声谢谢后，跟着瘸子阿三到了宿舍。谁知，刚进门，瘸子阿三就一把抱住她。青杏挣扎着骂道，你这个流氓。瘸子阿三却嬉笑着说，别人给你报纸，你就让人睡，我给你报纸怎么连摸都不让我摸。青杏骂道，狗屎，也不看看自己是什么货。阿三怒道，你以为自己是什么货，还不是和妓女一样，给钱就能睡。青杏这才明白，自以为隐藏得极其隐秘的行为，原来是自欺欺人。

青杏再也无心捡拾废纸，回到家，婆婆已经把季伟接回家了。季伟见青杏回家，高兴地扑上来，抱着青杏说，小朋友说我爸是流氓，你是鸡婆，妈，什么是鸡婆？青杏气得狠狠打了季伟一巴掌，季伟哭着向婆婆跑去。晚上，婆婆对青杏说，这几年委屈你了，这个家全靠你死撑着，想想我那该死的儿子，我没其他的报答方式，只能给你磕个头。说完这话，老太太就要跪下来给青杏磕头。青杏抱住婆婆，放声大哭。

不过，如果没有婆婆后来的话，青杏也不会另外租房独住。一天晚上，婆婆对正对着镜子刷眼睫毛、涂胭脂，准备出门的青杏说，季伟一点点大起来了，有些事也慢慢懂了，我想去离学校近一点的地方找个小房子，和季伟一起住。青杏听出了婆婆的意思，她沉吟了一会儿，说，妈，你和季伟住这里，我去租房子。老太太沉默了许久，抹了把眼泪，说，青杏啊，我替我们季家谢谢你了。

自从季柏和进监狱后，青杏不是没想过重新开始新的生活，可总是下不了决心。因为她实在忘不了自己刚进季家当天，季柏和的表现。那天，季柏和带着青杏进门时，婆婆刚刚把一只特意买的小公鸡杀掉。杀鸡的时候，婆婆拿了只汤碗接鸡血，准备烧鸡血豆腐羹。鸡杀好后，婆婆坐在门口褪毛。站在厨房门口的季柏和见母亲去了门口，连忙进房间，从床单下抽出一块白布，飞快地在鸡血碗里蘸了下，然后重新塞到床单底下。第二天一早，季柏和拿涸了鸡血的白布，炫耀般地扔在地上。季柏和的这个举动，让青杏心里暖了很久。

青杏去探监的时候，季柏和哭着说，我知道你不容易，所以，你要是不愿意，我们离婚吧，只要把儿子给我留下。其实，季柏和不知道，青杏早已定下心不走，因为她明白，除了季柏和，除了儿子和只在梦里经常出现的爹娘，她早已一无所有。

季伟工作后，平时就住在单位宿舍。青杏想搬回去。这样既可以省一笔房租，也可以照顾身体并不太好的婆婆。当她把这个想法和婆婆说了后，婆婆却有些支支吾吾。确实，季伟从小学开始，虽然时常和同学一起玩耍，但从来不和同学说自己的爸爸妈妈，也从不去同学家，不让同学来自己家。中考结束，拿到了高中录取通知书的季伟没有去学校报到，而是去了劳务市场找工作，说要用自己的双手，挣干净的钱养家。青杏听到消息后，赶回家里，发现对梗着脖子的季伟，已经无话可说。确实，能和儿子说什么呢？说自己的不容易，说自己的无奈，这些能和孩子说吗？再说，这么多年的卖身生涯，让她早已无法再用体力活来换取所谓的尊严了。

四

青杏租住的地方比较僻静，平时她在带人到屋里的时候，也是比较注意隐蔽的。可无论她怎么隐秘，不被警察盯上那是绝不正常的。那天晚上下雨，青杏在街口河边小公园的柳树下站了大半天，才招徕了一个客人。男人看着很脏，可对不想放过任何一个挣钱机会的青杏来说，脏并不可怕。可怕的是干了活不掏钱，还逼着自己往外掏钱的。好在这样的事情她只是听说过，但听的时候，也足够让她胆战心惊了。青杏和男人谈好价钱，就和往常一样，一前一后，隔着很长的路，把男人往家里领。谁知，男人刚脱了衣裤，门就被警察踢开了。

警察在讯问青杏的时候，青杏没有抵赖，把关于自己的一切都说得清清楚楚。确实，自从走上卖身这条路，以前残留着的尊严，再也无法捡拾。想当初，自己和矿山机械厂的葛荣好上，一半是为了能得到葛荣不多的资助，一半是为了自己被葛荣唤醒的身体。她本来以为这样的日子会等到季柏和出来，谁知，婆婆在接季伟放学的时候，一不小心摔了一跤，跌断了股骨。面对医院一张接一张的催款单，青杏厚着脸皮向季柏和的亲戚借钱，可这次，再也没有一个亲戚愿意伸手。

青杏问做完笔录的警察，怎么处理我？警察说，罚款或者拘留。青杏问，罚款要多少钱？警察说，五千。拘留呢？十五天。青杏苦笑了一下，说，那还是选择拘留吧。在去拘留所的路上，青杏低着头小声问押送她的警察，十五天后出来还抓吗？警察笑了，说，找一个实实在在的工作，踏踏实实地挣钱，多好。

青杏叹一口气，我一个人养三个，你让我怎么办？警察看了她一眼，不再说话。

拘留所在城郊，三面坏水，风景优雅。可惜，青杏看不到外面的风景。行政拘留比较宽松。青杏每天除了把被子叠成方方正正的豆腐块，留下来的时间就是背监规、打扫监区卫生。十五天很快就过去，青杏走出拘留所的时候，忍不住回头望了拘留所的高墙，如若没有儿子和婆婆，她倒愿意长期待在这里。

回到家，打开门，一阵难闻的霉气迎面扑来。青杏开了门窗和电扇，喷了点空气清新剂，又用湿毛巾把桌椅和床铺擦了一遍，才觉得好受了点。

做完这一切，青杏想着是不是回去一趟，看看婆婆和儿子。正想着，门口一暗，原来是婆婆来了。婆婆除了有事，平时极少到这里来。青杏连忙迎了上去。婆婆盯着青杏看了一会儿，说，我来看过你几次，你都不在，打你电话也关机。青杏苦笑了一下，说，去里面待了几天，刚回来。婆婆哦了一声，似乎并不惊讶，说，青杏啊，前几天，社区的人告诉我，说柏和要回来了。青杏心里先是一阵惊喜，接下去却是一阵慌乱和惊恐。婆婆看看青杏由红转白的脸，说，我和季伟说好了，等他爸爸回来，你也一起回来，不要再在外面住了。青杏心里一阵激动，轻轻地嗯了一声。婆婆叹口气，说，终于望到头了。青杏鼻子一酸，不知道该怎么说。婆婆站了一会儿，起身走了。

青杏把婆婆送出门，轻盈地走进里间，在床垫下面摸索了一阵，摸出一只塑料保鲜袋，里面装着十来张百元纸币和一张银行卡。这是青杏卖身养家后，从牙缝里省下的。本来打算到儿子结婚了再拿出来，现在看来，不用再等了。季柏和回来，十多年的屈辱生活终于过去了。家再也不用自己一个人扛了。青杏不由得笑出了声。

正想着，有人在敲门，是宋华。自从宋华给青杏修了屋顶的漏点后，隔三岔五地会过来。青杏已经不再完全把宋华当成自己的主顾。有几次青杏想不收宋华的钱，可一想到她和宋华之间的距离，她又会打消了这个念头。好在宋华也从不多说，让青杏少了很多的尴尬。宋华见了青杏，说，半个月没见，干吗去了。青杏说，有事去外面了。说完，把宋华让进门。宋华也就不再多问。见青杏往水壶里灌了半壶水，准备烧水，就说，不用了。青杏笑笑，说，别急。宋华走到青杏背后，和往常一样，把青杏搂住。青杏又说，别急。宋华说，我换地方了。青杏说，换哪里了？宋华说，离这里不远，坐车也就半个来钟头。青杏哦了一声，宋华说，以后你这里只能是偶尔来了。青杏转过头，说，我也准备不做了，老公马上回来了。宋华哦了一声，抱青杏的手臂松了松。青杏任由宋华上下抚摸了一阵，才脱身把水壶坐上，开始烧水。

完事后，宋华像以前一样，摸出一百块钱递给青杏。青杏没接，说，我不要。宋华说，收下。青杏说，不要了。宋华想了想，又抽了两张百元纸巾出来，一起递给青杏，说，我也没有更多的钱。青杏推开宋华的手，说，你误解我了。宋华想了想，说，以后家里有什么活要我做，尽管说。青杏听了这话，鼻子一酸，说，谢谢你。宋华再次抱了抱青杏，然后转过身，往门口走去。青杏忽然喊了声，等等。宋华转过头，青杏趋步上前，抱住宋华，把宋华刚穿上的衣服，再次一件件脱下。

　　直到宋华走了大半个小时，青杏还把头埋在还留存着宋华气息的被窝，任凭泪水在床单上流淌。这是她十多年来唯一一次不为钱和男人交媾。

五

　　季柏和是摸索着回家的。岁月变迁，物是人非。走在大街上，没有一个人是他认识的，也没有一个人认识他。走在街头，他像一滴掉入水中的油珠，始终无法融合。他在人们好奇的眼神中，凭着记忆，摸索了很久，才找到家门。婆婆坐在门口择菜，忽然抬头，看到一个带戴一顶黄色旅游帽，穿一件淡灰色夹克，一条黑色裤子的男人站在她面前。她刚想问你找谁，却看到男人脸上都是泪水，再仔细一看，才认出是季柏和。等青杏闻讯回到家里，婆婆已经和季柏和抱着哭过好几次，已经静下心来，坐着在聊天了。季伟还没有回家。不过，等青杏烧好晚饭，季伟也下班回来了。

　　佝偻着身子坐在桌子边和母亲聊天的季柏和看到季伟进门，忽地一下站起身，盯着比他高出大半个头的季伟，不知道该说什么，只是搓着双手，反反复复地说，没想到你长这么高了，唉，我对不起你，对不起你妈，对不起你奶奶，对不起这个家……刚进门的季伟被季柏和这个对不起，那个对不起弄得烦死，他白了季柏和一眼，顾自进了房间。

　　青杏兴冲冲地把饭菜摆上桌，招呼婆婆和季柏和父子坐下。

季柏和把母亲推坐在上首，季伟坐在下首，自己和青杏分坐两边。一张面板已经开裂的四人小桌，自从进这个家以来，第一次坐得满满当当。婆婆给每个人的面前都放了个小碗，然后拿来一瓶特意买来的五年陈花雕酒。季柏和连忙接过，妈，我来。说完，拧开瓶盖，在四个小碗里一一倒上半碗花雕。青杏看看对面一脸兴奋的季柏和，左边抿着嘴一声不吭的季伟，右边一脸笑意的婆婆，不由得落下泪来。高兴，太高兴了。这样的场景，青杏在梦里已经出现过无数次。

季柏和一动不动地盯着青杏看了许久，然后站起身，退后两步，对着青杏说，青杏，让你吃苦受累这么多年，我无法报答，只能给你磕几个头了，以后你要是愿意，就安安稳稳地待在家里，要是不愿意，我们就离婚吧。说完这话，季柏和直直地跪了下去，对着青杏"砰砰砰"磕了三个响头。刚刚还在激动的青杏被季柏和这么一搞，就像大晴天突然刮起了狂风。泪水，像决堤的河水一样，喷涌而出。

本来好好的一顿团圆饭，因为季柏和的下跪，青杏再也没有了坐着吃完的勇气。她站起身，摇摇晃晃地走进房间，鸵鸟一样，把头埋在枕头下。过了许久，季柏和进来在青杏边上站了一会儿，说，你也别多想，我刚才说的是实话。说完，又伸手拉了下青杏。青杏顺势起身，看了眼季柏和，关上房门，然后慢慢脱掉衣服，把依然鲜亮的身子裸露在了季柏和眼前。季柏和盯着青杏看了许久，仰起头，伸手擦了下眼睛，长长地叹了口气，说，我和儿子去睡。青杏只觉得身子一软，问道，为什么。季柏和勾着头沉默了半天，说，我没想到会这样。

青杏光着身子傻愣愣地站了一会儿，重新把刚刚脱下的衣服穿上。然后，打开门往外走。此刻，天已经下起了雨。雨不大，密密麻麻丝线一般，打在青杏脚下的青石板上，无声无息。打在路边街角的路灯上，漫起一层淡淡的雾气。因为下雨，本来就冷清的小巷变得更加的空旷和玄幻。偶尔有一两个打着雨伞或穿着雨衣骑着电动车的人路过，但谁也没有回头看一眼在雨中行走的青杏。

　　青杏漫无目的地在凄凉的细雨中穿行了许久，再也忍不住蹲下身子痛哭起来。等她擦干眼泪站起身，放眼望去，街上空无一人，只有小巷尽头，不断漾着涟漪的环城河，正热切地敞开着怀抱，期待着和她紧紧拥抱。

青梅竹马

　　钱娜最近老是做梦，梦里的情节都是相当的完整连贯，可是等她一醒来，怎么想都连贯不起来。好几次钱娜在黑夜里圆睁着双眼绝望地回忆着，可是无论如何努力，梦境就是连不起来。

　　放在床头柜上的手机闹铃把半梦半醒的钱娜从暖暖的被窝里死死地扯了出来，想反抗都不行，上班迟到一分钟扣二百块钱的压力迫使钱娜不得不顺从闹铃的意愿。

　　广电总台在城西，钱娜从城北赶过去，顺利的话，在公交车上待上半个小时就成。假如正巧碰上堵车什么的，没一个小时是无法赶到广电总台的。每天，钱娜都是用冲锋打仗的速度在和时间赛跑。扣钱容易挣钱难，一分钟二百块钱，对普通播音员而言，无疑是一笔巨款。

　　钱娜走出直播室习惯地拿起放在包里的手机，手机显示有两个未接电话。钱娜顺手回拨过去，一阵悠长的小提琴独奏《梁祝》后，传来一个低低的男声，忙好了？

听到这声音，钱娜昨晚始终无法连续的梦境突然清晰起来，就是这个低低的男声，在梦里拉着她的手，对她说，嫁给我吧。然后把手轻轻地放在他的唇边。那湿热的气息仿佛还停留在她的手上。

我刚做好节目，你是谁？钱娜问道。我是你老公啊。那低低的男声慢条斯理地说。我老公？你是不是有病？你再这样骚扰，我报警了。我真的是你老公，你忘记了？对方依然是慢条斯理的语气。

钱娜生气地按了一下手机上的挂断键，让那声音独自在空气中乱撞。这个电话已经打了好多天了，钱娜一开始不知道该怎么办，拒绝，感觉不妥，毕竟对方不像那些没事找事寻刺激的无聊之徒；不拒绝，他开口就说是她老公，让人听了很不自在。到后来，竟然慢慢地适应了，并且还有点期待在里面。人就是奇怪，本来很不合理令人反感的事情，时间长了竟然也能接受，并认为是合理的。

钱娜的梦又开始了，还是那个梦，梦中的男人轻轻地拉着她的手放在湿热的唇上，痒痒的感觉让钱娜忍不住心神摇曳起来。梦依然被床头柜上的手机闹铃给搅碎。钱娜一个激灵坐起的时候，才想起今天休息。她拥被而坐，转头看看边上打着呼噜闷头大睡的张铭华，不知道自己现在该做什么？该想什么？

张铭华已经适应她的紧张，不管闹铃如何刺耳他依然能安然入睡。张铭华在报社做记者，报社的作息制度和广电总台截然相反，不用坐班，记者只要完成每个月规定的稿子，就能无忧无虑地拿到全额的工资，要是再来篇好稿，那么这个月的任务不但超额完成而且还能额外拿奖金了。

手机响了，电话是钱娜妈妈打来的，她说天宇知道妈妈今天休息，想回来和爸爸妈妈在一起。钱娜看看边上还在打着呼噜的张铭华说，好的，那等下我过去接吧。天宇是钱娜和张铭华的儿子，刚满四岁。

接了妈妈的电话，钱娜突然想起一个人来，一个存在记忆深处的人。

钱娜的妈妈退休前是小学教师，因为爸爸在外地工作，钱娜小的时候就一直和妈妈生活在一起。妈妈每天除了上课就是改作业、备课。钱娜在妈妈没空管她的时候时常找学校几个老师的小孩一起玩，和她玩得最好的是辛源。

辛源是马老师的儿子，比钱娜大两岁，虽然只大两岁，可是辛源已经像个哥哥的样子了，处处让着钱娜，帮着钱娜。七岁的辛源照顾着五岁的钱娜，让钱娜妈妈少操心不少。

一天，钱娜妈妈看到拉着钱娜小手给钱娜洗手的辛源说，辛源，你这样喜欢妹妹，以后让妹妹给你做老婆好不好。辛源抬起头，睁着两只圆圆的眼睛用一副大人的口吻说，我就喜欢妹妹，等我大了，就娶妹妹做老婆。看着辛源一副小大人的可爱模样，钱娜妈妈笑着说，辛源，娶老婆不是一件很简单的事情，也不是你说了就算，你还得要让你爸爸妈妈同意才行。辛源拉着钱娜的右手，一脸严肃地说，我现在就和妈妈去说。辛源拉着钱娜回家的时候马老师还没有回家，辛源就让钱娜和他一起坐在门口等妈妈。马老师回家路过钱娜家门口的时候，钱娜妈妈已经把辛源小大人的模样和辛源妈妈说了，两个大人笑得前俯后仰。马老师刚到家门口，辛源就拉着钱娜的手站了起来，一脸严肃地说，妈妈，我以后长大了要娶妹妹做老婆，你同不同意？我当然同意啊，马老师笑着说，不过你得好好读书，等你有出息了才可以娶妹妹做老婆，不然不但妹妹的妈妈不同意，我也会不同意的。

有了双方妈妈的同意，辛源就有底气了，以后在和钱娜玩的时候，他不时会很严肃地说，妹妹，你是我的老婆。钱娜每每听到这样的话，就会很不耐烦地说，知道了，知道了，我是你老婆。

八岁的辛源读一年级了，六岁的钱娜也读学前班了。读一年级的辛源会经常在下课的时候到幼儿班看钱娜，钱娜也会在下课的时候去旁边的教室看辛源。等钱娜上一年级的时候，马老师通过关系调走了，结束了和丈夫的两地分居。辛源在走的时候特意把钱娜叫到面前，把一支上学期拿了"三好学生"奖励的钢笔递给钱娜，一脸严肃地说，妹妹，我会记着我说的话的，你是我的老婆，你长大了不能嫁给别人，只能嫁给我。钱娜拉着辛源的手，突然有了离别的痛苦，哭了。辛源伸出手，小心地把钱娜脸上的眼泪擦干，抱了抱钱娜说，妹妹，不哭，哥哥有空的时候会来看你的。这次分手之后，一直到钱娜大学毕业也没有见过辛源。其实，钱娜大学毕业时在家门口见过辛源的，只是辛源认识她，她不认识辛源了。随着辛源的离开，钱娜早就忘记了辛源，只是在妈妈偶尔的谈起中，她才会想起还有这样一个对她很好的伙伴。

难道是他？钱娜心里突然有了种向丈夫诉说的冲动，她推了一下身边的张铭华，你醒醒，我和你说一件事？你烦什么烦啊，大清早的，你自己不睡也不让我睡？张铭华边说边不耐烦地转个身又顾自睡去了。张铭华的不理不睬让钱娜刚来的兴致一下失去了，她愤愤地起身，走到儿子的房间，抱着儿子的小棉被，蜷缩在小板床上，眼泪不争气地流了出来。

自从结婚以来，张铭华一直不把她当回事，个中原因其实很简单，当时张铭华在报社属于潜力巨大的记者，钱娜只是广电总台广告部的有广告了就有活，没广告就打杂的普通播音员。张铭华看上钱娜的是容貌，钱娜的美丽让其貌不扬的张铭华很是面上有光，钱娜答应和他交往是看中了他的潜力，两人的交往就在这各有心事中进行。但决定结婚的原因却归结于一次意外，一直很注意避孕的钱娜意外怀孕了，这让自诩具有责任感的张铭华觉得必须负起这个责任。于是，等钱娜做完人流手术的两星期后，两人走进民政局，钱娜成了张铭华有名有分的妻子。婚后的张铭华始终觉得自己是报社的顶梁柱、红人，后悔娶了钱娜这样一个小工作人员，时不时地要耍性子、弄出点动静发泄一下心中的后悔。钱娜也曾想过离婚，可是看到儿子那可爱的笑脸，就是下不了这个决心。日子就这样在平静的表面下，在暗流的冲突中不紧不慢地过着。

钱娜娘家在城南，钱娜要去娘家必须得穿过整个城市，很多次，钱娜想让爸妈住到她家，可是老两口说什么也不愿意住在钱娜家。其实，老两口哪能看不出张铭华对钱娜的态度，只是不想说破而已，老两口希望把天宇带在身边能继续留给钱娜、张铭华两人世界，进一步增进感情。

钱娜刚推开门，儿子就从门里冲了出来，一把抱住她的大腿，"妈妈、妈妈"不停地叫。钱娜抱起儿子，伸出鼻子，在儿子脸上、身上乱嗅着，把天宇弄得咯、咯、咯……笑个不停。母子俩一阵亲热后，天宇很快顾自去玩了。

钱娜拉着妈妈的手，走进房间，小声说，妈妈，问你件事？钱妈妈推了一下钱娜说，有什么事就直说，弄得这样神神秘秘的干吗？以前我小的时候经常和我玩的是不是叫辛源？钱娜问。钱妈妈想了一会儿，说，是啊，是叫辛源，怎么？没什么，我只是问问。钱娜笑了一下说，那他现在在做什么了？哦哟，这个我倒也不知道了，已经很久不和马老师联系了，不过我碰到过他姐姐，当时她还给我留了个电话号码。钱妈妈说着，从电视机柜的抽屉里找出一张纸递给钱娜，上面写着一个电话号码和名字。钱娜小心地放进包里。

你怎么突然想到问辛源了？妈妈问。没什么，只是突然想到，就问问。钱娜本来想把连续接到莫名其妙电话的事告诉妈妈，可是转而一想，又放弃了。

钱娜带着天宇回到家，张铭华还赖在床上。天宇一进家门就爬到了床上，搂着张铭华叫爸爸。钱娜等他们父子两个疯够了，对张铭华说，今天难得休息，我们不做饭了，带着儿子去外面吃吧。张铭华白了钱娜一眼说，今天儿子难得回来，干吗出去吃？在家吃不是很好？钱娜刚想发作，又极力忍住，不再说话，只是冰着脸从冰箱里拿出买了几天的青菜和鱼肉开始烧饭做菜。

等钱娜把碗筷都端上桌准备叫张铭华父子吃饭的时候，放在包里的电话响了。钱娜赶紧过去掏出手机，果然，又是那个已经开始适应的电话。按下接听键，钱娜飞快地说了一句，我今天休息，有事明天再说。对方慢悠悠地说，怎么对你老公态度这样差。钱娜刚想再说上几句，张铭华已经拉着儿子从房间里出来了，钱娜赶紧按掉了电话。中饭钱娜吃得忐忑不安，唯恐对方再打电话过来。幸好，整个中午电话哑了似的一声不吭。其实，这个莫名的电话还是比较有规律的，仿佛掐着时间似的，都是在钱娜下了节目后打过来，一天一次，从来不多。

钱娜拿着妈妈给的电话号码知道了辛源的姐姐叫辛菁，犹豫了好多天，才鼓起勇气拨通了辛菁的电话。看来辛菁对钱娜很是了解，当钱娜报上名字后，辛菁马上就叫了起来，哦，你就是我弟弟从小就说的那个要娶的老婆啊。说完，顾自笑了起来。钱娜只能干干一笑，聊了些寻常家事后，钱娜问，辛源现在在哪里？他好吗？辛菁沉默了一会儿说，他在省城，生活还不错。他的电话是多少？钱娜问。这个，我一时还说不上，他已经换号码了，以后他给我打电话过来时我问，然后告诉你。钱娜只能说谢谢了。

看着手机里每天基本定时打来的手机号码，钱娜上网查询了一下，发现这个号码所属地就是本市。这个发现让钱娜感到有些意外和迷惑，自从想起辛源后，在她的潜意识里一直认为这个号码肯定是生活在省城的辛源的。难道是另外有人在每天给她打电话，钱娜想了很久都没有想出答案。

天渐渐地从冬天走向了春天，又从春天进入了夏天，当秋风吹起，树叶飘零的时候，菊花黄了，蟹膏也肥了。钱娜走在广电总台院子的小路上，一片片黄黄的、扇子一样的银杏叶随着秋风的吹拂，四处飞舞着。钱娜看着这些翻飞的树叶傻了似的站着不动了，"叶落的声音风知道"，那我的心事谁知道？自从进入秋季以来，那个每天一次的电话突然断了，就像当初莫名其妙的给她打电话一样，来无影，去无踪。好几次，钱娜都忍不住拨电话过去，得到的全部是千篇一律的电脑应答声"对不起，您所拨的号码已关机。"关机，说明这个电话还是存在的，还有开机的可能。

广电总台大院里所有落叶树木都成了光秃秃的枝条，一眼看去，肃杀得很，钱娜又慢慢适应那个永远关机的电话不再打来，可是那个遗忘了的梦又开始出现了，每次醒来，钱娜都努力想把梦中那男子的容貌回忆起来，可任凭怎样想，就是想不起梦中男子的容貌。

钱娜是个不习惯和别人分享痛苦、快乐的人，所有的一切，都闷在心里。这种无法排遣的心事，让她的神经像已经搭上羽箭的弓弦一样，绷得紧紧的，她真的害怕有一天这弓弦突然断了，自己会不会发疯？她曾好几次打电话给辛菁，想知道辛源的情况，可是辛菁都说辛源还没有打电话过来。当然在给辛菁打电话的时候，她也曾用一种玩笑的口吻问，我小的时候是不是说过长大了给辛源做老婆的事？辛菁一听这个就笑了，你还记得啊，辛源小时候别人开玩笑问他有老婆了没，他都会骄傲地说，我有老婆了。再问你老婆是谁，他从来都是脱口而出说是钱娜妹妹，他一直都记着这事。他成家了吗？钱娜小心地问。

还没呢，为这事，我爸妈都着急死了，好几次都说，你再不结婚我们老两口到死也抱不上孙子了。说到这里，辛菁的声音突然停住了，钱娜的思维也停住了，过了一会儿，辛菁说，对不起，钱娜，我有点事情先忙了。不容钱娜说话，就挂断了电话。

峰回路转，这四个经常出现在钱娜主持节目时候的词语在一天中午成了现实。刚下节目走出直播间，钱娜放在直播间外面提包中的手机就响了起来，手机显示的是一个并不熟悉的号码，钱娜按下接听键，习惯性地说了句，你好，哪位？电话里传来一个在梦里等待了很久的声音，怎么？跟我也这样客气？钱娜的头"嗡"的一下，蒙了。你换手机号码了？她脱口而出。是啊，我早换了手机号码，你现在有空喝茶吗？对方在电话里轻声地问。钱娜脑袋里飞速地转了一下说，好的，你说个地方吧，我过去。

萧萧的秋风把街道两边法国梧桐上尚存的树叶吹得簌簌发抖，街上落叶满地，踩在落叶上，发出的"吱吱"声让人产生一种心碎的感觉。街上行人不多，路边商店努力用大喇叭放着流行歌曲衬托着虚假的热闹。

白云茶馆在第一百货商场的边上，装修古典雅致，是一个闹中取静适合交流谈天的好地方。钱娜走进茶馆"琴蕴"包厢，见坐着的那人很是眼熟，但就是想不起在哪里见过。那人见钱娜进门，立即站立起来，伸出手，对钱娜说，好几年不见，越长越漂亮了。

两杯西湖龙井泡上，钱娜看着对方，努力想寻找辛源儿时的身影和梦中那个人的影子，可是寻了好久都没有能找到一丝类似的感觉。她自嘲地笑了一下，不好意思地说，真对不起我还没想起你是谁？

看来真是美人多忘事，忘记领着我去餐馆吃饭了？那人笑了起来。钱娜望着对方，蓦然想了起来，哦，是他，童华。

那年，大学刚毕业的钱娜一时找不到工作，就在亲戚开的一家棋牌室里帮忙。童华时常和朋友到棋牌室来，每次来的时候，都会有话没话地和钱娜聊一会儿。一天，他对钱娜说，我中午没饭吃了，你能不能帮我解决一下？钱娜笑着说，可以啊，不就是一餐饭吗？钱娜领着他去旁边的一个小餐馆。钱娜点的三个菜一碗汤放在桌上，童华没有动，只是看着钱娜吃。你怎么不吃？钱娜奇怪地问。我在等你，等你吃完了借你的筷子给我。童华笑着说。钱娜说，筷子不是有吗？那个筷子我不要，就要你的筷子。钱娜听了想笑，也不客气，闷头就吃。吃完后，童华随手从钱娜手上拿过筷子，毫不做作地夹起一块鸡肉塞进嘴巴，钱娜看得直瞪眼。

你怎么知道我的电话号码的？钱娜有些好奇地问，此时她突然很希望童华不是给他打电话的人。没有了悬念，不是钱娜心中所期望的。

你是广播总台的名人，要想知道你的电话还不是小菜一碟？！童华笑了一下。钱娜突然感觉这笑是那样的熟悉，对，这就是梦里时常出现的笑。难道我心里一直有他？钱娜的心一动，脸上不禁秀出了两朵红云。钱娜拿起桌上的餐巾纸轻轻擦了一下鼻翼，终于把脸上的红云给掩盖了过去。

童华去外地发展了，自那日茶馆一别，钱娜再也没有接到他的电话。秋季到冬季只是眨眼的工夫，广电总台院子里所有落叶树上的叶子在和利刃似的西北风争斗了一番后，终于落败，全部变成了边上垃圾箱里的垃圾。

下了节目，走出直播室，钱娜习惯地从包里拿出手机突然浑身一震，一个消失了很久的电话出现在手机屏幕上，她拿着手机呆了半天，才忐忑不安地回拨了过去。

电话是一个女的接的，她一接起电话，就急切地问，你是钱娜？是的，我是，请问你是哪位？钱娜小心地问。我是辛源的姐姐辛菁，真对不起，钱娜……有件事想……想请你帮一下……不知道可不可以？辛菁仿佛犹豫了许久才终于说出了这话。当然可以，只要我能帮上。钱娜没有丝毫犹豫，飞快地回答道。那先谢谢了，你在哪里？我去接你。辛菁问。我在广电总台。那好，你在门口等我一下，我马上到。

一辆警车停在了广电总台的大门口，钱娜抬头看了一下，见一个女人在车内向她招着手，钱娜就用手指点了一下自己，那女的点点头，钱娜走到车前，那女的问她，你就是钱娜？钱娜点点头，那女人拉开车门，说，我是辛菁，上车吧，有事车上说。

车沿着国道一直往省城方向走，雪花开始飘了起来，漫天飞舞，在把整个天空都弄得灰蒙蒙的同时，还让地上所有的物体都盖上了一层面粉似的白雪。

辛菁看着满脸迷惑的钱娜说，真不好意思，本来这事不应该打扰你，可是我也是为了了却辛源的一个心愿，只能让你委屈一下了，你先看一下这个。说着，从包里掏出几张纸，递给钱娜。钱娜接过纸，纸上写的字歪歪扭扭，比儿子天宇写的还要差，但依稀还能辨出其中的意思。钱娜慢慢地一个字一个字看下去看下去，等到把几张纸都看完，她彻底蒙了，怎么会这样？这是为什么？她满脸的惊讶。

　　辛菁看着钱娜说，真对不起，钱娜，本来这是不应该给你看的，但是我们都觉得不给你看会让我们觉得对不起辛源。辛源的个性或许你对他并不了解，他开始记事的时候你还是一个什么也不懂的小孩子，可是他却始终牢牢地记着和你说的话，记着你答应他的事，他知道你当时小不懂事乱承诺，但他努力想使自己做一个守诺的人。他是在四年级快开学的时候离开你的，后来考上了警校。他工作的时候，你还在读书，怕影响了你的学习，一直没有来找你。他曾在你大学毕业后专门来找过你，但是你没有认出他来，当然他也没有说破，因为他以为你已经有了男友。当你妈告诉我你没有男朋友，我再把这个消息告诉他后，他下了要向你直接表白的决心。但就在这个时候，他接受了一个特殊的任务，组织上要他打入一个涉黑集团做卧底。警察工作的特殊性，让他只能放弃这个愿望，他等着早点结束任务，早点和你挑明关系，说出二十年前的那份约定，可是等他结束任务，你已经结婚，他只能把这份感情深深地埋在心底，不去触碰。我们一直不知道他不愿意谈恋爱的真正原因，都把他不愿意谈恋爱归结为重事业。确实，他对事业是相当的敬业，要不是他敬业，他也不会受伤，更不会……辛菁再也说不下去了，用手蒙住了脸，泪水，顺着脸颊不断流下。

　　钱娜看着哭泣着的辛菁，再看看手中的信，辛源握着她的手，一脸认真地对她说"你是我的老婆，你长大了不能嫁给别人，只能嫁给我"的情景出现在了眼前，她有点恨自己没有记性，把这样重要的事情竟然忘记得一干二净。你刚才给我打的电话是辛源的？钱娜问开始安静下来的辛菁。

是的，辛源一直在市公安局工作，他受伤住院的时候，处于一种无意识的烦躁状态，只有听你主持的节目才会安静，听完节目就给你打电话，也不知道他从哪里知道你的电话。他受伤的是头部，所以他的语言功能受到了极大的损伤，很多话都无法表达，只能简单地说几句心里最想说的话。等辛源清醒后，他依然听你的节目，但是不再开手机。只是每天听完你的节目，他都会用手机拨一个号码，然后自言自语一番，从不间断。我们都以为他很快就能恢复健康，可是前几天他一个人上街的时候，看到一个小偷在割包，就冲了上去，结果，被小偷的同伙打倒在地，等送到医院，请了好多专家，都说他原来受伤的大脑又再次受伤，无能为力了。他在清醒的时候对我们说，在去世之前，最大的心愿就是能见你一面。说到这里，辛菁又开始抽泣起来。

钱娜终于明白，为什么那个奇怪的电话的声音始终很轻，通话的时候都是他自说自话，说完几句就再也没有话题了；为什么后来电话会突然没有了，打过去都是关机。

车子驶入了省人民医院，医院住院部门口已经站了好几个警察，其中一个年岁比较大的警察一见钱娜和辛菁下车，就走到钱娜面前，握着钱娜的手问，你就是钱娜同志吧？钱娜明显感觉到了握着的是一双发颤的手。警察看着钱娜的眼睛说，钱娜同志，我们请你来于情于理可能是合适的，但也可能不合适。辛源同志在清醒的时候向我们提出了一个要求，他说在生命最后一刻的最大心愿就是能见你一面，所以我们只能委屈你一下，请你谅解。

病房是一个套间，外间各色花篮占据了放着的沙发茶几，里间放满了只有在电视、电影里才能看到各种医疗仪器，病床在这仪器中间反倒显得无足轻重了。病床上躺着一个人，身上插着各式各样的管子、导线，各种仪器的声音不断地响着。

辛菁看了看钱娜说，他就是时时想着你的辛源。钱娜努力想从病床上的人的脸上找出记忆中辛源的影子，可是越是想找越是模糊。辛菁走到辛源的头前，俯下身对辛源说，辛源，你时时牵挂的钱娜来了，你快睁开眼睛看看。钱娜明显看到辛源的眼皮动了一下，但没有睁开。辛菁小声对钱娜说，钱娜，你能上前拉拉辛源的手，叫他一下吗？钱娜点点头，走到辛源面前，伸出右手，抓着辛源插满管子的右手，俯下身，对着辛源的耳朵说，哥哥，我是妹妹，我来了，你睁开眼，看看我，再握握我的手。辛源没有动，钱娜再次说，哥哥，我真的是钱娜妹妹，你睁开眼看看。辛源的眼皮动了一下，钱娜明显感觉到了握着辛源的右手被轻轻地握了一下。

病房变得一片寂静，大家都静静地看着半蹲着的钱娜，每个人的脸上都挂着泪水，时间仿佛停滞了一般，只有监护着辛源的仪器的特殊声音，显示着时间在一秒一秒地流逝。

突然，所有的声音都成了长音。医生，医生，快，赶紧急救。辛菁的呼叫惊醒了所有的人。

钱娜的手里捧着辛源留给她的信，和辛菁他们一起站在病房的门口，看着医生护士忙碌地进进出出和窗外不停翻飞的雪花，她不去想别的，只想着明天的节目，她要在节目里把辛源写给她的信，读给所有的听众听。她要告诉所有听众，守住爱的诺言，也是人生的一种最高境界！

你向前我向左

心中有事，睡眠就受影响。每次醒来，不管数多少只绵羊，丝毫起不了作用，反而是越数越清醒。没法，只能在黑暗中痛苦地睁着眼睛，盯着窗外，感受着天慢慢淹过漆黑，一点一点放亮。

这样令人窒息和发狂的黑夜，已经好几天了，今天也是同样，一觉醒来，天依然黑黑的。懒得看时间，就顺手往脖子下面塞了个枕头，半睁着无神的眼睛，盯着窗外看深不见底的夜空，胡乱想着始终剪不断理还乱的心事。慢慢地，漆黑的夜空在眼睛空洞的注视下，渐渐地褪去黑色，显出一丝丝的亮来；慢慢地，天越来越亮，能看清远处的山头了。或厚或薄，似乌毡似棉花，东一块西一块，层层叠叠搁在山尖的云朵，均被镶上了一圈又一圈的金边，让黑夜和白昼交替前的天空显得诡异不已。

我偶尔活动一下身子似乎把妻子吵醒了，她伸出手推了我一下，嘟哝着说了句，去给雯雯烧早饭吧。我嗯了声，又盯着窗外的山尖看了一会儿，直到从山尖上一点一点变圆变大的太阳发出的金子样的阳光扑进窗子，才起床。

厨房里，电压力锅里晚上就开始烧的粥已经好了，我想了想，又烧了碗桂圆汆蛋，想着给雯雯最后一天的高考讨个吉利，也给自己讨一个彩头。我只要碰上一些重大的事情，总会想办法找一个心理暗示，来支撑自己即将实行的言行，今天也是，我也想借着给女儿烧桂圆汆蛋，给自己即将作出的决定做一个支点。女儿说考试这几天度日如年，我何尝不是这样，就是闭上眼睛睡着的时候，我依然能在梦中惊醒。人啊，心里不能有秘密，一有秘密，就时刻担惊受怕，害怕秘密的暴露和东窗事发后无法收拾的残局。所以，为了隐藏秘密，我的脖子已经被套上了绞架的绳套，无法挣脱。曾经想把这秘密公开出来，让它不再成为秘密，可是我无法想象当这个秘密公开的时候，将如何收场？我的生活、工作、事业、尊严，或许在秘密公开的瞬间，灰飞烟灭。

今天虽说是高考的最后一天，街上的一切依然都在为高考让路，原本不需要警察的路上还是站满了警察，等我带着雯雯赶到考场，离开考还有足足一个多小时。考场还没有开门，门口挤满了拿着书本抓紧时间看书的考生，帮子女拎着书包、拿着早餐袋子的家长。这些本该嘈杂的人员，完全没有平常的喧闹，一切都是静悄悄的，井然有序。我想让雯雯在车上再待一会儿，她说，坐在车里反而更加紧张，不如站在考场门口和同学们预测一下今天的考试题目来得轻松。我想想也对，也就不再坚持。

我摇下窗玻璃，向雯雯伸出手掌。雯雯也伸出手掌，在我手掌上一击，说，我会尽力的。我笑着说，到了下午，你就一身轻松，无牵无挂了。雯雯也笑着说，你和妈妈也放下包袱了。说完，挥挥手，慢慢地融入了门口的考生大军。我痴痴地盯着雯雯的身影，直到找不到她的身影，心里忽然有种莫名的恐惧产生，害怕雯雯考试结束回家的时候，却看不到我。想到这里，我不禁伤感起来，眼睛也变得涩涩的，开始重新审视这几天困扰着我，难以作出的决定，或许事情的发展远远没有想象中的那样糟糕，所有的一切，只不过是我心虚之后虚张声势的杞人忧天。

春末夏初的六月，太阳已经有些火辣了，走在路上的年轻女人，大多打起了阳伞，站在车站等公交车的，很多已经穿起了短袖热裤。路上的车不知不觉间多了起来，车子也就变得走走停停。我远远看到路边有一个瘦瘦高高，和雯雯年龄相仿的男孩，清秀的脸上架着一副看着时髦其实有些格格不入的白框眼镜。他一动不动地站着，满脸一副无奈的表情。边上站着一个一手拎着书包，一手不停地拦那一辆辆偶尔驶过或缓或急的出租车神色焦急的女人。我盯着男孩和女人看了几眼，似乎觉得很面熟，但又不知道在哪里见过。想着想着，我突然清醒过来，男孩应该是雯雯的初中同学，我曾好几次在校门口碰到过他和那女人。

我心里忽然有一股冲动产生，带上这孩子，不管他去做什么。于是，我把车轻轻滑到他面前，打开车窗，伸过头就喊，上车吧。男孩俯身看了我好久，奇怪地问，你是在叫我？我说是啊，上来吧。男孩定定地看着我，没有说话。女人俯下身，看了我一会，说，谢谢，我们还是打出租车。我笑了下说，没事，我认识你，我女儿和你儿子应该是初中的同学，我接女儿的时候好几次在学校门口见过你。女人仔仔细细地盯着我看了几眼，似乎认出了我，努力笑了下说，哦，原来是你啊，我记起来了。我问，送儿子去考试？女人说，是的，等了好长时间了，没想到了高考最后一天，出租车反而打不到了。我说，赶紧上车，我送他去考场。女人边拉开副驾驶室的门，边说，谢谢，真不好意思麻烦你。我说，没事。男孩站了许久才在女人的催促下坐了下来，我对女人说，放心吧，我肯定送到。女人又连着说了好几个谢谢，才关上车门，向男孩挥了挥手。

我打了把方向，问男孩，你在哪个考场考试？男孩托了下眼镜，说，前面。我哦了一声，顺口问了下，你还记得李雯吗？我女儿。男孩静静地想了一会，然后才说了一句，记得，初中时候坐我前面。我笑了，你高中在哪里读？本来以为男孩会接着说下去，但没想到，他却一言不发。男孩似乎很热，不时在用手擦额头，然后又把车窗开了条缝。我也感受到了窗口照射进来的阳光有些火辣辣，车厢里热热的，热得我心烦烦的，背上额头上都冒出了汗珠，我打开空调，随着凉凉的风吹出来，心里顿时舒爽了不少，心也跟着慢慢静了下来。

我转头瞥了眼边上的男孩，只见他紧闭着嘴唇，一副很不高兴的样子，忽然有些后悔，后悔自己无事找事。纠结间，放在仪表盘上的手机突然响了，我吓了一跳，拿过手机，还好，是妻子打来的，我说，已经把雯雯送到学校了。妻子哦了一声，很快挂了。我心里依然是一阵慌乱，于是就按下电源键，想把手机关了，可刚按下就后悔了，于是，只能重新开机。手机开机后，想了想，就把手机的铃声调到震动挡。

空调吹出的"嗞嗞"声和轮胎接触路面的摩擦声，让车厢里面显得沉闷不已，我打开收音机，想找一个放音乐的频道，可是连调几个台，都是在谈高考的话题，确实，现在无论是社会还是个人，把高考看得越来越神秘，越来越玄乎，越来越惶恐和慌乱，发烧了一般。电台为了收听率，也借着高考的热度，让主持人和听众互动着。不时有人打进电台的热线电话，说些和高考相关的鸡毛蒜皮的小事，听得让人厌烦。刚想关了收音机，忽然听到有人说城东一所高中旁边有一条公路，本来公路和学校平安无事共同存在好几十年了，可是，昨天突然有人说汽车路过的声音影响了学生考试，所以，今天一大早，一帮考生家长就自发组织起来，用自行车、电动车、汽车把路堵住了，不让车子从学校旁边通过，连人走路都被堵住了。主持人接了这个电话，正好展开话题，发动听众发表评论。

我听了感觉这条信息有点意思，也就耐着性子听下去，听听那些打进电话的人怎么说，可是听了半天，支持的、反对的，各说各有理。我叹息一声，问男孩，如果你爸爸妈妈听到这个节目，他们会支持哪一方？男孩扯着书包带拉扯了半天，缓缓地说了一句，可怜天下父母心！我心里一震，不由得转过头深深地看了男孩一眼。男孩头靠在椅背上，闭着眼睛，依然是一副爱搭不理的样子。看着他的样子，心里好不容易消失掉的不快又升了起来，我一把关了收音机，没有再说话。几分钟后，我把车停在了二中门口的车龙中，静静地等着他下车。等了好大一会儿，男孩依旧一动不动坐在车上。我说，怎么不下？他转头看了一下窗外，说，不是这里，是前面。说完，身子往座位下面溜了溜，接着拿起书包，遮挡住斜刺刺扑进车窗的太阳，把自己变成了阳光的剪影。我哦了一声，心里忽然升起一股怒气，想说上几句，但转而一想，既然一开始就想做好人，就不要再为一些小事坏了初衷。再说，刚才上车的时候，他惜字如金地说了句"前面"，我想当然地以为是二中，看来是理解错误，他的考场应该是最前面的高级中学。

离开考只有四十来分钟了，急乎乎从市区各个角落赶着送孩子来考试的车子，塞满了整条马路，离高级中学越近，越是车满为患，我顺着车流蜗牛一样走了很久，才慢慢把车挨到了大门口。男孩捧着书包，侧着头看着窗外的急乎乎赶往考场的学生，还有跟在学生后面千叮万嘱的家长，却依然一动不动。我静静地等了一会儿，努力让自己用一种平静的口气说，别紧张，祝你好运。

男孩没有搭话，也没有回头，只是依然侧着头看着窗外，傻傻地发呆。我说，怎么了？男孩回过头，靠在椅背上，瓮声瓮气地说，再往前。我皱了下眉说，前面没有学校了。他正了正身子，说，没事，开到哪里算哪里。我不禁有些恼怒，怎么回事？他从书包里拿出一张五十元面额的纸币，放在仪表盘上，说，叔叔，你就一直往前开，这钱算油费。我侧过头看他，他把身子往上提了提，然后侧过头看窗外。我强忍住心里的不快，问道，你到底在哪个考场？男孩没有理我，过了好大一会儿，才用一种近乎决绝的声音说，你别管那么多行吗？我愣了愣，说，好，好，我不说了。我慢慢地挤出高级中学门口的车海，向着环城河边开去。从男孩的神色和语气中，我感觉到了他心中有事，或许是在赌气，等气消了，事情也就过去了。

前面红灯，刚停下车，手机在仪表盘上疯了似的抖了起来，我拿起手机瞟了眼来电显示，不禁后悔起来，刚才干吗不把手机铃声设置成静音。想按掉，但又怕按掉后事情反而更多，只能任凭手机疯狂地在仪表盘上抖动着。抖动了好大一阵子，终于停息，我拿起手机，想把震动调到静音，可刚拿起手机，手机又抖了起来，依旧是刚才那个号码。我闭了闭眼睛，把头往后靠了靠，伸手打开挡位杆边上工具箱的盖子，一下把手机扔了进去，手机在工具箱里面震动的声音反而更响，更让人心烦。男孩或许从我的脸上看到了烦躁和无奈，轻声说了句，叔叔，你是不是遇到了难事。我心不禁一热，轻声说，没事。他转头说，叔叔，有事别撑着，会过去的。我强笑了一下，说，对，有理。

手机不停不休地在工具箱里面震动，看来不接电话还真的不行，我只能拿出手机，心虚地看了下号码，随后按下接听键。刚按下，手机里就快速地传来一个让我窒息的声音，你现在在哪里了？为什么不接电话，是不是被人知道了？我没有说话，一把按掉电话，又快速把手机铃声调到静音。

男孩看了我一眼，用一种过来人的口气说，叔叔，你碰上难事了。我一怔，说，没有。男孩侧过头看了我一眼说，你骗不了我。我心里突然起了好奇，于是说，你怎么知道我有难事了？男孩动了动身子，让自己坐得更加舒服了些后说，电话响了，你不但不接，反而还有些烦躁，连开车也点心不在焉了。确实，自从那个电话第一次响起，我的心就没有镇定过，我的心在烦躁、害怕、厌恶中交替，但这些我怎么能和一个小孩说？于是，我强笑了一下，真的没事，你还是赶紧告诉我你去考试的学校吧，免得迟到误了考试。

男孩长长地叹息了一声，叔叔，你还是找个地方停车吧，我不去考试了。我一惊，脚不由自主地狠踩了一下刹车，猝不及防的男孩被惯性往前面冲了一下，架在鼻子上的眼镜"啪"的一下掉了下来。他侧身把眼镜捡了起来，从书包里找出一张纸巾，细细地擦了擦镜片，然后戴上，说，我真的不想去考试了。我定了定神，说，能和我说说为什么吗？

男孩静静地看了我一会，又长长地叹了口气，说，叔叔，我考试就和你开车一样，心里有事，能考好吗？我说，心里有事，说出来让我给你分析分析，肯定会好的。男孩说，你心中有事，但不肯和我说，你说我心中有事肯和你说吗？我静了静心，把思路理了理，努力让自己的思维跟上男孩的思维，心中有事闷着是一件痛苦的事，说出来以后，不但可以获得别人对这事的看法和意见，还能想出更好的解决方式，人也会变得轻松舒服。男孩静静地盯着我看了会说，假如我能和你说，你也会把心里的事告诉我吗？

我听了，心里忽然产生了极大的好奇，你告诉我，我肯定也会和你说。男孩说，你为什么不先说。我说，你不相信我？他说，对大人说的话，我已经抱怀疑的态度了。我说，那你为什么不相信我一次？男孩说，我为什么要相信你？我说，人和人之间因为缺乏最最简单的信任，所以就变得无法沟通和交流，你就试着相信我一回，说不定你能得到新的收获。男孩听了，没有说话，仰着头靠到了椅背上，我转了一下后视镜，从后视镜里真真切切地看到了他脸上的泪水，我伸手从旁边的纸巾盒里抽了几张纸巾，递给男孩，说，擦擦。男孩接过纸巾，捂住脸，没有说话。我想了想，从车门的格子上拿出一瓶矿泉水，递给男孩，喝口水吧。

我又看了下时间，只要男孩能相信我是真诚地和他沟通交流的，剩下的时间足够让我把他送到市区的任何一个考场。我一打转向灯，慢慢地把车拐到了环城河边的一个停车场，对男孩说，下去到边上坐会，聊聊我们男人的事。男孩看了我一眼，打开车门下了车，慢慢走到河边的椅子上坐下。我跟着在他边上坐下，伸手拍了拍他的肩膀，说出来我听听，然后给你分析一下，等下我也说了，你也给我出个主意。男孩低着头用脚踢了踢椅子边的一块碎瓦，踢着，踢着，碎瓦被踢了出来，他俯身捡起，顺着水面打出了一串漂亮的水花。一时，静静的河面上漾起了无数的涟漪。他盯着被搅乱了的河面，长长地叹了口气，说，叔叔，你说人都是花心的吗？我一愣，怎么问这个？他说，我就想知道，包括我在内。我听了这话，一时感觉有些难以开口，只能先嗯哼了一下，然后理了理思路，想了想说，从心理角度来说，无论男的还是女的，心里深处都是有着花心的本能，就像有人说的，男人无所谓忠诚，忠诚是因为背叛的砝码太低，女人无所谓忠贞，忠贞是因为受到的引诱不够。

男孩说，你的意思说无论男女，花心都是本能？我说，人其实和动物一样，对异性都会有好感，只是不同，因为人是高等动物，有思维，懂得做人要有责任，责任的含义很深很广，说简单点，就是做任何事情，都要对自己、对家庭、对社会、对亲人负责，就像你今天去考试，我今天送女儿一样，都是人生中必须承担的责任一样，你怎么会问这个问题？

男孩抬头看了我几眼，又用力踢了一下脚边一颗露出一半的小卵石，小卵石"啪"的一下飞入河中，又激起了一圈又一圈的波纹。我昨天晚上才知道，我爸爸和妈妈在前一个月离婚了，为了不影响我高考，两个人天天在我面前演戏，要不是我昨天半夜里睡不着起来上厕所，听他们在房间里低声吵架，我始终被蒙在鼓里，自欺欺人地以为自己很幸福。他仰起头，长长地叹了口气，说，其实，我很早就知道妈妈在外面有人了，我也知道这其中有爸爸的责任，只是我不想让家庭破碎，所以一直劝着爸爸妈妈，他们也都答应我，为了我，为了家，他们会处理好各自的关系，始终会给我一个完整的家。可是，让我没有想到，他们竟然会瞒着我离婚，所以，当时听到这话，觉得天都塌下来了。男孩停顿了一下，又猛灌了几口矿泉水后说，其实，对他们瞒着我离婚，我只是生气，让我无法接受的是，两人躲在房间里吵架，互相指责着对方，敌人一般，这让我彻底的绝望，所以，我要让他们为自己的行为后悔，我知道，我的成绩始终是他们的骄傲，所以，我只有让自己考不上大学，让他们骄傲的希望破灭，才能打击他们的虚荣心。我知道，只要一进入考场，我不可能交白卷，更不可能故意把答案做错，所以我根本就不想去参加考试，打不到出租坐上你的车，只是我不想让我妈知道我的想法。男孩抹了把眼泪，深深地吸了一口气，上大学，是我的理想和目标，可是，生活却逼得我无法实现我的理想和目标。

我抬起头仰望着天空，天蓝蓝的，沁人心魄，飘着几片云彩，白白的，扯长了的棉絮一般。男孩站起身，拎起书包，拿在手里旋转了几圈，说，我好想把书包扔得远远的，不再看见。我笑着说，别扔，还是送给我吧，我以后给我女儿的儿子当书包。男孩笑了，说，叔叔，你真逗，怎么想那么长远。我说，当然得想长远些，从你身上，看到了我的高考，对了，你想听听我高考的故事吗？男孩的眼中明显显出了兴趣，我拍了拍椅子，说，来坐下，听我说。男孩顺从地在我身边坐下，我说，那时候，高考是我们农村人唯一一条出人头地、改变生活的捷径，有的人为了走出农村，一直复读到三十多岁了，还不愿意放弃。男孩说，我还是羡慕你们那个时代，至少那个时代没有现在像我爸爸妈妈这样的乱事。

不说那事，还是说我的高考，我赶紧制止，我读高中的时候，高考不是你想参加就能参加的，有着很多的制约因素，家庭出生不好的不能考，成绩差的不能考，总之，到最后，五六十个人的一个班，只有二三十个人才能走进高考的考场。说到这里，我转头看了一下男孩，发觉男孩睁着眼睛似乎用心在听，心不禁一松，你能想象到当时我拿到高考报名表时候的心情吗？比现在买彩票中了五百万还要激动，我娘专门去邻居家借了四个鸡蛋，炒了碗鸡蛋给我吃，说是庆祝。就因为能参加高考，所以，我的命运彻底改变，用我邻居的话说，是重新投胎做人了。后来想想，我真的后怕，要是没能参加高考，就对不起辛辛苦苦培养我十多年的父母，也对不起自己十多年的寒窗苦读。

我伸手从身后折了几条柳枝，慢慢折叠成一个圆圈，套在手里转了几个圈，说，那段时间，我做梦都在考试，等到去考试的时候，却害怕了，怕考不上。所以，我没有和其他同学一样，让父母陪着去考场，而是自己背一个大包，跟在其他同学后面，到了离家五十多里路的县高中，自己找考场，自己找招待所，自己买饭吃。高考结束，正好是"双抢"季节，我不顾父母的阻拦，和父母一起下田、割稻、种田。我要以这样的方式，来报答父母的付出，来偿还自己的愧疚。冥冥之中，我认为，从此以后，读书将成为生命中的记忆，种田割稻、结婚生子，或许是我的全部。后来，村主任在广播喊我去学校填写志愿，说我高考上了分数线，我都以为是学校搞错了。拿了录取通知书，我还是不踏实。父亲领着我到学校，站在新生报到处，我依然惴惴不安地想着要是学校弄错了，把已经迁出的户口退回去，那该怎么办。这样的恐慌，一直到我拿到了毕业证书，拿到了毕业分配单，到了工作单位报到，才慢慢消除。

男孩头一侧，一副不相信的神态，问，真的？我看了一眼男孩，斩钉截铁地说，当然是真的啊。男孩说，你既然能考上大学，干吗这样没信心？我说，我是怕考不上，所以没信心，不过后来考试的时候，想着反正考不上，也就没有了压力，放开手考试，没想到还真的成功了。男孩说，没想到你的经历这样复杂。我从男孩的语气中听出了对我的敬佩，于是就说，是啊，高考是人生命中的一次重要过程，这样的感慨，你现在或许不会理解，但等到你和我一样年纪的时候，你肯定能理解。人生啊，每走一步，都是一次考试，侥幸逃避了一次，也难以逃过第二次，就算第二次也逃过了，绝对不可能逃过第三次。而且，这些考试一个接着一个，一个比一个惊险，一个比一个精彩，这样的过程，将会陪伴你的一生。我也是，直到今天，依然天天面临着考试。

男孩说，叔叔，我也知道这个道理，老师说过，我爸妈也说过，我也想参加高考，可是，我找不到一个让爸妈后悔的办法，所以，只能用这样的方式，让他们后悔，让他们从此以后无地自容。我说，知识是给自己的，你也不能用这样丢掉自己前途的代价，来报复你爸妈，毕竟爸妈不能陪伴你到老，以后的路还是要靠你自己走的。男人啊，要有责任感，要敢于担当。男孩说，那你说我怎么办？我说，参加考试。男孩深深地看了我一眼，突然转口说，你听了我的事，还劝了我，把你的事说出来我听听。我想了想，说，行，我说出来你不许笑，也不许蔑视我，只准给我出主意。他一脸认真地说，行。

我站起身，从车后备厢里拿了瓶矿泉水，拧开盖子，一口气喝了大半瓶。那天晚上发生的事，又演电影一样地在眼前闪现了出来。如果时光能倒流，那该多好，要是那天我能坚持一下，也就没有现在的烦心事了。

雯雯高考前两天的那个下午，办公室的几个女人闲着无事，起哄让办公室主任安排活动，主任扭不过，只能答应。一帮人先是在酒店里喝酒吃饭，后来又一起去歌厅唱歌、跳舞、喝酒，一直玩到半夜，曲终人散。喝得稀里糊涂的主任大手一挥，我们四男四女，正好搭配，男的想办法把女的送回家，女的自找配角。话音刚落，那位去年刚调到办公室的财务科长就扯着他的胳膊上了车，我也趁机在同事们的嬉闹声中，借着酒兴把内勤小文拉到了车上。剩下的几位，也是自由组合了。

一开车，我才反应过来，现在酒后驾驶抓得很紧，要是被警察抓住了，这事就麻烦了。想到这些，我心悬在半空，想说不开车已经是骑虎难下，只能是硬着头皮暗暗祈祷着把车开到小文家楼下，小文把头靠在椅背上，根本就没有下车的意思。我只能说，到家了，下车吧。小文拿手往我肩膀上一拍，说，你能陪着我去兜一圈吗？我问，为什么？她说，儿子住校，老公出差，回去也是一个人冷冷清清的，想去兜兜风，醒醒酒。我先是脸一热，再就是身子一热，其实，和小文在办公室这么几年下来了，我一直都在期盼着能和她发生点什么，但一直没有发生。一是没有这样的机会，二是也不知道小文的心思。所以，当小文这样一说，我立马诠释为小文释放的信号，当即一转方向，踩下油门，把车往郊外开去。

小文比我小了没几岁，只是从她的身姿和脸上，完全看不出她的真实年龄。我还没调到办公室的时候，就听人说过她和主任的风流事，只是我到了办公室后，却始终没有真实的觉察出他们之间的暧昧。倒是和我——分管内务的副主任，却时常嘻嘻哈哈地开一些不着边际的玩笑，引得我时常想和她有点暧昧，但到最后依然是有心无胆，不敢胡来。

现在的小文侧着头，痴痴地盯着我，看得我心跳脸红。在车内仪表盘幽蓝光线映照下的小文，比平时更加的妖娆、妩媚、漂亮。我心一动，一股冲动从胸口涌出，怎么按也按不住，伸出手，一把就把她的手抓了起来，放在我的脸颊上轻轻地摩挲了几下。小文的身子微微一颤，手轻轻挣扎了几下，就任由我抓着不放。我又动了动手指，把手指紧紧地扣在她的手指中间。就这样，我一手牵着小文，一手把着方向盘，沿着郊外那条弯弯的山路，驰骋着。汽车轮胎摩擦路面的"沙沙"声，夹杂在车内悠扬的葫芦丝中，似乎成就了另一种暧昧的交响曲。

这条路我比较熟悉，因为办公室联系的扶贫村就在这条公路的某一段边上，一年下来，访贫问苦，慰问老干部，送些补助款，都得往这条路上走上十来趟。酒壮人胆，那还没有被身体消化掉的白酒、啤酒，把平时谨小慎微的我，武装成了天不怕地不怕的起起勇夫。原本安静地扣着小文的手，也变得不老实起来。小文的情绪也被我的纠缠调动了起来，不再安安静静地坐着不动。我一手把着方向盘，一手和小文嬉戏着，突然小文惊呼一声，快踩刹车。我一惊，连忙踩下刹车，但已经迟了，只听得"嘭"的一声，一个巨大的黑影滚上引擎盖，又"啪"的一下飞了出去。

我一脚踩着刹车，一脚踩着离合器，任凭汽车的发动机轰隆隆地响着，一动不动，小文扑在我的大腿上，抱着我簌簌发抖。我拉上手刹，闭了闭眼睛，努力让自己镇静下来。那个滚上引擎盖的巨大黑影，斜斜地躺在离车头不远处，在车灯的照射下，这个巨大黑影的面目露了出来，是一个穿着一身黑衣服的男人。我慢慢走下车，上去看了看，黑衣男人躺在地上一动不动，我突然清醒过来，撞人了，不但撞人了，而且还是酒后撞人。我快速地看了下四周，静悄悄的，看不到一个人。再借着灯光看了下汽车，汽车好好的，大灯没破，前面的中网没破，只有引擎盖上，有一个不大不小的凹陷。

小文从车里走了出来，见我站在车前左看右看，也跟着看了一会儿，说，赶紧打电话报警吧。我细细想了想，发觉大脑竟然有着从未有过的清醒，这事怎么能报警？要是报了警，这事就闹大了，检测一下，说不定还在醉酒的范围里面，醉酒肇事，要被判刑的。于是，我说，这事不能报警，要是报了警，肯定会把你牵涉进来，本来我和你什么事情都没有，这样一来，就是跳进黄河也洗不清了。小文牵着我的手臂，身子紧紧地贴在我身上，颤抖着说，那怎么办？我想了想，故作轻松地说，没事，你上车把灯关了，我会处理好的。

小文赶紧上车关了灯，我趁黑扯住黑衣男人的衣服，死命地往路边拖，感觉到离路基差不多了，就把黑衣男人一放，赶紧上车，凭着感觉摸黑往前面开了一段距离后，打开车灯，找了个宽阔一点的地方掉了个头，飞也似的逃回城里。修理厂是单位的定点单位，一到月底结账的时候，总是要找我审核签字。所以，等大亮后，我把车开进修理车间，老板没多说什么，马上安排钣金工三下两下就把那凹陷了下去的引擎盖搞得和原来一模一样了。

事后，我天天度日如年，平时很少看的报纸，也开始从头版看到最后一版，特别是中缝的那些认尸广告，一点都不敢放过。几天过去，虽然，报纸社会新闻版上没有类似交通肇事逃逸的新闻和协查通报之类刊登出来，但我的心始终放不下来。小文也天天提心吊胆，每天都会时不时地到我办公室里，神经兮兮地说上一通。她越说，我越头大，这还不算，下了班还时不时地打电话给我，然后喋喋不休地说上半天，翻来覆去地就是一句话，她和我是清清白白的，什么事都没有，她根本就不知道我开车撞人。我开始的时候还是耐心地听她说完，然后说，你放心，不会有事的，真的有事，也不会把你扯上的。可是我越是这样说，她越是不放心，越是怕我把她扯进去。现在我是一看到她的电话头就大、心就慌。

当然，这事情的经过我是不会原原本本地和男孩说的，我只是把主要的事说了下，男孩静静地听我说，直到等我说完了，他才问了一句，叔叔，那你现在打算怎么办？我说，我也不知道该怎么办了。男孩想了想说，叔叔，你刚才说，男人要懂得担当，你是男人，就应该要担当起来。我说，我也这样想，但下不了决心。男孩说，法律有规定，投案自首，从轻处理，你只要投案了，肯定能得到从轻处理的，再说，说不定被你撞的人没死，或者只是轻微受了伤，你不去自首，天天提心吊胆的，不是亏大了。

我笑了，没想到，你还有这样做思想工作的水平，我做不通你的思想工作，你倒把我的思想工作做通了。男孩说，你觉得我说得有道理吗？我说，太有道理了，我听你的，那么，你也听我的吗？男孩想了想，我也听你的。我说那好，一言为定，告诉我，你在哪个学校考试？等下你去考试，我去投案，如果我没事，你考试结束我来接你。男孩一脸严肃地说，那你不许骗我。我说，我把最秘密的事都和你说了，还会骗你吗？男孩伸出手，说，击掌。我笑笑，举起左手，和他的右手重重地击在了一起。

男孩拿起书包，顶在头上，坚定有力地对我说，送我去二中。我一阵轻松，再一看时间，不禁背上出了一阵冷汗，离考场大门关闭不到十分钟了。高度紧张的我车技仿佛突然突飞猛进，在车来人往的大街上，我连闯几个红灯，终于看到二中大门了。二中大门口长长的电动门，开着一个不大的口子，四个保安警惕地站在门口。我把车停下，拍了下男孩的脊背，指着路对面的二中说，放下包袱，好好考试！男孩伸出手握了一下我的右手，然后用手指了下前方说，你向前，我向左，一起努力！说完，就打开车门，朝着学校门口飞奔过去。

我坐在车里，看着飞奔而去的男孩，脸上慢慢浮起了笑容，笑着，笑着，却再也笑不出来，我清清楚楚看到急促跑动的男孩，突然像一只学飞的小鸟一样，斜斜地飞了起来。单薄的身子在空中连转了好几个圈，直直地落在二中门口的马路上，那只被男孩抱在怀里的书包，重重地落在男孩的脚边，人和书包构成了一个大大的"！"。

紧接着，"嘭"的一声震耳欲聋的巨响和一阵尖厉刺耳的汽车刹车声，坚硬地撞进我的耳朵……

月亮淹过刘前进

墨一样的夜，把世界塞得满满当当，也把人的心塞得沉甸甸的。

浸在黑暗中的刘前进换了下拎着荔枝、碎糖、黑枣的手，从口袋里摸出根烟，想把刚刚涌上心头的寂寞赶走，也给自己怦怦乱跳的心一个平静。可是，一根烟抽完了，寂寞依旧紧跟着，心还是在胸口擂得"咚咚"响。

刘前进又要去相亲。相亲对他来说，已经和饭后去隔壁串门一样的频繁，结果也像串门一样，茶水把肚子灌胀了，话题也天上一半地上全盘地聊了，可等到出门一回味，所有的一切都像飘在半空中的灰尘一样，风一吹，什么都没有留下。

走了一会，刘前进感觉喉咙痒痒的似乎有痰堵着，于是努力咳嗽了几下，却没有任何东西咳出。原来是心激动了，让身体的一切机能都有了改变。脚下的路走了二十多年，哪里有沟，哪里有坎，哪里会突然冒出个石头，刘前进心里清清楚楚。所以，天虽然黑得伸手不见五指，都没有丝毫的磕碰。

刘前进十四岁的时候，父亲刘长富为了挣水库工地干活一天记两天的工分，咬咬牙，和村里人一起去修水库。在工地上干了不到三天，带去的干粮还没吃完，刘长富就被一个突然炸响的哑炮炸得四分五裂，永远留在了工地。刘长富的去世，对他多病的老婆杨香珠而言，那就是天塌了。一个弱女子对天塌下来的最佳处置方法就是认命。可是，等刘长富出殡，杨香珠还是觉得无法认命，于是，拖着软软的双腿，挨磨似的走到生产队晒谷场边上的一个清水大粪坑边上，哀哀地看了眼远处和小伙伴玩解放军抓坏人游戏的小儿子刘先进，眼睛一闭跳进了粪坑。

这个用大石板围城的粪坑里面，浮着厚厚的一层粪渣草。这粪渣草其实就是刘先进那帮小孩子玩的时候无意中扔进去的稻草。当杨香珠将软绵绵的身子扔进粪坑，不偏不倚刚好掉在浮在粪坑边上的粪渣草上。本来求死的杨香珠掉在粪渣草上，想起身，起不了，想沉下去，又沉不下去，心里一阵恐慌，突然明白过来，活着比死去好。

等刘前进瘸着腿，跑马一样赶到，杨香珠已经被救了上来。大家都以为杨香珠是病人馋嘴，为摘倒扒在粪坑壁上那一大丛算盘珠一样红红的野草莓而不小心掉进粪坑，只有刘前进明白。他能做的就是在给生产队放牛的时候，把弟弟刘先进管好，顺便拔些青草、砍些嫩柴火，让杨香珠可以稍稍轻松些。

父亲的突然死亡，刘前进就真正地体会到生活其实就是制造痛苦和经历痛苦。每天他都是在针扎样艰难痛苦挣扎中度过的。他曾天真地想过，要是太阳每天只在天上晃荡一会儿那该多好。可是，这样的现实，从来没有出现过。哪怕是天天下雨的黄梅天，天依旧死拖着不肯黑下去。可是，当夜真的把世上的一切淹没，他又开始恐慌，惧怕。他也曾跟着母亲在腊月二十三的晚上，虔诚地跪在灶前，向即将上天奏事的灶神祈祷，让日子过得快点，让自己和弟弟快点长大。可无论他怎么祈祷，日子依旧不紧不慢地按照固定的步伐走着。

杨香珠想过改嫁，也曾有人帮着牵过线。那些上门来相亲的男人，看到杨香珠病怏怏、柔弱的身子，心里顿时升起一股豪情。可等到瘸着腿，走路摇船一样的刘前进和拖着鼻涕的刘先进一出现，刚才还熊熊燃烧的激情，马上被"刺啦啦"劈头盖脸泼了盆冰水，从头冷到脚。

日子一天一天地过去，生活也就一天一天地挨着。挨着，挨着，突然有一天，杨香珠看到刘前进眼珠子固定了似的盯着隔壁小媳妇鼓鼓的胸口，突然明白，儿子大了，到了该说媳妇的时候了。这个念头一出，杨香珠心就活泛起来，确实，等儿子有了媳妇，自己就可以和其他女人一样，抱个孙子、孙女，坐在村口，东家长，西家短地乱扯。

杨香珠积攒了一个多月的鸡蛋全部送光，依然没有一个人愿意真正接手。有几个开始说的时候答应得好好的，但后来却没有了下文。有几个干脆直接拒绝。她曾经像蚂蟥一样死盯过几个媒人，对方也曾带着女方上门来相亲了，但到最后，都是竹篮打水。

村里人都认为杨香珠想给刘前进娶媳妇，无疑是白日做梦。

可杨香珠不这样想，她是屡败屡战，绝不放弃。她开始把目标放在了娘家那些兄弟姐妹身上。今天刘前进要去相亲的姑娘，是他舅妈娘家村子的。因而，刘前进要和舅妈会合，然后再去和那位姑娘见面。一来一去，几十里路，不起个大早根本不行。

和前几次比，这次相亲刘前进很是伤感，他在强装的笑脸后面，哀哀叹道，难道自己真的成了被人挑拣的剩货？可是，伤感哀叹在生理需求和传宗接代面前，已经完全可以忽略不计。况且，这次相亲仿佛专门等着刘前进一样，出奇的顺利。没有过多的虚话，两天后，舅妈就领着女方爹娘带着女孩上门回访来了。

女方回访说明这门亲事至少成了一半。同样，作为介绍人的舅妈提前通知了刘前进，所以杨香珠已经准备得停停当当。到回访那天，杨香珠天没亮就叫醒了刘前进、刘先进，让他们去邻居那里借东西。很快，原本瘦弱宽敞的两间小平房立马变得丰满、逼仄起来，连昨天晚上已经见底了的米桶，也盛满了大半桶白花花的大米，厨房乌黑的柱子上，挂着的蓑衣、斗笠，也不见了踪影，取而代之的是一大块肥腻腻滴着油珠的腌肉，堂前那张快散架了的小圆桌变成了一张红红的八仙桌，就连刘前进和刘先进的那张凌乱不堪的旧八脚床，也被铺上了大红的新被子。

一切，都是新的，一切，都显示这是家底殷实的富裕人家。

在刘前进一家人紧张的担心中，女方一家在刘前进舅妈的带领下，严肃而认真地回访了。一大桌人就着柱子上的腌肉，腌得已经出油的鸡蛋，还有一只刚刚孵完小鸡、还惺忪着的老母鸡，两大壶放了红糖、姜丝已经被烫热的加饭酒，开心、热闹地畅谈着。

吃饭、喝酒，在任何年代都是谈事的最佳方式，就是相亲回访也同样。在酒、肉的作用下，女方家长很快提及了订婚，双方商定，等秋收结束，就举行订婚仪式，双方交换庚帖后，再定结婚时间。一切说明，男方的接待和女方的回访是相当的成功。杨香珠见过姑娘后，虽然很不喜欢，可是想到儿子的终身大事，也只能将就了。刘前进的心思和杨香珠是一样的，姑娘左边光滑右边黑黑的、满是疙瘩像个麻袋一样的阴阳脸，刘前进第一眼看到，只觉得浑身刺热，慌乱了好久，才静下心。想不接受，可转而一想，只有自己成了家，弟弟才有可能成家。所以，不管这个姑娘怎么难看，好歹也是女人，况且有人说过，女人无论美丑，关了灯都一样。其实，这不是关键，关键是女方爹娘说了，如果这门亲事成了，不要刘前进一分钱的彩礼，还会给丰厚的陪嫁。这样天上掉馅饼的事，不接就是傻子。

但事情的发展往往都是出人意料，就是这样一个长着阴阳脸的姑娘，没过几天竟然看不上刘前进了。原因很简单，那次姑娘和家人来刘前进家回访后，虽然一脸的喜气，可是心里却有些不踏实，像这样殷实的家底，怎么会接受自己鬼一样的容貌呢。这个念头一出，她妈就叫了个亲戚再次来刘前进家进行突击暗访，暗访的结果让女方的父母连呼侥幸。

就这样，一门本来可以水到渠成的亲事结束了。

这门亲事的结束，刘前进心里也很高兴，想着每天要看着那张阴阳脸，他心里就犯怵。不过，当舅妈专门上门支支吾吾说亲事黄了，他竟然有点难过，他难过的不是亲事黄了，而是女方这样的容貌都嫌弃他，让他真的有种死了算了的念头。

日子就这样继续一天一天地拖着，拖着，拖到刘先进也到了该说亲的年龄，刘前进依旧单身一个。父亲死的时候，刘先进刚刚上一年级，好在那时候读书五毛钱能读一年，家庭困难的，到学期结束，还能有困难补助。所以，读书和不用花钱一样，只要管着一日三餐就行。刘先进就在这样的条件下读到小学毕业，该上初中的时候，刘先进想着以自己考试经常不到六十分的成绩，再读书也没用，还是趁早帮着哥哥刘前进看牛，挣点工分，也可以为家里分担点。杨香珠想想也对，只要认识几个字就行了，读再多的书有什么用呢？这样，两兄弟都给生产队放牛挣工分，本来以为到了年底，不用再欠生产队钱了，但到了年底生产队分配报酬的时候，依旧拿不到现钱，依旧倒挂欠着生产队。这样的日子，一直到身强力壮的刘先进能和生产队普通的男劳力一样干活了，家里到年底才第一次有了进账。

刘先进的长大，让刘家穷了好长时间的日子稍稍好过了点，也意味着刘先进也到了该成家的时候了。为这事，杨香珠趁刘先进没在家的时候，找刘前进认认真真地说了。杨香珠说，前进啊，男人女人都一样，到了·定年纪，就得成家立业。现在家里的情况你也知道，能不能这样，先让先进娶了媳妇，然后你再娶？刘前进脑袋勾在裤裆里，闷了好长时间，才堵着鼻子说了句，听你的。杨香珠一听这话，悬了好长日子的心终于回到了原位。确实，如果让刘先进成家，这就意味着向别人宣布，刘前进就是一个实实在在的光棍了。光棍，无论对杨香珠还是刘前进而言，都是一个无法挺直腰的耻辱。既然阻挡不了，那就顺其自然。为了不耽误刘先进，杨香珠和刘前进只能这样选择，也只能这样做。

可是，让杨香珠没想到，刘前进的承诺只对自己有效，对外人没有丝毫的用处，刘前进给刘先进的婚事带来了不小的麻烦，每次媒人给刘先进说亲，女方看着刘先进的人样就喜欢，当一听到刘先进还有一个瘸腿哥哥，这些眉开眼笑的媒人立马在女方的千愁百转中全身而退。媒人的每一次进退，都是对刘先进内心极大的折磨，他开始恨爹、恨娘、恨瘸子哥哥，可是，恨不了多久，立马就发觉自己实在是无法恨。于是，想有媳妇的刘先进有时候看着在田间干活的那些穿得花花绿绿的女人，傻乎乎地想着要是天上掉下个七仙女，或者在田边碰上一个田螺姑娘，那该多幸福。可这比做梦还不靠谱，至少梦里还能和臆想中的女人来点暧昧，而这傻想，就像哑巴着嘴想象着吃红烧肉一样，无论怎么想，始终是一嘴的番薯、萝卜味道。

睡在杨香珠和刘长富睡过的八脚床上，刘前进突然有一天觉得很不自在了。睡到半夜，一个激灵醒来，除了黑黑的夜、黏黏糊糊且冰凉的内裤，梦里的曼妙如烟一样，不知飘到了何处。春梦和梦遗因为从未经历过，也未曾有人和自己说过这是为什么，所以很长一段时间，成了刘前进内心无法跨越的天堑，他突然感觉无法和弟弟睡在一起。于是，刘前进上山砍了几根被雪压折了的毛竹，无师自通地做了张竹榻，把大床让给了刘先进。其实，和刘前进一样，刘先进也在做着春梦，进行着梦遗，也想着女人，只是他没有刘前进来得冲动，而是独自一个人品味着、臆想着、消磨着。

只能凭借着臆想过日子的两个已经成年了的男人，看女人的眼睛越来越火辣，有时候甚至还有把这些女人推倒压上去的冲动。当然，那些和他们一起出力干活的女人对他们的心思是一清二楚，看他们的眼睛也是相当的复杂，有冷漠，有可怜，有失望，有爱莫能助……总之，所有能形容、描述的文字都无法表达村里女人对刘前进和刘先进的感觉。因而，有时候一帮男男女女嬉闹时她们会在经意和不经意间让这哥俩和暧昧擦肩而过。

这天，生产队放工有些迟了，夜已经漫过山顶。随着天慢慢地暗下去，东边山顶上的月亮开始一点一点爬上半空。初升的月亮被山尖山岚氤氲遮挡着，红中带着黄，像极了刚刚蒸熟了的鸭蛋黄，让走在刘先进前面的那帮妇女都晕在一层淡淡的光晕中。处在光晕中的女人似乎比平时漂亮了许多，连那几个矮胖妇女，在刘先进眼里都变得婀娜多姿。这帮男女嬉闹着跳入路边的小溪。有几个妇女似乎并不在乎边上的那些男人，毫无顾忌地撩起衣襟往胸口撩水。

刘先进看着这些白花花的皮肉，像兔子一样乱跳的奶子，只觉得喉咙口火烧一般，干渴得连口水都咽不卜，下身也跟着坚挺了起来。刘先进想不让身体有反应，可身体仿佛不是自己了，根本就不受控制，该起来的，依旧高昂地挺立着。刘先进傻傻地坐在水中，凉凉的溪水冷却不了滚烫的脸和心中那股熊熊燃烧的火。

要有女人了，要有一个能整天和自己缠绵的女人了。刘先进恨不得马上跑回家，让杨香珠给他去找户人家提亲，只要是女人，只要能让梦境成现实，什么都不在乎。

回到家，刘先进期期艾艾地对杨香珠说，娘，你找个人给我去提亲。杨香珠笑了下，你看上谁了？刘先进说，没看上，只要有就好。杨香珠笑了，娶媳妇又不是买小猪，就是买只小猪还得看看是雌是雄。话刚说完，杨香珠突然明白过来，刚想出口答应，忽然一想，不妥，于是说，先进，要是先给你说上媳妇了，你哥就更难办了，我总想着你们两个都能成家，可是，你哥要是被你抢先了。你也会被人在背后戳脊梁骨，说你没良心，不照顾哥哥。刘先进听了，心里忽然升起一股怒气，哥上次不是答应让我先娶媳妇了吗？杨香珠被噎了下，想反驳，又硬生生地咽下。

刘先进把手头的锄头往门后一扔，"噔噔噔"地走出家门，还没咽下去的怒气像一头掉进陷阱后突然苏醒的野猪，四处乱窜，窜得刘先进身上着火了一般难受。找不到出口的刘先进猛地一头跳下了村口的水塘。等从水中钻出头，凉凉的池水让他一阵轻松，他又钻进水中闷了一会儿，忽然明白，这就是命。

想通了这点，刘先进的心就显得很平静了，他索性脱掉衣服，裸着身子像泥鳅一样在水塘里翻腾着，一直到筋疲力尽挣扎着爬上岸，突然发觉刘前进坐在水塘边的那块大石板上，木头一般。刘先进不由自主地叫了声哥。刘前进身子一震，见刘先进站在前面，自言自语般地说了句，哥对不起你。说完，拖着孤独的身影，一摇一摆地向家里走去。

太阳继续按照自己的规律上山下山，天气渐渐转凉，生产队的活越来越少，刘前进兄弟两和所有的农民一样，猫在墙根，在围着太阳暖身子中等来了春节。谁也没想到，正月刚刚走了一半，好事找上门来了。而且不是一般的好事，是很多人求都求不来的好事。刘前进开上拖拉机了。

刘前进能开上拖拉机，要感谢大队支书金忠。当年，还是毛头小伙的金忠和刘长富一起去修水库，在石宕采石块的时候，刚好遇上塌方，眼看着金忠要被一块从山顶飞滚而下的巨石砸上，站在边上的刘长富突然疯了似的一个飞跃，把金忠推开，自己却被飞滚的巨石碾成了块块碎肉。当时只顾着逃命，谁都没有注意到这个情节，吓傻了的金忠也没有说，所以，刘长富也就默默无闻地死去，没有成为英雄。不过，救命之恩金忠始终牢记着，一直在找能报答的机会。

这年春节刚过，公社书记在全体公社干部大会上宣布，公社为响应国家实现农业机械化的号召，决定给每个大队配备一台手扶拖拉机。坐在台下的金忠听到这个消息，精神突然一振，终于找到机会了。开会回来，金忠组织大队领导和生产队领导传达公社干部大会精神时，提出让刘前进开拖拉机，也算对因公牺牲的刘长富一个安慰。听了金忠的提议，好几个人都提出了疑问，一个瘸了能开拖拉机？从未看到过拖拉机的金忠横着心说，我和公社主任说过，他说刘前进开手扶拖拉机最最合适了。

事后，公社安排刘前进去县农机学校学习手扶拖拉机的驾驶技术。回来那天，刘前进是开着公社配备的崭新的拖拉机回村的。坐在办公室里喝茶的金忠听到拖拉机巨大的轰鸣声，来不及放下茶杯，就冲出办公室，一看刘前进咧着嘴，一脸喜气拖着瘸腿从拖拉机上下来的架势，突然有种想哭的冲动，没想到手扶拖拉机还真的像为刘前进这样左脚瘸的瘸子定制的，离合器、油门、前刹，都在把手上，需要用脚的，只有一个一天当中用不到几次的脚刹。而且这脚刹必须用右脚踏下去才最方便、最有效。当初自己睁着眼睛说瞎话，竟然说对了。这拖拉机就成了刘前进的拖拉机。

拖拉机在当时可是稀罕得很，一个县也没有多少台拖拉机。因此，开上拖拉机的刘前进变得神气起来，连一瘸一拐走路，也走得像得胜归营的将军，昂首挺胸，意气风发。平日里见人就打招呼的他，现在走路头朝天，不再看与他相遇的任何一个人，除非碰到的人先开口和他打招呼，否则，他绝对不会开口说话。

慢慢地，村里人发觉，让刘前进捎带点东西，也不像以前那样爽快，总是拖三拖四的很不情愿。吃了几次闭门羹的村里人明白过来，刘前进跑多码头变脸了。因此，原本淳朴的村里人只能顺应发展，要捎带东西，就先给刘前进送几个鸡蛋什么的。要拉像木头、家具什么的，就送只鸡过去。平时家里请客吃饭什么的，刘前进肯定是座上客。慢慢地，刘前进的瘸腿已经不再是村里人歧视的对象，而是羡慕的目标，好几个懒得种田干农活的同龄人，竟然和爹娘发起了脾气，怨他们没把自己生成瘸子。杨香珠也借着拖拉机的光，本来佝偻着的腰也显得挺直了许多。

找不到媳妇的刘前进，在村人的顺应中，得到了极大的满足。开着拖拉机四处奔波，让刘前进看到了以前看不到的，吃到了从来没有吃过了。所有的一切都让原本语言贫乏的刘前进变得口若悬河，能把活的说死，死的说活，时常把少见世面的村人说得一愣一愣的。就在人们以为拖拉机改变了刘前进一家生活的时候，依然没有女的愿意嫁给一个瘸子。

上帝关上一扇门的同时，一定会打开一扇窗。就在人们以为刘前进要打光棍的时候，一个名叫来香，小巧玲珑、年轻漂亮的姑娘竟然坐在拖拉机那狭小的驾驶座上，和刘前进一起回来了。来香的到来，让无聊寂寞平静得像一潭死水的村子泛起了涟漪，掀起了浪花，充满了欢腾。在刘前进母亲的走访下，东家拿来一升米，西家拔来一把菜，有几户因为家里造房子要拉砖头、木料的，还把鸡、鸭送了过来。一时间，刘前进家比街上的朝阳饭店还要热闹。

对这位如同天降的姑娘，村里人都很好奇。有几个想打听消息的，悄悄问杨香珠，杨香珠咧着嘴，笑着说，我也不知道。有几个平时和刘前进关系不错的老光棍，从杨香珠嘴里打听不出东西，就拖着刘前进坐在村口桥头，边喝着刘前进从城里小店里买的从没喝过的啤酒，边扯东拉西地听刘前进吹。吹到一半，一个光棍突然冲出一句，刘前进，你那老婆是骗来的还是路上直接抢来的？刘前进满满地打一个饱嗝，等肚子里的酒气冲出嘴巴，笑着说，放屁，我找女人用骗吗？她是自己跟着我过来的。刘前进说话的时候，这几个光棍唯恐刘前进的话掉落河中找不到一样，几个张着嘴巴，不住地劝着刘前进喝酒，哄着刘前进说好事。终于，这帮光棍知道了，这位名叫来香的姑娘，比刘前进小五岁，是刘前进去隔壁县给公社拉造大礼堂用的木料时认识的。来香当时一看到刘前进，就喜欢上了他，只要刘前进去拉木料，来香就会坐在旁边陪刘前进。这样一来二去的，来香发誓非刘前进不嫁。来香愿意了，可她爹娘不同意，于是，来香趁着刘前进去拉木头，偷偷地躲在拖拉的木料下面，跟着刘前进私奔了。

对刘前进说的话，这帮光棍其实是不太相信的，要是来香愿意，刘前进用得着让杨香珠像管小孩子一样管着来香，不让她走来走去的？肯定是刘前进骗来的。可是，不相信也没有办法，人家花骨朵一样的姑娘，就躺在这个瘸子身边。

不过，没过多久，对于来香和刘前进的交结又有了答案，几个好事的快嘴女人，趁着雨天串门，陪着来香绕毛线、织毛衣的机会，把来香的来龙去脉搞得一清二楚。来香家一直生活在一个山窝窝里，从小到大，从没出过村。前段时间，看到刘前进开着拖拉机从她家门口的那条狭得刚刚容下两个轮子的小路路过，对这拖拉机产生了浓厚的兴趣。于是，只要刘前进来村里拉木头柴火，她就会缠着刘前进问东问西。几次下来，来香觉得刘前进虽然是个瘸子，但见多识广，要是跟着他能去看看山外面的世界不错。再说了，刘前进虽然是瘸子，但听他说家里条件不错，反正要嫁人的，只要不吃苦，瘸子就瘸子吧。刚好，那天刘前进去装木头，因为路上耽搁了一下，装好木头天已经黑透了。已经吃好晚饭，出来走走的来香忽然冒出一个念头，趁着天黑走吧。于是，来香躲在装载木头的拖拉机车厢空隙里，做了刘前进的女人。

不管是刘前进讲述的版本还是来香述说的版本，都无法改变原本被女人看不上眼的瘸子有了年轻漂亮女人的事实，留给众多光棍的除了羡慕还是羡慕。不过，好景不长，喧嚣退去，家里很快开始捉襟见肘起来，杨香珠只能厚着脸去借米、借钱。现实实实在在地摆在了来香的面前，来香这才明白自己上了刘前进的当，是走还是留？走，家在百里之外，回去的路根本不认识；留，两间破平房，一家四口，连放个屁，都得看看会不会炸到人。来香的后悔，让刘前进紧张不已，那段时间，刘前进都把拖拉机开得飞一样，就怕回家迟了，来香被人骗走。同样怕来香跑掉的还有杨香珠，于是，杨香珠只要刘前进出门，她就像个跟屁虫一样跟着来香。

　　就在村里大多数人还在猜测来香到底会不会和刘前进把日子过下去的时候，刘前进被派出所抓走了。派出所民警来的时候是开着所里唯一的一辆三轮摩托车来的，所以，看到刘前进跟着他们走的人就说，刘前进是戴着手铐被警察塞在摩托车的拖斗里拉走的。

　　戴手铐、塞拖斗，这是警察对待犯罪分子的，毫无疑问，刘前进犯事了，而且肯定是犯大事了。在一传十、十传百的口口相传中，不时有消息传来，一个说，刘前进开拖拉机去县城的时候，趁着夜间天黑，把一家纺织厂门口放着的一匹布给偷来了，要不然他家这段时间怎么会一人一套新衣服。一个说，刘前进被抓，是他开拖拉机的时候，把人轧死了……总之，版本很多，听着都有理，但似乎都没有说到点子上。

　　不过，没多长时间，公安局的警察上门来做调查，村里人这才清楚，刘前进被抓是因为帮着一个杀人犯逃跑。前段时间，一个贼骨头去隔壁公社洪溪大队东山庵里偷东西的时候，被庵里的尼姑发现了。结果，贼骨头因为害怕尼姑报警，一不做二不休，把一老一小两个尼姑都杀了。杀了人的贼骨头逃到了外地，还是被警察抓住了。在警察审讯的时候，问他怎么逃跑的，他交代说，花了五毛钱坐着一个瘸子的拖拉机先逃到县城，然后再在县城坐车逃到外地的。于是，警察把全县的拖拉机驾驶员一查，刘前进就毫无悬念地进入了警察的视线。不但收钱，还帮着杀人犯逃跑，刘前进也就成了实实在在的同案犯、帮凶。

天上掉下来的祸祟，让杨香珠、刘先进、来香都乱了心智，特别是来香，更是不知所措。当初跟着刘前进私奔，主要是想看看外面的世界，后来虽然后悔了，可是已经无法改变事实，只能认命。当初刘前进被派出所抓走，来香在心里还拼命地说，最好不要回来了，一辈子坐牢去吧。可是，等那几天挨过，刘前进真的犯法要坐牢了，来香反而显得不知所措。从没有过经历的她已经不知道自己该怎么办，能怎么办？

和来香不同的是，警察一上门调查，一直悬着心过日子的杨香珠忽然平静下来。她盯着眼睛看了会正在哭哭啼啼收拾衣服的来香，忽然明白过来，儿子坐牢去了，好不容易骗来的儿媳妇再也不能让她走了。如果放来香走了，那是真正的鸡飞蛋打。镇定下来的杨香珠想到了小儿子刘先进，如果把来香配给刘先进，那无疑是灶上两个锅里的水，两者不管怎么反复，都在同一个灶上。再加上来香和大儿子没有办过酒席，没有领过结婚证，现在再配给小儿子，然后办几桌酒席，补张结婚证也是很容易的事。

　　想到这里，她赶紧拉住来香，把自己的意思和她说了。其实，来香也有这样的想法，虽然她是跟着刘前进来的，可是，自从到了这个家后，突然发觉刘前进只是嘴巴上对自己好，而做小叔子的刘先进却是真的对自己好。所以，从心底里，她更喜欢刘先进，只是跟了刘前进，也只能认命，现在好了，可以趁着机会改变了。

　　站在边上的刘先进被杨香珠的决定吓了一跳，怎么能这样，女人，又不是屋门背后的农具，你不用了我用，更何况，来香是哥哥的女人、自己的嫂子，尽管自己也暗暗喜欢她，也时常想着法子照顾她，可是，这上不了台面啊。

　　刘先进连连摇手，让站在边上的来香不得不主动出击，她怕有变故，怕杨香珠突然反悔，让她在家守寡似的等着刘前进，这样，她做不到。于是，来香定定神，擦了擦眼泪，盯着站在边上刘先进说，我既然已经进了你家的门，也成了你家的人，我和你哥没有领过结婚证、没有办过喜酒，现在你妈让我跟你，我就跟你。再说了，当初你哥是说让我给你做老婆的。

　　来香的话，刘先进吓了跳，他连连摇手，不可能，不可能。来香说，我真的没骗你。刘先进这才明白过来，当初刘前进去邻县拉木头的时候，看到经常坐在拖拉机上东摸西摸的来香，心里就产生了一种莫名的冲动，就想方设法和来香套近乎，想把她骗了做老婆。但后来想想，让来香给自己做老婆，来香肯定不会同意，于是，他偷偷拿了张刘先进的照片，给来香看，然后把想让她给刘先进做老婆的意思说了。看着照片上英俊潇洒是刘先进，听多了刘前进胡吹海聊的来香，以为刘前进的家真的是一个只要低头就能捡到钞票的好地方，于是一口答应。

到家的那天晚上，早早躲进房间的来香听到房门开关的声音，羞涩中充满了期待。特别是蒙在被窝里，听着来人脱衣服的声音，整个人激动得战栗起来。等来人上了床，她才觉得有点不对，那一粗一细的两条腿，分明不是刘先进。她惊叫着坐了起来。果然，借着窗外微弱的月光，才发觉光着身子搂着她、抚摸着她的不是等待已久的刘先进，而是刘前进。她死命地推刘前进，拼命地喊叫，可是却被刘前进死死地捂着嘴巴叫不出声。

春去秋来，又是一年过去，刘前进的判决法院还没判下来，村里人基本上已经忘记还有他这个人了，曾经让刘家风光过一阵的拖拉机，驾驶员也换成了大队里的一位退伍军人。

在一个太阳刚刚露头的清晨，还没等生产队队长敲打挂在队房门口的破锄头，几个抽着烟卷，背着锄头的村民已经晃荡晃荡地往村口走了。还没到村口，忽然看见一个人顶着铁青色的头皮，背着黑不溜秋的被卷，瘸着腿，摇船一样从村口的老石桥上下来。人们心里一动，停下脚步，等着那人走近细看，果然是刘前进。刘前进没等人和他打招呼，见面就说，我回来了，他们冤枉了我。村里人一阵唏嘘之后，不禁叹道，天上一日，人间千年。瘸子在看守所里待了一年多，高墙外的世道已经变了天，连原本属于他的女人，也怀抱另投成了他的弟媳，他成了名副其实的大伯。

看着刘前进背着被卷急乎乎往家赶，这帮人忽然像约定了似的，放下锄头往刘家赶。连站在桥头负责分配任务的生产队队长，也不再去敲打破锄头，跟着众人来到刘前进家。这一帮各怀心思的男女急匆匆地随着刘前进，名为如果刘前进有激烈举动，可以及时劝解，实为看一下这两个光棍争女人的好戏。

刘前进瘸着腿，大声喊着我回来了，我回来了。闻声出来的杨香珠来不及高兴，赶紧挡住刘前进跨进房间的脚，想开口说些什么，但张了几下嘴，一个字都吐不出来。

从厨房间听到声音出来的刘先进顾不得放下筷子，抱住刘前进就哭。刘前进拍拍刘先进的背，别哭了，我不是回来了吗。刘先进不理，依旧抱着刘前进哭。刘先进的哭声，惊动了挺着大肚子来香，她摇摇晃晃地走出房间，看到黑不溜秋光着脑袋的刘前进，眼泪毫无由来地唰地流下。刘前进抬起头，看到站在房间门口的来香，刚露出笑容，突然像被人棒打了一般，脸色开染坊似的变了一会儿，笑容像突然受惊的麻雀，毫无征兆扑棱棱地飞走了。

脸上起了霜的刘前进扔下被卷，瘸着腿一摇一摇地走进厨房，拿了包火柴，然后随手拿起刘先进放在灶上的一包烟，一言不发地走出家门。刘先进紧跟着刘前进也走出家门，杨香珠想跟上去，但走了几步，又回转了身子。

清晨的山村，有着一股特有的清香，晨间的山岚，棉花糖般的飘摇在远处墨绿的山腰，把挺拔的山峦分成了上下两截，但细看一下，却又紧紧地连在一起。炊烟袅袅升起，和着山岚把整个村庄慢慢地笼罩。这个早晨，似乎比平时格外清新、妖娆。

刘前进走到村西的一株大樟树下，掏出烟卷，点上，深深地吸了一口，吐出长长的烟雾后，用手背用力擦了下双眼。刘先进站在边上，等着刘前进开口，可是，直到一根烟抽完，刘前进依然没有开口。

刘前进又抽出一根烟，拿起火柴，可不知道为什么，划了许久，火柴依然没有划燃。刘先进赶紧从刘前进手里接过火柴，小心划燃后，拢着手把刘前进叼在嘴上的烟点燃。直到火柴的尽头烧着了手指，受痛了的刘先进才明白过来，刘前进从来不抽烟的，今天怎么抽烟了。

一根烟刘前进只抽了几口，就变成一截白白的烟灰。刘先进实在受不了刘前进的不声不响，他一下跪倒在刘前进面前，哥我错了，我不是人。刘前进吸完最后一口烟，"噗"的一下吐掉那截比小指甲还短的烟蒂，看了眼跪在面前的刘先进，没有说话，再次掏出一根烟，用颤抖着手点燃。

刘先进抱着刘前进的腿，"啪啪啪"的狠狠地打了自己几下巴掌，哭着说，哥，我对不起你，你要打要骂就冲我来，别冲娘和来香，我把来香还给你，当初我是喜欢她，可她是我嫂子，我不敢有想法，后来你被公安局抓走了，我就动了坏心思，刚好娘怕来香走了不会再回来……现在你回来了，我就把来香还给你，你也别嫌弃，就当找了个二婚的吧。

刘先进死死地抱着刘前进的腿哀哀地哭泣着，刘前进黑着脸，眼睛死死地盯着跪在他脚下的刘先进，看得出他在努力控制自己的情绪。过了一会儿，刘前进用力挣开刘先进的手，摇摇晃晃地向着远处走去。刘先进跪在地上，对着刘前进的背影想跟上去，刚起身走出几步，又停了下来。直着眼盯着刘前进摇晃的身影看了一会儿，垂着头、抹着眼泪往家里走。

站在屋门口看热闹的人，见到刘先进回来，想说上几句，但又不知道该怎么说，索性都闭了嘴巴，默默地给刘先进让出一条道，让他能走进屋里。过了一会儿，这些人见刘前进没有回来，知道不会再有发生战事的可能，就一哄而散，各做各的事了。

刘前进的回来，让来香不知道该怎么办，她不知道这兄弟两个会如何对待自己，第一次跟着刘前进走进家门，看到和照片上一模一样面貌清秀强健的刘先进，庆幸自己出逃的正确。可是，后来的发展让她瞠目结舌，她竟然像一只小狗、小猫、小猪一样，被刘前进凌辱，还无法反抗。刘前进也知道来香的不满，所以他在让杨香珠白天管着来香的同时，晚上仿佛过了今天不再过明天一样，发疯似的折腾，让她痛苦不堪，却又无力逃脱。后来刘前进进了看守所，她终于和刘先进在一起了，可是，这个幸福才刚刚开始，刘前进又回来了。

黄昏过后的黑暗，渐渐被慢慢升起的月亮割裂。如水的月光无声漫过山村，漫进窗棂，斜斜地淌在来香的身上。来香睁着眼睛，看着依旧黝黑的屋顶，泪水，顺着眼角慢慢洇到枕头上。过了一会儿，来香伸出手想去捉刘先进的手。手伸出去却摸了个空，才明白，刘先进没有躺在边上。来香顺便把伸出去的手轻轻放回到自己鼓鼓的肚子上，肚子里的孩子仿佛感应到了来香的纠结，也忙着伸展手脚，紧紧地顶住来香的手掌。

月光也悄悄地溜进门缝，淌在堂屋的八仙桌前，躺在竹榻上的刘前进盯着那一丝扁扁的、淡淡的月光，把自己裹成一只结实的粽子，一动不动。同样不敢动的还有躺在地上的刘先进，像水一样的月光虽然没有淌到他的身上，但淹进了他的胸口。

洁白的婚纱飘呀飘

　　我要是结婚了，应该穿什么好呢？是穿旗袍还是穿婚纱？灿萍躺在床上，又在想结婚穿什么的事了。

　　这个问题灿萍已经想了很久了，其实她早就决定穿婚纱，只是自己给自己一个举棋不定的借口，然后让自己弄不清结婚到底是穿旗袍还是婚纱。每到想的时候，她肯定会想到如果穿旗袍，就穿红色的，当然，腰叉不能开得太高，把腰叉开到屁股蛋蛋下边，她接受不了，你想，在结婚的时候，你把整条大腿加上半个屁股蛋蛋露在参加婚礼的客人面前，让客人是看自己的旗袍呢，还是看那白白的大腿？如果穿婚纱，就穿白色的裙边拖得很长很长的那种，最好后面有一男一女两个小孩子帮着拖裙边的那种。嗯，上面就露出半个肩膀，当然，如果能露出整个肩膀就好了，胸是不能像电视里演的那些女人那样露出半个米，不但自己接受不了，肯定连新郎也不会接受的。你想，哪个男人愿意让自己老婆把半个胸敞在别的男人面前的？虽然村里人常说女人的奶不结婚的时候是金，结了婚是银，等生了孩子就贱成人人可见的狗奶了。可是我结婚的时候还是金啊，怎么能随随便便地给人看呢。想来想去，总觉得结婚肯定得穿婚纱，要不怎么有那么多的女人结婚都喜欢穿婚纱呢？

　　想这些的时候，灿萍肯定是在刚看完电视躺在床上将睡未睡时。这段时间看多了电视里面的女人结婚的镜头，她也在开始打算自己在婚礼上穿什么了，尽管她还没想过和谁结婚，她也曾扳着手指把单位里的几个没有结婚的小伙子数了一遍又一遍，一个一个地比较下去，可是比较来比较去，总是找不到一个能陪着自己穿婚纱结婚的。再把平时和自己交往的小伙子数一遍，更没有了，因为除了和同学、同事交往外，她基本不认识其他的男孩。

　　每次想到婚纱她都非常的激动，有时候还会想，我结婚了让谁给我拉那长长的婚纱呢？让张业家的浩浩拉？那肯定不行，这小子整天拖着两条像蚂蟥似的鼻涕，婚纱还没拉，那腻心死人的鼻涕肯定早就擦在婚纱上了；让月华家的美美拉婚纱？嗯，这倒差不多，这个小姑娘皮肤白白的，眼睛大大的，很可爱，就让她给我拉吧。想完美美，她又想金童玉女，玉女有了，那金童呢？一想到金童，她就犯愁，想来想去，不是嫌这个太脏了，就是嫌那个太调皮了。好不容易想到一个，得，和自家竟然没有亲戚关系。左想右想的，想得头都疼了，等想完拉婚纱的金童玉女，还得想新郎啊，想了那么多竟然没有想到新郎是什么样的？她的眼前过电影似的过了好久，好像除了几个电影明星外，没有现实的男的可以陪穿着洁白婚纱的她步入结婚的礼堂？想到这里，她就会觉得相当的伤心，怎么要找一个能陪自己穿婚纱结婚的男人这样难呢？

伤心归伤心，想还是要想的。一到晚上看完那些让人昏昏欲睡的电视连续剧后，她又会陷入无尽的想象中。好几次她都半躺在被窝里，带着幸福的、矜持的笑脸，伸手出去，细细地拉起婚纱的裙边了。

娘在吃饭的时候又在和灿萍说相亲的事了，从灿萍大学毕业后，娘就把陪灿萍相亲放到了和种地收割庄稼一样的高度。灿萍的家在城市边缘，用流行的话说就是城郊接合部，随时都有被城市蚕食的可能。灿萍和她的家人早已经成了半个城里人，可是娘还是喜欢把灿萍的婚事和农村的姑娘比，她骨子里认定自己是农村人，从来没有把住在城郊接合部看成优势。确实，在农村，和灿萍同龄的女孩肯定都早已结婚生子，有可能有很多的小孩都在读小学了。这样比较下来这让灿萍娘很是着急，也让灿萍相当的不屑，娘看到的几个和自己同龄的女人（灿萍一向认为，只有未出嫁的才能称女孩，出嫁了的只能称女人了）结婚时连婚纱都没穿过，这能叫结婚吗？每次娘指东指西说村里那几个已经出嫁了的女人时，灿萍都会撇嘴以示不满。其实，娘是不了解灿萍的心理，娘越是说，灿萍心里越是着急，心里越是着急，嘴上越是不肯示弱。她也想着早点找到一个合适的人，早点了结自己穿着拖曳着长长尾巴的洁白婚纱、踩着红色的地毯，在结婚进行曲的伴奏下举行结婚典礼的心愿，可是就是碰不到一个合适的人陪她穿婚纱。

灿萍不是一个无人愿意陪她穿着婚纱举行婚礼的人，在读书的时候她也风光过。那时候班上只有八个女同学，男同学就有三十来个。男多女少，让灿萍无疑成了高傲的孔雀，整天仰着头不看周围。不过她的高傲很快就被英俊潇洒的同学袁华给征服了，两个人卿卿我我的羡慕死了好多男女同学。四年的大学生活很快过去，即将劳燕分飞的学子们都学着社会上的情爱男女的样去拍结婚写真了，有几个还大开尺度，玩起了人体写真，努力给对方留下青春的记忆，这让灿萍很是羡慕。她也想把青春的记忆留给袁华，可是灿萍在扭扭捏捏的急切期待中竟然没有等来袁华的邀请，最后，眼看着毕业分手在即，灿萍再也顾不上扭捏，主动找袁华要求和他拍结婚写真。袁华期期艾艾地说，灿萍，我毕业后肯定回山区老家的，你要是愿意和我一起回去，我们就去拍，你要是不愿意，那我们就不拍。袁华的话气得灿萍掉头就走，回到寝室蒙在被窝里足足哭了半个晚上，当即下决心和袁华分了手。毕业后，袁华果然回了山区老家，灿萍则留在了市区，两人从此就成了最熟悉的陌生人。灿萍原本以为袁华会忘不了自己，谁知，袁华毕业不到一年，就和当地一位副镇长的女儿结了婚。袁华结婚，让灿萍的心死了好长一段时间才慢慢地活过来，活过来后的灿萍就开始考虑自己结婚的时候到底是穿婚纱还是穿旗袍的事了。听前去喝喜酒的同学说，袁华的老婆在婚礼上穿着洁白的婚纱美的像天女下凡，漂亮极了。但是灿萍从同学带来的照片里看穿着婚纱的新娘，根本就没有看出漂亮，只是看出了像鸭子戴鸡冠似的滑稽。为了看看自己穿婚纱是不是会像袁华老婆一样难看，她还特意去影楼试了一下婚纱，结果接待她的影楼小姐羡慕得两眼发直，连呼妹妹你好漂亮，还说以灿萍的美丽，完全可以去竞选世界小姐了。她也试着穿了旗袍，可是穿上旗袍后，那影楼的小姐却连连摇头，连声说好难看。最后经过多次的自我调研，最终决定穿婚纱。虽然有时候也会想到穿旗袍，但这一想法无疑如炒菜放味精一样，调味而已。决定虽然作出，但陪她穿婚纱的对象却一直没有找到，不是说没有愿意陪她一起展示婚纱的对象，而是她心里始终住着袁华，别人要想把袁华从她的心窝里推出去，那还真的有难度。

赵亮留意灿萍好久了，赵亮是公司的销售主管，比灿萍早进公司几年，凭着实力进入了公司的中层。赵亮的家在外省，在市里租房子住，每天骑着摩托车上下班，因此，只要稍微用点心，肯定能够在路上或者公司门口碰上刚去上班或下班的灿萍。赵亮知道灿萍在财务部工作，早就心生爱慕之心，可就是找不到和灿萍搭话的机会，不是真的没有机会，是灿萍根本就不给赵亮机会。平时赵亮去财务部的时候，故意找灿萍搭话，可灿萍就是爱搭不理，让赵亮很是感觉自讨没趣，灿萍有自己的想法，赵亮并不是英俊潇洒的那一类，尽管从别人的眼里看来，赵亮配灿萍还是比较合适的，可是赵亮在灿萍眼里属于并不合适的那种，特别是他外省人的身份，让灿萍无法对赵亮产生感觉。还有一点就是灿萍时常把接触到的有可能发展到陪她穿婚纱的男孩都要和袁华作一个比较，这一比较下来，总是感觉还是袁华好。所以，赵亮始终成不了能陪着她穿婚纱的候选对象。

机会总是留给有心人的，赵亮等了好久的机会终于来了，灿萍的自行车骑到半路竟然漏气了，一时找不到补胎的修车铺，她只能吃力地推着自行车走。早就等着机会的赵亮看到后立即义不容辞地扛起灿萍的破自行车送到了旁边的修车铺，再让灿萍坐上自己的摩托车把灿萍送到了公司。这一扛一送，就打开了赵亮接近灿萍的机会之门。缘分就来得这样的简单，简单得好多次灿萍都在问自己为什么会和赵亮谈恋爱？就是找不到答案。

　　既然是恋人了，两个人当然免不了卿卿我我，一次激情燃烧过后，灿萍问赵亮，假如说我们结婚了你会举行一个什么样的婚礼？赵亮想很久后说，我一定让你成为我们村里甚至我们市里最最漂亮的新娘。那怎么是最漂亮的呢？灿萍缠着赵亮问。赵亮说，就像电视电影里演的那样，让你穿上大红的衣裳，骑上披红戴绿的高头大马，再叫上十六个人合成的鼓乐队，吹吹打打地把你接回家。不好，我就要穿着洁白的婚纱，像电影电视里演的一样，灿萍继续闭上眼睛设想道，让两个漂亮的童男童女给我拉那拖地的婚纱，我就挽着你穿着黑色的、笔挺的西装的手臂，一步一步迈过摆满鲜花的台阶……灿萍刚说到这里，赵亮赶紧说，打住，打住，我就喜欢像古人那样来个拜堂行礼。灿萍说，我要拍婚纱照，穿着洁白的婚纱那种。赵亮说，我们是农村的，怎么能和城市的人去比？农村的就按照农村规矩来办，再说，那婚纱又不实用，穿了一次就不可能穿第二次了。灿萍想想也是，女人这一生能嫁几次人？嫁一次就封顶了，难道还期盼着嫁第二次、第三次？可是如果依了赵亮，那自己想了好多年的婚纱不是白想了？不过那婚纱又不用买，直接上影楼租就是了。她这样一说，被赵亮找到了空子，他说，让我老婆用别人穿过的婚纱？我才不愿意呢，所以，你最好是穿红色的旗袍，我呢也穿红色的马褂，这样等我们老了，还能继续穿上回味回味。

这样的答案当然不是灿萍所要的，她就一声不吭噘着嘴穿上衣服就走。赵亮赶紧赔不是，跟在后头，不过不管赵亮如何的用甜言蜜语哄灿萍，他就是没说那句灿萍最想听的"好，依你，就穿洁白的婚纱结婚"，这让灿萍觉得这嘴巴噘得毫无效果。

公司来了个分管后勤的副总，叫林海，据说是老板的亲戚。林海年纪不大，也就三十出头的样子，财务部刚好归他管。林海很健谈，有事没事都会到财务部和灿萍他们一帮人天南地北地海聊，聊到后来，灿萍竟然发觉原来林海和自己还是校友呢。校友加同事，让灿萍和林海的距离一下子拉近了许多。一天，几个结过婚的同事围在一起说自己结婚的事，林海刚好进来，他笑着问，你们在说什么呢？快嘴的出纳说，我们在说自己结婚的事。林海显得很好奇地问她，你说女孩子结婚穿什么最漂亮？她说，当然是穿婚纱啊，洁白的婚纱，火红的玫瑰，那绝对是最美的。林海又笑着问灿萍，美女，你说呢？灿萍被林海一句美女给羞红了脸，只是笑着低着头不说话。

我要是结婚啊，肯定让我老婆穿上婚纱，我呢，就穿上黑色的燕尾服，系上领结，捧上代表天长地久的九十九朵火红的玫瑰。林海喝了口水，继续说，我老婆呢，就穿上洁白的婚纱，是全白没有一丝其他颜色裙摆很长很长至少需要四个金童玉女拉裙摆的那种婚纱，在结婚进行曲的伴奏下，一步一步踏上红红的地毯。灿萍一听，这话好像是特地和自己说的一样，心里不禁升起了一股莫名的感动，抬头看看林海，发觉林海正拿着眼睛死盯着自己，脸就更红了。旁边几个同事看着脸红红的灿萍，起哄说，灿萍，你还没结婚，林总也没结婚，索性你和林总结婚算了，你穿上婚纱肯定是美如仙女。

同事们的玩笑在灿萍的心里激荡了好多天，特别是在看完电视静下来的时候，那话就像沾了露珠的禾苗一样，在灿萍的心里疯长起来。赵亮不愿意让我穿婚纱结婚，林海要让他老婆穿上最最美丽的婚纱举行婚礼，要是赵亮和林海能合在一起那该是多好。理想和现实总是有着区别的，赵亮像呆头鹅似的，就是听不懂灿萍的旁推侧敲，用傻乎乎的笑把灿萍的缠了又缠的问题给绕了过去。倒是林海，在灿萍面前越来越不像领导了，反倒更像一个朋友，经常拉上她和其他同事一道去吃饭、喝茶、唱歌。

灿萍尽管心里有着这样那样的疙瘩，可是青春的激情一上来，也就管不了许多了，很快，每个月该来的也不来了，该吃的时候不想吃，不该吃的时候像饿死鬼似的想着吃。她偷偷地买来早孕试纸，在厕所里沾上小便一测，试纸的颜色和说明书上提示的颜色一致，中奖了！她不敢相信，又偷偷地去医院做了检查，结果是确实怀孕了。

灿萍拿着医院的化验报告回到公司的时候，赵亮已经在楼下等她了。看到灿萍，赵亮高兴地说，你去哪里了？打你电话关机了。灿萍这才想起，原来去医院的时候怕有电话进来让不习惯说谎的她在说谎时候圆不了话，想想还是直接把手机关了省事。见赵亮问起，赶紧说，我去街上了，刚才手机掉地上，我捡起就放进包里，没留意关机了。

赵亮没有多问什么，等灿萍坐上摩托车的后座后，一轰油门，走了。灿萍坐在摩托车后座上，一手搂着赵亮的腰，一手捏着手里的包，心还在包里的那张化验单上，她俯在赵亮的耳边说，赵亮，我有件事情想和你说。你说吧，我听着。赵亮大声说道。灿萍想了一会儿，说，不说了，晚上和你说吧。赵亮又大声说，好，我知道了。

赵亮刚把车拐上去灿萍家的路，灿萍说，我今天不回家，直接去你那里吃饭。赵亮激动得"嗷……"了几声，摩托车就拐上了去他的租房的路。

赵亮的租房因为有了灿萍的打理，开门进去就显得井井有条，一点不像单身汉的房间。赵亮拉着灿萍一进门，顾不得烧饭，就把灿萍抱到了床上。一阵狂风骤雨过后，灿萍抱着赵亮说，赵亮，我想结婚了。嗯，我早就想着结婚了。赵亮摸着灿萍的头发激动地说，我们什么时候结婚？灿萍看着赵亮，过了好长一会儿才说，我想穿着洁白的婚纱结婚。赵亮轻轻地刮了一下灿萍的鼻子说，我们就用中式的婚礼，我穿红色的马褂，你穿红色的旗袍，这样多好！我就要穿婚纱，穿着代表着纯洁的婚纱不是很好吗？要是婚纱不好，为什么现在的人结婚都喜欢穿婚纱？灿萍扭了几下腰，撒娇道，要不这样，我们拍结婚照用你说的马褂和旗袍。婚礼上用婚纱，我连给我拖婚纱的金童玉女都想好了。赵亮抱着灿萍说，我们不说这个话题了，好不？还是先准备烧饭吧。不好，我就是要你说清楚你到底同不同意你穿西装我穿婚纱结婚？灿萍想发作，但转而一想，还是忍了。其实她就是想让赵亮同意她穿婚纱结婚，只要他同意了，她就会把自己的打算一一说出，可是让她气恼的是赵亮就是不肯说。

赵亮也有赵亮的难处，他觉得结婚是喜庆的事，就应该用代表红红火火喜庆的红色来结婚，当然，最主要的一点是，赵亮认为灿萍爱自己和自己爱灿萍一样，都是没有对方无法生存的深爱，所以赵亮很自信，认为一定能让灿萍听自己的话，也就坚持着要穿马褂和旗袍结婚。灿萍知道两个人再争下去依然是没有结果，谁都说服不了谁，也就闷声不响，起床做饭去了。

饭吃好后，灿萍拎起小包，对赵亮说，我走了，再见。赵亮赶紧穿上鞋子说，我送你。不用，我打的走，你早点休息吧。灿萍说完，带上门就走。等赵亮穿好鞋子赶出门，灿萍早没有了影子。赵亮快快地走进屋，突然发觉地上躺着一张折叠得很好的白纸，他好奇地捡起来，打开一看，原来是一张化验单，他细细地看了几遍，才总算弄明白，原来灿萍怀孕了，怪不得她今天怪怪的，逼着要结婚要穿婚纱。赵亮想了一会儿，终于忍不住笑了出来，灿萍既然已经怀孕，肯定是急着想结婚，你越是逼，我越是不同意。反正到时候你急我不急，看你是坚持要穿婚纱结婚，还是顺着我穿旗袍结婚。

灿萍一连三天没来上班，赵亮也不着急，他知道灿萍肯定在发脾气，想着让自己去妥协，同意她穿婚纱结婚，要是自己现在马上去灿萍家，那肯定就得同意灿萍的要求了。直到第五天，灿萍依然没来上班，他这才急了，打手机，手机已经关机，打她家里的电话，家里的电话无人接听。赵亮打电话到财务部，接电话的会计说，灿萍已经辞职不在这里做了。赵亮吓了一跳，放下电话赶紧跑到财务部，灿萍的位置空着，桌上已经收拾得干干净净的，那出纳看着赵亮说，哎，灿萍不是已经辞职了？你不知道？我不知道啊，她什么时候辞职的？赵亮急切地问道。已经好几天了，她的辞职报告还是让林总带来的。赵亮想去找林海问问，林海办公室的门紧闭着，敲了好长一会儿都没有动静。

赵亮等不到下班就赶到灿萍家里，灿萍不在家，她娘在。赵亮小心地问，伯母，灿萍在家吗？灿萍娘说，她两天前就去外地了，说已经找到了工作，我劝她也劝不住，我以为你知道的，你不知道？我不知道啊，我今天才知道灿萍已经辞职了。赵亮不知道对灿萍娘说些什么，只能转身回去。

门上插着一封信，赵亮取下一看，没贴邮票，也没写地址，信封上用打印机打着"赵亮收"三个字。赵亮拆开一看，里面的一张白纸，打印着寥寥数字："赵亮，我们结束了。灿萍。"

没有了灿萍，赵亮也不想再在这个城市待下去了，他递上辞呈后，不管批准与否，把手上的东西向林海做了一个交接后就走了。

时间一天天地过去，春去秋来，当赵亮因为业务需要，随着刮刀似的西北风回到曾经工作过的城市，已经是五年之后了。在这五年里，赵亮终于实现了自己多年的愿望，穿着红色马褂和穿着同样红色旗袍的新娘拜堂成了亲，让他遗憾的是，结婚五年了，妻子没有如他所愿，为他制造出一个副产品出来。这让他在欣慰之中也感到有些伤感。

城市依然是原来的城市，五年的岁月，让一切都在改变。时间流逝，很多地方已经物是人非，原来的公司也早已经合并给了其他公司。在这曾经生活过的城市，赵亮有过成功，有过失败，有过爱情，有过失恋，使得这个城市在赵亮心中的位置变得相当的敏感，既有亲切又有失望，既有成就又有失落。

赵亮找了家酒店住下后，就想着出去走走，看看这个曾经生活过的城市是否还有熟悉的气息？

赵亮走出酒店，漫无目标地顺着大街游荡着，熟悉而又陌生的大街上霓虹闪烁，城市的夜生活比五年前更加的丰富多彩。赵亮游荡了一阵后，看到街边有一家比较大型的超市，就顺便拐了进去，想买点这个城市的特产带回去，也算做个留念。

食品货架前蹲着一个妇女，边上一个小孩在挑选食物。赵亮看了眼蹲着的妇女，心突然狂跳了起来，嘴巴也莫名其妙地干渴起来。他悄悄地咽了几下口水后，依然不敢相信，天下竟然有这样巧的事情，五年后第一次重回故地，会在这个地方碰上刻骨铭心的人。他悄悄地走到这对母子边上，借着挑食品的由头，细细打量着蹲在地上的妇女。打量了许久，他终于确认，不错，就是灿萍！他始终忘不了灿萍那熟悉的面容。

灿萍。赵亮试着轻轻地叫了一声。那妇女抬起头，果然，她就是灿萍。赵亮激动起来，伸出手，想和灿萍来个拥抱，但是理智让他停止了拥抱的冲动。灿萍站起身，大方地伸出手，和赵亮握了握说，你怎么在这里？我来出差，想买点本地的土特产，没想到碰到了你。赵亮说着指了下小孩，说，这是你儿子？几岁了？灿萍看了看小孩，说，是我儿子，五岁了。说着，拉着儿子的手说道，来，叫一声叔叔。孩子脆生生地叫了声叔叔，把赵亮的心都叫疼了。五岁，正好是灿萍离开自己的时间，那么这个孩子应该是自己的儿子。儿子应该叫自己爸爸，而不是叔叔。

灿萍看着赵亮那明显痛苦的脸，想问他怎么了，可是话到嘴边她又停住了，只是轻声地问，你要在这里待多久？赵亮只是痴痴地看着孩子，没有答话。灿萍又说了一遍，赵亮这才回过神来，我要待三天左右。哦，这样吧，你把你的电话号码和酒店的房间号码告诉我，我有机会来看你。灿萍看着赵亮说。赵亮赶紧从口袋里掏出一张名片，递给灿萍，想了想又感觉不对，重新从灿萍手里拿过名片说，我的手机号码换了，我给你改一下。赵亮掏出笔，把名片上的手机号码画掉，重新写上一个，然后递给灿萍。灿萍看了一下刚刚写上去的手机号码，幽幽地说了一句，你还在用？赵亮笑着说，我一直带着。

灿萍是在第二天下午来找赵亮的，见了赵亮，没有简单的寒暄，劈头就问，你当初为什么不同意我穿婚纱结婚？赵亮苦笑着说，现在说这话还有意思吗？可是你知道吗？就是因为你不愿意我在结婚时穿婚纱，你害苦了我，我的这辈子全完了。看着哭泣的灿萍，赵亮知道是儿子拖累了她，他轻轻抱住灿萍，说，灿萍，你放心，我知道这几年你一个人养儿子辛苦了，虽然我现在结婚了，可是我的儿子我一定不会不管的，你放心。

灿萍听到这话，抬起头说，儿子？你儿子？这不是你儿子！赵亮知道灿萍在说气话，赶紧说，怎么会不是我儿子？当初你的那张医院化验单我是看得清清楚楚啊，你离开我的时候是怀孕了的，我算了一下，从你怀孕到现在，我们分开了五年，儿子正好是五岁，这难道不是我的儿子？

灿萍听了赵亮的话，沉默了许久说，先不说儿子的事情，你先告诉我，你为什么不愿意我穿婚纱结婚？赵亮看着灿萍，过了很久才说，当时和你谈恋爱的时候有件事我没和你说，我哥哥和嫂嫂结婚的时候，哥哥和嫂子在我们村里是第一对穿着黑西装和白婚纱结婚的人，他们穿着西装和婚纱，要说有多漂亮就有多漂亮，可是我们村里的那些老人，看了我哥嫂穿着西装和婚纱结婚后都说，这对夫妻不长久，结婚本来是喜庆的事情，应该穿红衣服，怎么穿起黑衣服和白衣服来了？不吉利，不吉利。后来发生的事情果然被这些老人说中，哥嫂一起开车出去搞运输，开的车竟然冲入了水库，两个人就这样没了。我爹娘哭得死去活来，他们要我在结婚的时候千万不要穿黑西装，新娘也不要穿白婚纱，要是新娘坚持要穿白婚纱，他们宁愿不要这个媳妇。

灿萍听了"哇"的一声哭了出来，两个拳头使劲地捶打在赵亮身上，你当初为什么不和我说明白，为什么？这是为什么？凄惨的哭声让赵亮手足无措，他只能紧紧地抱着灿萍，任由她在自己怀里尽情哭叫和捶打。灿萍终于止住了哭，赵亮伸出右手，将灿萍脸上的泪水轻轻擦去，看着灿萍渐渐平静了，就小心地问道，我们的儿子叫什么名字？

他不是你的儿子，真的不是，我没有骗你。灿萍抬起头，抽了抽鼻子，盯着赵亮说，你知道吗？你不告诉我为什么不让我穿婚纱的实情让我很伤心，我不知道该怎么办，我和你说过，我这辈子最大的愿望就是结婚时候能穿着洁白的婚纱步入婚礼的殿堂，可是你不答应，一定要我答应穿红色的旗袍结婚，这让我很痛苦，我一直认为你连结婚的时候都不愿意依我一次，以后的生活中肯定得由你说了算，尽管我知道你不是这样的人，可是我不能不这样想。灿萍伸手从纸巾盒里抽出一张纸，小心地擦了下眼睛说，我也想过顺着你穿旗袍结婚，可是我斗争了好长时间，就是战胜不了穿婚纱结婚的虚荣心。林海说他要是结婚一定要让他的新娘穿上最美丽的婚纱，就是这个婚纱，让我伤了心，那天他说完后，我一个人在办公室里坐了很久，林海也陪了我很久，后来他提议去酒吧喝酒散心，我就跟着去了，结果，等我醉酒醒来，我发觉光身躺在酒店的客房里了，边上躺着林海。我不想告发林海，因为林海说他从第一眼看到我就爱上了我，他说作为男人不能满足女人的要求就不能算男人，他说如果我嫁给他，他一定让我穿上世界上最美丽的婚纱，让我成为最美丽的新娘。这样的诱惑我心动了，后来有好多次，我都在憧憬着未来中释放着激情，对林海，我从无防护，所以我怀孕了。当我知道自己怀孕后，我期盼着你能答应我给我一个穿着婚纱的婚礼，这婚纱不必像林海说的那样豪华，只要能让我满足就好，可是你还是没说，那天如果你答应了，我肯定会告诉你实情，然后打掉孩子，和你共同生活。可是你没有，就是因为你没有，让我直到现在都没能如愿穿上婚纱。等到我按照林海的意思给你写好绝交信安心养胎准备在孩子出生前穿上婚纱做一回美丽新娘的时候，林海的老婆杀上门来了，这个时候，我才知道原来林海不但结婚了，而且还有孩子了。

赵亮听着灿萍的诉说，直听得两眼发直，仿佛听天方夜谭一般。他紧紧地抱着灿萍，不知道该说什么，不知道该安慰她还是该奚落她，他不知道。但是他知道，让灿萍有这样的仿佛聊斋一样的经历，自己有着不可推卸的责任。

　　窗外，阴沉了好几天的天终于再也挺不住了，大片大片的雪花随着"呼呼"的西北风狂舞着，仿佛是一件很大很大的婚纱，在风中飞舞。

半枚指纹

建安出院上班没两天，政治处的老刘就打电话过来，让他赶紧到政治处报到，主任要找他谈话。建安笑了，说，找我谈话干吗？老刘说，给你调岗位，主任按照程序，代表组织找你谈话。建安愣了下，说，调？调哪里？老刘说，刑侦大队。建安说，为什么？老刘说，不知道。建安说，骗鬼。老刘说，真的。

建安有点想不明白，按照县公安局不成文的规则，警察受伤后，或者说立功后，如果要调换岗位，一般都会按照个人意愿，结合实际能力，安排一个比较恰当的职务。如果不安排职务，也会被安排到一些比较清闲的部门，像监察室、督察队之类的。看看自己，在出警时，被三个不法分子突然袭击，差点流血牺牲成了革命烈士，怎么能被调整到忙得累死人的刑侦大队啊。不过，等建安从政治处主任的办公室出来，他有了新的期盼。去刑侦大队，说不定还真的像主任说的那样，是去锻炼压担子。

建安去的是设在刑侦大队的"六二三专案组"，从事痕迹比对分析。

至于"六二三专案"，建安还是有记忆的。当时，建安在上小学六年级。

建安读小学的那段时间，正是县城大搞规划，广建商场的时候。因此，本来罗汉豆大的县城，一下被扩大了好几倍。连从来没有的大商场，也齐刷刷地连建了好几家。建安就读的学校边上，就有一家天誉商场，是整个县城最大的。因为有了天誉商场，建安就读的这所原本并不起眼的学校，借着商场的光，一时风光无限。不过，建安的这所母校，到了二十年后的今天，依然是众多适龄学生报考的名校。

建安记得，那天是妈妈骑着自行车送他去学校的。在离学校还有二三十米远的地方，被几个警察拦了下来，说前面有事，暂时交通管制，让他们绕道走学校的后门。学校夹在住宅小区和商场中间，去后门要多走好多路。所以，等建安走进教室，早操的出操铃已经响了。

出早操，是同学们最愿意的。可是，一帮同学刚站起身，想去操场，班主任老师把他们拦了下来，说，上午的早操和课间操全部取消。到了下课时间，上课的老师也都要重新强调一遍，说，除了去厕所，所有同学都不许去操场。这个规定一直到吃过中饭才被取消。吃晚饭的时候，建安从爸妈的交谈中得知，紧邻学校操场的天誉商场昨天晚上进贼了，贼不但偷了很多的金戒指、金项链、玉器，还开枪打死了两个值班的保安。现在整个县城都在查这个贼，听说凡是男的，都要去派出所做笔录、按指印。建安听了不禁一阵惊恐，自己放学后经常和同学去商场玩，肯定留下了很多的指印、鞋印，要是派出所查到的指印、鞋印刚好是自己留下的，那该怎么办？想到这里，他忍不住想哭。后来，建安担心的事一直没有发生，建安也随着年龄的增加，慢慢忘记曾经有过的恐惧了。

不过，现在进了专案组，他马上就想起二十年前的事了。不过，建安虽然知道有一个"六二三专案组"，但根本不知道"六二三"专案，其实就是自己读书时候发生的那个案子。只是后来几年，全省各地陆续发生了十多起类似的案子，所以，省公安厅就把所有的案子都串起来，成立了"六二三专案组"。专案组由省公安厅直接领导。

带建安一起分析痕迹的是龙向东。龙向东二十岁从警校毕业就分配到刑侦大队。现在五十一岁，依然在刑侦大队。当年，省公安厅成立"六二三专案组"，龙向东就是专案组成员。专案组的其他成员因为工作调动，进进出出，但龙向东像被浇注了一般，一动不动。前十来年，龙向东除了突发案件时跟随其他刑警出现场，提取痕迹，分析痕迹，其余的时间都在对着一张指纹卡研究。这半枚模糊不清的右手大拇指指印，是在"六二三"案件现场提取到的。只是一直没有进展。前几年，公安部搞了个"二基工程"，各种案件的痕迹，全部分门别类收进痕迹库，供全国的警察比对。因此，不用再拿着指纹卡的龙向东，每天需要做的就是盯着电脑，让那半枚指纹、其他从各个现场收集到的痕迹，和全国各地公安机关及时上传到痕迹库中的各种痕迹，进行比对。可惜，始终没有结果。

对建安的到来，龙向东似乎并不欢迎。他悄声对领着建安来报到的刑侦大队徐教导员说，痕迹比对这活很枯燥，建安的情况我也听说过不少，我怕他静不下心来。徐教导员说，你也别想那么多，他是学痕迹专业的，说不定让他搞专业，立马就静心了呢。龙向东沉默了片刻，说，那先磨合磨合。

不过，没出一个月，龙向东对建安刮目相看了。那天，御花园小区发生一起盗窃案。接到报警后的龙向东和建安，跟着派出所刑侦小组的警察一起踏勘现场。案犯是个高手，现场基本没有留下痕迹。看了大半天现场，得不到有效信息的龙向东失望至极。就在他收拾工具准备离开的时候，建安却在门口拐角处的楼梯扶栏的下方，找到了两枚比较清晰的指纹。经过仔细分析，这应该是案犯撬门前准备戴手套拿作案工具时，左手无意中触碰楼梯扶栏留下的。后来，凭着这两枚指纹，通过天网追踪抓到案犯，进一步坐实了作案事实。此时，龙向东也明白过来，建安在派出所所做的工作，每天只在处理各种纠纷中奔波，看似和学的痕迹分析专业再无联系。但学到手的技能，只要稍一触发，立马就能回来。

时间一长，建安初始进入专案组的兴奋和激动，很快在没完没了的各种痕迹和指纹的比对中消失殆尽。他觉得，用半枚模糊不清的右手大拇指指纹，和指纹库里几千万枚指纹做比对，成功的可能性比大海捞针还要玄乎。因而，从根本上来讲，枯燥乏味不算，还毫无意义。浪费时间、浪费生命。他想起派出所的好来了。派出所虽然事多、杂、烦，但时时能给人存在感。苦恼中，他忽然想到五年前曾经做过他徒弟的小蔡。小蔡是从大中专毕业生中招录的警察。新警培训结束分配到派出所，所长让小蔡拜建安为师，跟班锻炼半年。结果，从跟班的第一天开始，小蔡就不断给建安惹麻烦。不是眼看着建安即将调解好的矛盾双方因为小蔡在边上多说了一句话，又重新闹了起来。就是本来没必要留置的人，小蔡都把他们关进了留置室。有一次建安实在忍不住，说，小蔡，两兄弟打架、婆媳吵架、小两口发嗲闹个你死我活的，都没必要拉到派出所来，能现场解决的，就现场解决。小蔡说，我觉得他们都够得上处罚了。建安说，不是所有够得上处罚的案子都一定要处罚。小蔡委屈地说，我忙死忙活的，就想着自己年轻，应该多干点事。建安长叹一声，说，你做得越多，给大家添的麻烦就越多。好在半年不到，小蔡调到交警大队，站马路去了，建安的办公室才安静下来。不过，有时候清静下来，他却会想念起小蔡来，因为小蔡在的时候，办公室里天天都有被他传唤来的人。虽然看着烦，可充实。

对建安的懈怠，龙向东没有多说什么，只是在一次看着建安心情不错的时候，领着建安到了六楼档案室。档案室是四开间的通间，很大，里面一排排高达屋顶的柜子里，放满了各式各样的案卷和作案工具。龙向东带着建安走到西边靠墙处，指着两排三米来高，四米多长，堆着一大摞指纹卡、细绳、铁棒的柜子说，这是我二十年来一直在做的工作。

建安一下愣住了。

眼睛一眨，建安在"六二三专案组"待了一年多了。"六二三专案组"虽说已经成立二十年，成员也在不停地变换，但每位成员大海捞针般努力寻找证据，找出案犯这一目标始终不变。因为每天盯着电脑，看各种痕迹自动比对结果，建安本来很好的眼睛变得越来越差，近视加老花，这让小娜有点担心。

自从建安颅脑受伤后，小娜一直提心吊胆，害怕建安的脑子真的像别人说的那样，坏了。好在建安恢复得还算可以。因此，刚刚伤好出院，建安就打电话给所长马丁，要求去上班。马丁开始的时候并不同意，但后来实在拗不过建安，就让他到了内勤室，帮着内勤做些杂事。后来，建安被调到"六二三专案组"，虽然每天有很多事要做，但和以前比，还是轻松不少。特别是儿子有时也能接送了，这让小娜很满意。

建安工作环境的改变，让小娜有了把家重新装饰一下的想法。于是，小娜找人把家里的墙壁重新粉刷了一遍。把挂了七八年的窗帘，也重新更换了一下。建安就是跟着小娜去轻纺产品市场挑窗帘的时候，碰上余少静的。

余少静是建安的初中同学，还同桌过。中考时，建安上高中，余少静上了中专，两人就再也没有见过。建安曾在一次翻看初中毕业照的时候，和小娜说过她，说余少静因为漂亮，读初中的时候就有人为她决斗了。小娜开玩笑说，什么时候让我认识下？建安说，很久没有联系了，上次我们开同学会，她也没来。没想到，这次却在轻纺产品市场里碰到了。

同学相见，有说不完的话题。在余少静的闲聊中，建安知道了余少静本来在中专同学的纺织品公司里打工，后来认识了老公，就接过老公的窗帘生意。结账的时候，余少静坚决不肯收钱，但最终拗不过建安和小娜，就象征性地收了一点。

走的时候，建安主动向余少静要了电话号码。余少静边拨打建安的手机号，边说，我的电话可别不接。建安笑着说，怎么会不接，应该是马上接。

虽然有了余少静的电话，但建安平时并不打。倒是余少静，时常会在空闲的时候，给建安打电话，随便聊聊。

和余少静聊得多了，建安渐渐知道了余少静的一些事。让建安没想到的是，余少静和她丈夫李新民并不是原配。建安问她，你怎么和原配离了婚？余少静说，性格不合。建安哦了一声，说，很多婚姻的失败，都是这个理由。余少静说，真的。她告诉建安，她的原配，也是她的初恋，是她在中专的同学。因为相信爱情，两人用了六年时间，爱得死去活来。结婚后，她本来以为爱情修成正果，肯定会幸福美满。可结婚不到一年，两人就斗得你死我活。到最后，余少静无力再斗，就提出了离婚。建安问余少静，你现在的爱人是怎么认识的？是不是还是爱情的魅力？余少静听出建安有调侃的味道在里面，就笑着说，有爱情在里面，但更多的是现实的适应。说完，就把认识李新民的过程原原本本地说了一遍。

余少静离婚后，到同学开的纺织品公司做了销售员。一天，余少静刚到公司，同学就把她叫到办公室，指着坐在他对面沙发上一位四十来岁，穿一件蓝色短袖T恤的男人说，这位是李总，我们公司的新客户，以后就由你和他联系。男人站起身，边向余少静伸出右手，边微微弯腰，说，我叫李新民，以后请多多关照。余少静赶紧伸出手，和李新民握了一下。

同学把李新民交给余少静，接下去就是余少静的事了。这一来二往中，余少静慢慢知道了李新民不是本地人，在来这里之前，曾在老家开过一家汽车修理厂。汽车修理，本来是一个极其朝阳的产业，可由于李新民的厂位置偏僻，所以生意一直停留在勉强维持日常开销上。眼看修理厂再不换地方，就要被淘汰。李新民就开始另寻场地，准备重新开张。可让他没想到的是，在他最需要钱的时候，妻子竟然提出了离婚。直到此时，李新民才知道妻子早就偷偷地把家里的钱都转移了。妻子是在一次高中同学的聚会中，遇到了儿时的初恋情人。数年不见，旧情复燃。两人很快走到了打破家庭重组的程序。就这样，前妻带着女儿，带着除一套一百多平方米住房外的全部财产，远走高飞。好在李新民还有些人脉资源，所以，他索性兑出修理厂，卖掉住房，离开老家，来到这里的轻纺产品市场，租了两个摊位，开了家窗帘店。开始做起了生意不错的窗帘生意。

李新民自从和余少静认识后，先是在微信上和余少静聊些轻纺市场上窗帘销售价格、销售形势上的事。后来聊的面慢慢广了，从娱乐到新闻，从正史到野史，从国内到国际，从官场到民间，无所不包。聊着，聊着，李新民又转换话题，开始关心余少静的生活起居。李新民的举动，让余少静的生活逐渐充实起来，要是有一天李新民的信息稍微迟一点，她都会不时拿出手机，看看是不是忘记开微信、忘记连数据了。或者说，担心李新民是不是出什么事了。这样的心情，一直要到李新民的信息过来，她才会放下心来，才会有心思做手头上的事。就这样，她顺理成章地接受了李新民的求婚。结婚后，余少静接手了李新民的窗帘店。而李新民，索性和他哥哥李玉民一起，做起了坯布生意。余少静尽管从来不知道同住一个小区的李玉民的坯布生意做得怎样，但从李新民偶尔的聊天中，余少静知道李玉民的坯布生意做得不错。

"六二三专案组"目前掌握的案犯作案证据，除了建安在协助龙向东比对的半个模糊指纹外，还有其他建安在六楼档案室里看到的证据，如：十来根长短不等、粗细不一的绳子，一把自制的手枪，三发制式手枪子弹，一颗自制手雷，五把长短不一的匕首，好几百张作案现场照片。这些证据看着让人眼花缭乱，但真正有用的，能直指案犯的，除了那半枚模糊的右手拇指指纹外，其他的都只能是陪衬。

在专案组待的时间长了，曾经在专案组待过的那些成员的故事，建安或多或少地听了很多。故事听多了，建安的心也渐渐地静了下来。心静了，神也就安了。渐渐安心下来的建安，产生了一种从未有过的责任感。他已经完全适应了每天对着眼花缭乱的指纹，看着电脑进行自动比对的生活。当然，闲暇之余，他还是想找些事来放松一下。

刑侦大队年轻警察多。这些年轻警察平时空下来的时候，做得最多的就是打篮球、打沙包、跑步，努力让自己的身体体能素质不下降。建安来到"六二三专案组"后，这些年轻警察很快就打听到了建安不到二十秒的"出枪速度"。于是，他们想到了新的锻炼项目——跟建安练出枪速度。

刑侦大队的民警每人都有配枪。而且还有一个小型射击场，平时供那帮天天抓罪犯的警察练枪法。建安经常到射击场，看这些年轻警察打枪。时间一长，建安和这些年轻警察熟了起来。因此，他们都想看看建安的出枪速度，是不是真的和传说中的那样，拔枪、上膛、开枪能在二十秒里面完成。建安开始的时候不肯表演，但很快抵不住这些年轻警察精确的拍马屁技术，就拿过一个民警的配枪，表演起来。尽管建安这次的出枪时间超过了二十秒，但对这些从没达到过这种速度的小警察来说，已经够震撼了。于是，这些年轻警察一空下来，就往"六二三专案组"办公室跑。缠着建安，让他教出枪速度。这些年轻警察的热情，让建安刚刚有些懈怠的情绪，慢慢地又被鼓动了起来。

建安的变化，让龙向东很欣慰。龙向东也有过和建安类似的经历。龙向东刚到刑侦大队那年，他接到一个派出所所长的电话，称辖区发生了一起重大盗窃案，问他能不能前去帮忙勘察一下现场。因为龙向东平时和这个所长的个人关系不错，因此，放下电话后，他立即出发出现场。车到半途，看到路边的一个小山坡上有十来个人在打群架。龙向东连忙拉响警报，大声喊话。刺耳的警报声把这帮打架的人吓了一跳，立马停了手，茫然地盯着龙向东。不过，这个局面被很快改变。就在龙向东以为自己成功镇住了这帮混混的时候，一个二十来岁，剃着光头，看上去像个头目的男子居然一挥手，喊了声，打。就这一声喊，这帮打架的人居然齐心协力，一起动手，把龙向东打成了重伤。案子发生后，公安局领导相当重视，成立专案组追寻凶手。谁知，追了一个多月，打人的那帮混混还没抓到，和龙向东有关的风言风语却多了起来。后来，公安局的领导虽然给龙向东及时制止违法犯罪的行为进行了定性，但依然由于这样那样的原因，没有抓到凶手。抓不到凶手，案子也就不了了之。就这样，龙向东不仅白白挨打，还被人说了很多不堪入耳的闲话。此事对龙向东打击很大。他有一段时间，对所有的一切都充满了怨恨。不过，随着时间的流逝，龙向东的心态也就慢慢地调整好了。他不再去想已经过去的事，只想着把自己学的专业搞好，想着能在无休无止的痕迹比对中，找出真凶，维护正义。这也是他不愿参加竞争上岗，只想待在刑侦大队痕迹岗位不走的原因。建安到专案组报到前，政治处主任专门打电话给龙向东，说建安心里有心结在，让龙向东有空的时候做做工作，把建安的心结打开。所以，开始的时候，龙向东既担心建安静不下心，又想着怎样开口做建安的工作。很多次他想和建安说自己的过去，想用自己的过去给建安排解心头的郁结，但始终无法开口。他怕自己这个已经被努力深埋和愈合的疮疤，被重新挖得鲜血淋漓、痛不欲生。而现在，建安自己给自己找到了打开心结的方法，让龙向东既高兴，又佩服。他有时候想，那几年要是能像建安这样及时调整心态，说不定自己的工作和生活会是另一番情形。不过也好，在专攻痕迹这点上，已经出了不少成绩，也算是对得起身上的这套衣服，对得起自己这些年的付出了。

"六二三专案"一直没进展，这让大家都很难受。专案组的成员也在不断地变化，谁都期待能在自己手上有·个突破，哪怕抓不到凶手，只要能查到一点点能指明案情的线索，也是成功。可惜，这样的机会二十年过去了，始终没人抓住。很多离开专案组的警察，都是带着满腹遗憾走的。

当然，线索找不出不等于专案组的领导不重视这个案子的侦破。省公安厅刑侦总队业务科室的领导，就经常下来，既是向大家通报案情的侦破情况，也算是给大家打气鼓劲。

　　不过，今天的会议规格有点高，省公安厅刑侦总队的总队长亲自主持。会议的主题依然先是各小组汇报工作进度，然后领导再就如何有效利用现有已经掌握的资源，努力缩小作案嫌疑人的范围，力争早日破案作指示。

　　建安坐在下边听了也有点着急。整个案子的侦破，就卡在嫌疑人的确定上，如果能缩小嫌疑人的范围，案子的侦破难度将会再次降低。可急有什么用，专案组成员二十年来的辛苦，就是为了缩小嫌疑人的范围，直至确定嫌疑人。譬如，建安和龙向东在做的痕迹比对，虽说只是半枚指印的事，可这半枚指印，就是打开整个案子的一把钥匙。再说，痕迹比对，本来就是一件极其细致的活，稍不留神，把细节错过，也就意味着把案件侦破的机会错过。建安摘下眼镜，用力揉揉有些酸胀的眼睛，想着最近几个月突然下降的视力，心想，不要等我眼睛瞎了案子都还没破。

　　等到会议结束，早过了下班时间。好在食堂给参会的人留了饭菜。建安走在去食堂路上的时候，余少静打电话过来了，问建安，饭吃过没？建安说，没呢，怎么，想请我吃饭？余少静说，就是这意思，肯赏光吗？建安沉思了一会儿，故作欣喜地说，好，给我地址，我马上过来。余少静很快发了个位置定位过来。建安看了眼地图，本来想打车过去，但看看余少静发来的位置比较偏僻，想想还是开车去。不知道为什么，建安和余少静之间似乎有很多话可以说，而且可以无话不说。有时候建安想，是不是心底坦荡，才可以无拘无束。

余少静在荷塘月色农庄等建安。荷塘月色农庄在离县城十多公里的乡下。这里原本是一片河流密布的水网。20世纪五六十年代，农业学大寨，当地农民填湖造田，使得水面缩小很多。等到21世纪初，县里挖掘旅游资源，开发湿地公园，原来填湖造田的泥土被重新挖起，堆成一个个的小岛。小岛上植满青松、合欢、香樟、垂柳、紫薇、樱花、冬青。小岛周围的水面上，种上菱角，荷花。一到夏季，菱角满塘，荷叶连连，莲花朵朵，宛如仙境。因为岛上四季常绿。到了冬天，小岛和围着小岛的水面依然有着不一般的风景。特别是满塘荷叶，虽然凋零、枯黄，但偶尔还能看到几片坚强摇曳的绿叶，让人看了赏心悦目。荷塘月色农庄，建在其中一个小岛上。一座用纯木制成的曲桥，连接农庄和停车场。建安走进农庄，余少静已经在一个靠窗临水的小包厢里等他。

余少静看建安进门，就招招手让服务员上菜。菜不多，一个咸菜鱼头，一盘新鲜菱角，两只螃蟹，半只盐水鸭，随之送上的还有两碗桂花莲子羹。余少静用青花汤匙舀起桂花莲子羹放进嘴里，说，这些他们说都是自产自销的，你说可能吗？建安来过几次，也曾看他们在荷塘里抓过鱼，捞过菱角，就说，应该是吧，不然，现在的人嘴那么刁，哪有这么好的生意。余少静说，我是吃不出好坏的。建安笑笑，说，过分谦虚就是骄傲。余少静侧着头，想了想，说，也对。说完，顾自笑了起来。

建安端起桂花莲子羹一气喝下，用湿巾擦了擦嘴巴，问余少静，说吧，找我有什么吩咐？余少静抬头看了眼建安，到底是警察，我有事都瞒不过你。建安盯着余少静看了一会儿，说，说吧。余少静低头搅了几下桂花莲子羹，说，我突然对爱情又有怀疑了。建安笑了，你呀，天天把爱情放嘴上，累不累，你看我，从不说爱情，我不是过得很好吗？余少静说，我就是逃脱不了爱情。建安说，我和你说啊，婚姻和爱情不同，婚姻是柴米油盐，爱情是浪漫理想，所以，用爱情来经营婚姻，累。余少静说，别说这种理论，我和你说的是正经事，我越来越觉得李新民像谜一样。建安说，不可能，两个人都睡一张床上，还有什么谜。余少静说，真的，他曾经和我说过做生意的本钱，是卖房子的钱，和我结婚的时候，我看他也没多少钱，可现在他似乎很有钱了。建安说，他会不会瞒着你在做其他生意？余少静想了想，说，不知道，不过，我听说他和他哥哥做坯布生意，生意还不错，但我从没去过他哥哥在坯布市场的店面。说完，伸出手，指着左手无名指上的一颗硕大的钻戒说，你看看，这戒指好不好。建安看了一会儿，说，真不错。余少静笑了，李新民说值好几万。建安说，牛。余少静说，我说就值几十块。建安怔了一下，说，你这样说他不生气。余少静说，他不生气，说你说值多少就是多少。建安说，这样不是很好。不过，我还真的怀疑这戒指是不是真的。建安笑了，现在的工艺品能以假乱真，不过，你就别庸人自扰，自找烦恼了。说完，拿起边上的一听椰汁，打开，给余少静倒上。接着给自己也开了一听。余少静喝了口椰汁，笑着说，我是不是有点神经质？建安说，你是太在意这个人了。余少静低头沉思了一会儿，说，是的，我真的很怕失去这第二次的婚姻，因为他对我真的很好，也很重要。

家里的装修终于完工了。建安本来以为刷刷墙壁、换换窗帘，这工程也就完了。没想到，等墙壁刷白、窗帘换过，他才发现，家具的颜色、电视机的款式，都不太匹配了。没法，他只能听从小娜的意见，重新买了电视机，并把家具的油漆也重新做了一遍。因为怕油漆的气味对身体有害，建安就带着老婆孩子回到爸妈那里。一直过了三个月，才决定搬回来住。

　　搬回来住后的那个双休日，小娜邀请了三四个同事来家吃饭。因为小娜请来的同事都是女的，建安和她们也没多少共同话题，所以，索性替代小娜下厨。吃饭的时候，这几个同事们叽叽喳喳说起窗帘的颜色、质量，连说建安家的窗帘好看。一位姓童的科长问小娜，你家的窗帘哪里买的？小娜一指建安，说，他女朋友那里。建安赶紧说，女同学。童科长说，什么时候有空，带我去看看。建安笑着答道，随时。

　　过了两天，小娜打电话给建安，说，童科长想让你带着她去买窗帘。建安想了想，说，行，我先打个电话问问。余少静在店里，接了建安的电话，说，过来吧。因为有了建安，余少静当然把价压得很低，这让童科长相当满意。只是童科长要的花式暂时没有现货，要过几天才能有。小娜说，没事，等货到了打电话给建安，我让他过来拉。

　　童科长要的窗帘，是在四天后到的。余少静就打电话给建安，让他有空到店里去拉一下。建安说，好。余少静说，要不中午过来一起吃饭。建安想了想，说，中午没空。余少静哦了一声，说，那下午吧，一点钟，我等你。

　　吃好中饭，建安休息了一会儿，等赶到余少静店里，刚好一点。正在和几个人在谈窗帘价格的余少静，看了下时间，说，真准时。建安说，我是开飞机一样赶过来的，就怕不准时。余少静笑了，没想到你原来这样油嘴。建安说，那是你我共处的时间少。余少静说，好了，不开玩笑了，窗帘放在我的汽车后备厢了，你把车开过来。建安答应一声，把车开到余少静车边，等余少静打开后备厢，建安就把窗帘抱到了自己车上。余少静问，再去坐会？建安说，不坐了，你忙。

建安本来想着直接把窗帘送到外事办小娜处，但看看时间，过去再回来，上班肯定迟到。于是，想了想，还是等傍晚下班带回家，明天让小娜直接给童科长送去。

在停车场停好车，建安看了看放在汽车后座的窗帘，感觉有些不妥，就打开后备厢，把窗帘转到了后备厢里。刚想盖上后备厢盖子，忽然停住了，他觉得窗帘一面的中间有几个暗红的污渍，虽然不大醒目，但在建安的眼里，已经很明显了。细看，是三个指印。他盯着指印看了一会儿，忽然冒出一个念头。于是，掏出手机，慢慢把这些暗红色的指印按照痕迹采集的要求，仔仔细细拍了下来。他要用这个指印骗一下龙向东，告诉他这是他刚刚从指纹库里找到的，和那半枚指纹比对上了，看看龙向东会是什么反应。想到这里，建安忍不住想笑。

回到办公室，建安把手机里的指纹照片拷贝到电脑里，然后一拍躺在墙角躺椅上午睡的龙向东，龙师傅，快看，发了，指纹比对上了，哎呀，我立功了。龙向东一个转身起来，看了一眼电脑屏幕，顺手打了建安一拳，我让你骗我。建安顺势一躲，说，逗你玩玩。

龙向东继续躺下睡觉，建安觉得有些无聊。看着电脑屏幕上的比对结果，想着反正现在不想干活，先玩会儿吧。于是，就把刚刚输入的另两枚指纹，让电脑自动进行比对。然后，拿出手机，游览微信朋友圈，翻阅一下微信好友的各种信息。无意中，他抬起头看了眼电脑屏幕，突然一敲桌子，喊道，天啊。建安的喊叫，把龙向东吓了一跳，他闭着眼睛，说，又发什么疯。建安语无伦次地说，快，快过来，你看……你看……比对成功了。龙向东说，又骗人。建安跑过去，一把拉起龙向东，说，真的。龙向东没法，只能起来，踱到电脑前，一看，眼睛也睁大了。他猛地转身，抓住建安的肩膀说，快告诉我，这枚指印是哪里来的。建安说，我刚提取到的。龙向东一把抱住建安，值了，我这二十年的付出值了，你立大功了。

等一切过去，静下心来的建安突然有些慌乱起来。心里暗暗祈祷，但愿这指纹不是李新民的。直到他带着同事把余少静找来问话，他的心才放了下来。原来，今天早上，余少静把车开出车库，才想起忘记把窗帘放车上了。于是让站在车库前指挥她倒车的李新民把放在车库的窗帘抱过来。李新民答应一声。刚好，李玉民啃着夹着黄瓜的切片面包路过车库门口。见李新民要转过来抱窗帘，就说，你不用过来了，还是我来。说完，把手上捏着的最后一点面包和黄瓜塞进嘴里。残留在面包上的番茄酱，刚好沾在了李玉民的手上。就这样，李玉民的指印，完完整整地留在了窗帘上。

建安再次见到余少静是在六个月后。当时，建安刚好从看守所提审完一个因寻衅滋事被刑拘的犯罪嫌疑人出来。刚走到看守所的办事大厅，他看到了余少静。余少静挺着大肚子，吃力地拎着一个旅行袋，站在看守所的收物窗口前。天冷了，她来给李新民送衣服。李玉民是"六二三专案"的主犯。而李新民，一直在帮李玉民销赃。作为同案犯，李新民也被关进了看守所。

半年没见，余少静老了许多，左手无名指上的戒指已经不见踪影。建安连忙上前，轻声说，把袋子给我。余少静看了眼建安，默默地把袋子递给建安。

替余少静排队的建安，看了眼已经在边上椅子上坐下的余少静。想说，却又不知道该怎么说。他不知道余少静是不是在恨他，他也不知道这个曾经的同学，曾经和自己无话不说的女人，还会不会再拿他做同学、做知心的朋友。

不知所措

我拎着快餐盒打开门的时候，静静迫不及待地抱着我乱嗅。

静静是条狗，一条养了一年多的狗。当时静静来到我身边的那刻，正是我离婚后心情最为恶劣的时候。

玉梅和我在外人看来是珠联璧合的一对，要说有多般配就多般配，可是就是这么一对佳偶，在一年前却无声无息地分了手，各自成了对方的前妻、前夫。这个世界就是这样荒唐。

小时候在家爹娘说了算，工作了在单位校长说了算，后来结婚了在家里玉梅说了算。我这三十多年过去了，从来没有过过一天自己说了算的日子，终于在离婚后过上了自己说了算的日子，小日子过得倒还不错，就是感觉少了个人孤单了点，不过静静每天待在家里等着我回家，这感觉比我在家里等玉梅回家那时要舒服多了。尽管静静只是条狗，一条不会说话的狗，可有时感觉比人强多了，至少它忠诚，不会嫌弃和它生活的人。

我这人比较重感情，要不是玉梅提出和我离婚，我是绝对不会提出这个要求的，虽然我花了很多时间终于在一家酒店的房间里把脱得光溜溜的玉梅和那个同样脱得光溜溜的男人摁在了一起，我也没有像那些暴躁的男人一样大喊大叫（那样的男人我觉得缺少教养），只是笑嘻嘻地看着他们狼狈地穿衣服，然后不声不响地拉着玉梅的手离开酒店。尽管笑得很勉强，不过总比一脸怒气来得好，毕竟怎么说我也是一个温文尔雅的读书人。我没有动作却让玉梅受不了了，没过几天，她就递给我一张离婚协议书，让我在上面签了字，一张床上睡了十多年的夫妻就这样结束了。

没有了玉梅的日子其实也难受，尽管她给我戴了好长时间的绿帽子，可是在我想做男人的时候毕竟还能让我体现一下，离婚了以后，我就只能靠自己解决了。自食其力的感受和别人帮助的感受当然不一样，所以，我还是渴望早点找一个能让我尽早摆脱自食其力生活的女人。当然，这个女人至少要比较实在，特别是不能动不动就给我戴绿帽子。这帽子戴一次还可以，再戴一次的话那不成了傻蛋？

安静是同事给我介绍认识的，其实同事也不认识安静，是她的一个朋友介绍过来的，这东转西转的，到最后，同事陪着我按照联系时说好的见面地点，早早地坐在"品茗茶楼"的"悠远"包厢里，傻傻地等待安静到来。安静是一个人来的。安静一到，同事立马借口溜了，把世界留给了我和安静。

我的情况他们都和你说了吧。我在已经倒了半杯水的玻璃杯里再加了一点水后，递给安静。

嗯，我听他们说了，感觉你挺冤的。安静接过杯子，很优雅地抿了一口后说。

我再递给安静一个橘子后顺口接下了她的话头，我倒也不觉得冤，只是感觉人和人之间确实需要缘分，就像佛家所说的，什么都要缘，有缘千里来相会，无缘对面不相识。我看了她一眼说道，此时我才细细地打量了一下安静，同事告诉我说安静已经年过三十了，可是，看上去怎么也看不到三十。说实话，自从她进门后，我还没有好好地看过她一眼。

安静明显感觉到了我在看她，她挺了挺胸，对我说，怎么？验货？说完这话她突然"噗"的一下笑了出来，身子也突地一下矮了下去。

看着弯腰掩口而笑的安静，我突然蹦出一句，做女人挺好。

哈哈，安静终于忍不住大笑起来，人也更矮了。你这人真逗。安静笑着说。

笑是最好的媒介，安静一笑，带着我也笑，把我们之间的那种看不见摸不着的尴尬一下就冲没了。

安静是县妇联的一名职员，很美，很有气质，属于走在大街上回头率可以达到百分之八十以上的美女。这样的美女找男朋友需要人牵线倒也体现出了她的纯，至少说明她对情场不是很娴熟。我一个离婚男人如果能和安静结合，那无疑是属于癞蛤蟆吃上了天鹅肉一类的，这样一想，我竟产生一种苍天眷顾的感慨。

俗话说情场得意赌场失意，我是情场得意职场也得意。安静的到来竟然让我的人生轨迹滴溜溜地发生了转变。那天，我还在给学生上课，教务主任来叫我了，张老师，校长让你去他办公室一下。

我紧张地看了看教务主任，问，校长找我有事？什么事？我在上课呢。

教务主任笑着说，校长叫你是好事，你赶紧去吧，你让同学们先自学一下。说完，站在教室门口等我给学生布置好作业后，陪着我走到校长办公室。

校长一看到我，破天荒地向我伸出了手，紧紧地握住，对坐在沙发上的一个领导模样的男人说，高董事长，这就是我们学校的张天翔老师。张老师，这位就是我们县赫赫有名的华茂集团公司的高董事长。

哦，张老师，请坐请坐。高董事长站起身，仔细把我打量了一番后，亲切地握住了我的手，热情地摇晃了几下，说，张老师，我今天来学校也是顺路，正好想认识一下我县教育系统的英才，就请校长给我引见一下了。

我做梦也没想到一家大集团的董事长会在顺路的时候来看我一个小人物，竟拘谨得手脚无处可放了。高董事长明显看出了我的拘谨，大度地挥了挥手，说，张老师，你去忙吧，我和校长聊会儿。

这突然而来的喜讯把我给击蒙了。虽然我对县里的企业兴衰并不关心，可并不表示我不关心时常出现在县报上的县里知名企业的排行榜动向，这华茂集团是我县少有的几家国有企业中的老大，也是我县财政收入的中坚支柱。常听人说，华茂集团的董事长牛得很，连县长见了他都得抢先伸出手和他握手。这天的课我上得心不在焉，怪怪地搁在心里，好想找个人说说，可是想来想去能说的只有安静，至少现在她在我心中是最近的。

安静静静地听完我的话后，沉默了一会儿，安慰我说，我感觉这应该不是坏事，现在有好多人都渴望着能认识华茂集团的董事长，现在你反过来了，是董事长记得你了，所以这肯定不是坏事，说不定你马上就有好运了呢。她柔柔地搂住我的腰，轻柔地说，你呀，真是笨人一个，今天高董事长来看你肯定不是坏事，不信，你就等着瞧吧。沉默了一会儿的安静又恢复了以前的活泼。嘻嘻，你今天见了这位高董事长是不是像老鼠见了猫，连大气也不敢喘一下？告诉你一个秘密啊，我妈给我算过命，我这人旺夫呢。安静笑着刮了一下我的鼻子。这个当然，我从来没见过这样大的领导，当然紧张了。我轻轻地拥了她一下。安静又亲昵地刮了一下我的鼻子，这个动作要是换在昨天，我肯定也会回刮她一下，可是今天我被董事长无缘无故接见这事弄得心神不宁，怎么也提不起兴趣。

安静温柔的劝解，很快让我那不安的心定了下来。人就是这样，当心里牵挂着的一件事放下后，另一件事马上又上来了。我轻轻地抱着安静，在她的耳边呢喃着，今天晚上留下来陪我好吗？安静扭了扭身子说，不行的，我爸妈会担心的。安静其实早就明了我的心思，但是她从不点破，好多次到了关键时刻，她总会说很多理由，把我弄得难受极了，想明说，可是又拉不下这脸。我早就说过，我是一个重感情的人，对给我戴环保帽子的玉梅我都能不说粗话，对一个让我重温恋爱旧梦的安静我会做粗鲁的事情吗？

安静的话果然灵光，一个星期后校长就找我谈话了，在说了一通我年轻有为、工作出色等一大堆让人头晕的话后，终于切入了正题，说，我们学校正需要一个年轻有为的老师抓学生的思想政治工作，这学生的思想政治工作很是重要，松懈不得，昨天晚上经过学党委研究决定，拟让你出任学校政教处主任。我今天代表学区党委和校党支部找你谈话，你得有个准备，在各方面都要用更高的标准严格要求自己。说完这些，校长重新伸出了右手，抓住我的右手，用力握了握，脸上挤出许多的沟沟坎坎，和以前坐在大班桌后严肃的形象判若两人。

我也不知道该如何向校长表示感谢表示信心和决心，一切都是稀里糊涂木然如同一个木偶。校长见我傻乎乎站着不知所措的样子，怜悯似的拍了拍我的肩膀，说，张老师，好好努力，前途无限啊！

整整一天，我都心神不定，心想，要是今天的日子早来几年，玉梅也不可能嫌我无能，而被别的男人诱惑，更不可能和我离婚，我也不可能被戴上绿帽子，当然，如果她不和我离婚我怎么能遇到比她年轻很多的安静？想到这里，我才发觉原来我温雅的外表下面还藏着这样的龌龊。

玉梅已经不可能和我分享快乐了，安静在我急不可耐告诉她我将要做仅处于副校长之下的政教主任后，也显得很是高兴，说，那我先恭喜你了，你得请我吃饭，好好庆祝庆祝。

那你晚上过来吗？我别有用心的声音和言语安静当然听得懂，她沉默了一会儿，说，今天晚上我有事，就不过去了，明天晚上过去给你庆祝，好吗？失望立马乌云遮天似的席卷了我的整个心头，但嘴巴上还是挺硬气地说，那好，明天等你吃饭。

本来想让安静陪自己偷乐一番，结果她没空，她没空意味着晚上偷乐的气氛减少许多，也就不再想着偷乐的事了。

不过我不再想着晚上偷乐的事并不代表着我就不能乐，这不，下午我准备收拾一下桌子下班的时候，校长的电话就到了，张老师，我和几个校领导商量过了，晚上到"得月楼"里聚聚，为你庆贺一下。

得月楼，是我们学校的定点饭店，我也只在每年春节前学校组织吃年夜饭的时候才到过几次，在平时，我是从没进过，不是说我没钱进去，而是没有人和我一同去。等我刻意打扮一番走进包厢的时候，校长已经和两位副校长、办公室主任、教导主任、总务主任在一起等我了。他们见我进去，竟然都站了起来。校长拍拍左边空着的位置说，来，张老师，坐这边，我们都在等你了呢。

我连连推却说，不行不行，校长边上应该副校长坐，我怎么能坐呢？

你讲究这么多干吗？校长让你坐你就坐，以后我们还期盼着你照顾我们呢？教务主任一把将我按在校长身边的位置上后，对着站在边上的服务员一挥手，上菜。

菜是"得月楼"里最拿手的主打菜，酒是我从没喝过但据说要六百多块一瓶的"水井坊"，这顿饭让我吃得连肚子都不相信了。整个晚上，我都沉浸在醉意蒙眬的兴奋中，糊里糊涂地走进家门，躺在不知道还有没有留着玉梅气息的大床上，脑袋过电影般把这几天的事情全部过了一遍，特别是校长攀着我的肩膀举着酒杯和我干杯时和我说的话，让我有些莫名其妙。

张老师啊，你真能隐瞒啊，今天要不是高董事长来学校，我还真不知道你还和高董事长这样一个大人物认识啊，以后你得好好关照我们这帮朋友啊。

我真的不认识高董事长，我极力分辩着，我真的不认识，我也是今天才知道高董事长竟然知道我。

张老师啊，你别再瞒了，是不是怕我们知道高董事长和你认识要找你帮忙？教务主任给我和校长刚空了的酒杯倒上酒后，又给其他几位倒满了酒，说，校长，你别信张老师的，不，现在开始应该叫张主任了，他是谦虚呢，张主任，我废话不说，还是先敬你一杯，说完，一仰脖子，一杯酒就进了肚子。

我已经不想再辩解是不是认识高董事长，是不是真的和高董事长有很好的关系，我只是拿着酒杯接受着大家的恭贺。看着满桌子丰盛的菜肴，喝着从来不敢想的名酒，不禁感叹，唉，做领导的亲戚真好，做领导的感觉真好。

等我从酒精中醒来的时候，太阳已经很高了，拿眼看了一下墙上的挂钟，时针已经指在十点的位置了，这说明我上午需要上的两节课早就过去了。我不由得一阵紧张，一把抓起衣服胡乱穿上。等我冲进办公室，正巧碰上教务主任，他笑着对我说，张主任，你别着急，你上午的两节课我已经给你换好了，你就下午去上吧。谢谢，谢谢，我连连躬身。张主任，你别太客气了，同事之间确实需要随时关照。教务主任笑着走了，留下我傻傻地看着他的背影发呆。

政教主任不用待在七八个老师一起公用的大办公室办公，我拥有了独立的办公室。在大办公室的时候，最是羡慕那些做领导的有自己的单独办公室，有自己独立的私人空间，可是等我也拥有了单人办公室的时候，才发觉自己还是怀念那大办公室的热闹和有事情大家商量的融洽。有了小办公室，有事情想和别的老师商量，他们好像对我都隔了层膜似的，不像以前那样知无不言，言无不尽了。不过，我这适应能力还是很强的，很快就适应单独办公的环境，也变得不太愿意再去大办公室和同事们聊天、探讨了。

对了，说了那么多我当政教主任后的情况，差点忘记说我和安静的事情了。在我做上政教主任后，我和安静的关系是突飞猛进，有很多次，想让她结束我靠自己解决困难的生活，可是她就是不愿意。当然这不愿意不是很明确地断然拒绝，而是温柔地、委婉地拒绝，拒绝得我充满幻想，充满期盼。

安静住在家里，尽管三十多岁了，还是像小女孩似的，每天下班就是回家，听她说，如果回去晚了，她爸爸和妈妈有时还会到公交车站来接她。这样一个单纯的女孩，其实根本就不是我这个有过婚姻经历的男人的对手，只是我崇尚爱情，不想用一种带有强迫性的方式得到安静，我要让安静心甘情愿地付出。当然要让她心甘情愿地付出，还是需要有一定的谋略的。我等了好多天，准备了好多天，这天终于等到了——我的生日，对已经默认是我女朋友的安静来说，她当然得为我庆祝一下。

蛋糕、蜡烛、红酒，这样的环境让人心静如水是绝对不可能的，更何况是对早有谋划的我来说，让安静心甘情愿付出那完全是水到渠成。蜡烛吹灭，蛋糕切开，红酒已经倒在杯中，一切都在预想中进行。很快，一瓶红酒就被我们两人瓜分掉了，安静的脸红红的，在烛光映照下更显娇媚，引得我忍不住打破预定方案，提前进入了下一个程序——将她轻轻地搂在怀里。

烛火忽明忽暗，我和安静的呼吸都开始粗重起来，卧室大床上那个原来属于玉梅的位置此刻已经换成安静了。我把混着蛋糕香味和红酒气味的嘴凑到了她的嘴上，轻轻地吻了下去，我这一吻得到了安静热烈的回应。很快，恋人间的气氛继续演绎了下去，再接下去的事情，我不说大家肯定也知道了。

有了一次，就有第二次，接下去，我和安静就完全回归自然，只是安静很少在我家过夜，有好多次，已经很迟了，她也要回去。她从不让我去她家，也不让我送她回家。她说她爸爸妈妈有点古板，始终无法接受女儿找了一个离过婚的男人的现实，需要用时间去改变。想想也是，我如果有女儿也肯定不乐意她找一个有过婚姻经历的男人，谁都希望自己得到的是最好的。

安静很喜欢静静，她每次来我家，都要抱一抱静静。有时我在叫安静的时候，静静会一下就冲过来，反过来也是，有好几次我叫静静的时候，安静很痛快地答应，直到看到静静缠到我的脚上，才明白原来我叫的是狗不是人。为这事，安静好几次让我给静静换个名字，我都没有答应，毕竟静静陪我的时间比安静要早很多，什么事情都讲究一个先来后到，对安静和静静也是这样。安静见我不愿意给静静改名，加之静静天生的奴性，倒让安静很是喜欢。

安静真的如她所说的一样有"旺夫相"，我自从和安静认识交往不到一年，我已经从普通教师上升到副校长了。

我在副校长的位置上如鱼得水，校长除了抓住一支笔审批权没有下放给我外，把其他好多的权力都给了我。校长既然这样相信我，我当然也要好好地尊重他。有事没事，我都喜欢到他办公室去坐坐。自从步入学校领导层后，我发觉我的语言潜能被挖掘了出来，以前不屑一说的"肉麻"话，现在在校长面前是张口就来，连安静都警告我，说我油腔滑调，有失去原来纯真的危险了。

安静现在来我家的次数越来越多了，当然晚上不走的时候也越来越多了，时间一长，安静那肥沃的土地上竟然落下了我的种子，而且已经生根发芽，随着时间的延续而茁壮成长了。安静怀着欣喜告诉我这个消息的时候，我蒙了，因为我和玉梅结婚十多年从来没有这样的意外发生过。

安静偎在我的身上，抚摸着没有丝毫迹象的肚皮，说，这样你就是奉子成婚了，后悔不？怎么会后悔？我高兴还来不及呢。我豪情万丈地说。

这几天原本只要我一开门就冲到我的脚边缠着我的静静又不见了，不知怎么回事，这段时间它经常溜出去，尽管我把它能溜出去的地方都想方设法堵住，可是依然堵不住它出逃的心。对了，我忘记告诉你静静是条纯种的西洋母狗，当时卖狗的人告诉我，像这样纯正血统的西洋狗，应该和纯种的西洋狗配种，不然就浪费了。可是在我们这个地方要找一条能和静静门当户对的西洋狗，那无疑和在大冬天里找到一只癞蛤蟆一样的难。狗和人不能比，人有理智，狗没有，它有冲动了，想享受了，才不管对方和它是不是门当户对。

安静肚子里有了我的后代，我当然得好好地对她，至于那些原始运动，也是能忍则忍，不能忍就轻手轻脚快速解决。当然在这一时期里，我也和安静一起开始谋划结婚了。奉子成婚就这点不好，急。汽车轮船可以等人，在肚子里的孩子可不等人，该吃就吃，该大就大，逼着爹娘结婚，好让自己出世的时候有个堂堂正正的名分。

我在学校越来越吃香了，不但校长时常对我笑脸相迎，就是那些原来看到我就不说话的老师也开始和我套起近乎和尊重起我来了，有好多次，只要我走进那些大办公室，原本在吵吵嚷嚷说话的老师都会闭口噤言。这种明显异常的巴结，让我很不自在，当然内心的虚荣倒也让我满足了不少。特别是校长，他还专门走到我办公室对我说，张校长有件事想请你帮我忙，不知你愿不愿意？校长有事要我做，我当然求之不得，我赶紧说，校长你说，能办的我一定帮。你帮我到高董事长那里去做做工作好吗？请他到县里为我关照一下。校长边说边给我递了一支烟。

我说，校长，我真的和高董事长没有关系，我也是那天才认识他。

校长摇摇头，张校长，你真的太谦虚了，谁不知道你和高董事长的关系？要是你和他关系不好，他能为你去活动？你能在一夜之间当上政教主任？在一个月后当上副校长？我和你是兄弟啊，我这位置迟早要让给你的，你就帮兄弟一把，只要高董事长一句话，我这前途就更光明了。

我想继续和校长声明真的不认识高董事长，但听他口气，我再说实话他也不会相信。我现在终于明白了，为什么校长对我如此的客气，同事对我如此的疏远，原来都是这高董事长惹的。

安静已经有好多天没来我家了。房子在装修，为了下一代的健康，我当然不想让安静来吸收这些有毒气味。自从决定和安静结婚后，我就找人把房子重新装修。让安静生活在还残留有玉梅气息的房子里不公平。静静这段时间也已经静了下来，不再想方设法地溜出去，身子也越来越胖，每天都懒懒地趴在窗口晒着太阳，看着装修工人不停地装修房子。

家里装潢房子，我不再关心学校的一切，每天上完课后就急着回家，不再像以前一样偶尔去那些大办公室转转，和老师们聊聊天。老师们也已经习惯我的独来独往了，也不再像以前那样找我套近乎了。

房子装修很快完成，我和安静约定去登记结婚的日子也到了。一大早，我空着肚子赶到医院，虽然现在领结婚证不像当时我和玉梅领结婚证时一样，需要婚检，但是，我还是要想知道自己身体是否健康。一个全套做下来，我又加做了一个项目。体检结果要过两天才能拿。我随手从医院体检中心早餐点上拿了一袋豆奶两个包子，边吃边给安静打电话，电话响了好长时间才被接起，安静，今天做什么重要事情有没有忘记？赶紧过来，我在民政局门口等你。我激情十足的大嗓门引来了好几个人的回头。

天翔，今天不行，我给你打电话你手机没开，昨天单位突然临时有事要我出差，我已经在外地了。安静的电话那头传来一阵嘈杂的声音，使安静的声音显得柔弱无力，我过两天回家第一件事就是和你去领结婚证。

我答应一声，又小心叮嘱了一番后，才急匆匆赶到学校。学校的上课铃早已响过，校园一片静寂。我匆忙跑进办公室的时候，才猛然记起上午第一节是我的课，看看手表，发觉时间早就过去半个小时了，再过十五分钟就下课了。

张校长，第一节是你的课，你怎么不去上课？学生还在等着你呢！校长站在门口问我。

校长，我早上去了趟医院，过来迟了。对不起，对不起。我连声说。

这不是对不起对得起的事情，是你的职业道德问题，你作为教师，为人师表总不需要我教吧？你去把第一节课的尾巴收一下，然后赶紧来我的办公室。校长说完这话，头也不回就走。

校长的话让我摸不着头脑了，怎么过了一个晚上他对我的态度就来了180度的大转弯。时间紧迫，我也来不及考虑很多，赶紧拿着书跑进教室。果然，偌大的教室里一片"嗡嗡"声，因为没有老师，所有的学生都显得非常的自由。好不容易镇住了那些吵闹的学生，下课铃声已经响起。

校长的办公室里坐着两个人，一男一女，校长见我进了办公室，就赶紧站起身，对那一男一女说，这位就是张天翔，你们有事谈吧。说完，就掩门走了。

你就是张天翔？那个男的问我。那个女的随手摊开放在桌上的笔记本，拿起一支笔记着。

我是张天翔，请问你们是哪里的？找我有事？我的心情不自禁地慌了起来。

对了，我们先自我介绍一下，我们是县纪委的，今天主要想向你了解一下你和高远也就是高董事长的关系？那个男的问我。

我真的不认识高董事长，我对他认识也只停留在报纸上和电视上，我努力辩解道，唉，我也不知道高董事长是怎么知道我这个小人物的，那天来学校还突然把我找了去。

你真的不认识高远？

真的不认识，怎么我说不认识都没人相信呢？

那你认识安静吗？

安静认识啊，她是我的未婚妻，我们正准备结婚了呢。

那安静现在在哪里？她不是出差去了吗？

她去哪里出差？我也不知道，她早上打电话给我，我才知道她出差了。

她不是出差，她是携带着高远的部分贪污款外逃你知道吗？

我真的不知道。我痛苦地抱住头说。

那个问话的男的和女的对视了一下，很明显他们对我说的话不是很相信。

接下去他们又问了很多我和安静的事情，让我觉得很奇怪。这安静和那高董事长有什么关系呢？我忍不住问了一句，你们问我和安静的关系，安静和高董事长的关系有什么问题吗？

对不起，这事我们无法多说。那个女的站起身奇怪地看了我一眼，说，谢谢你的支持，有事我们再联系。

回到办公室，我立马打电话给介绍安静给我的同事，说了好久他才磨磨蹭蹭地走进我的办公室。我双手抱着脑袋转了几个圈子后问他，你知不道安静和高远也就是那个高董事长是什么关系？

起先我也不知道，后来才知道，他吞吞吐吐地说。

那他们是什么关系？你为什么不告诉我？我有点气急败坏了。

安静是高远的情人，这也是后来才知道的，等我知道的时候你们已经很好了，古人不是说吗，宁拆一座庙，不拆一桩婚，我当然不能说了。他悄悄地看了我一眼说，这也是朋友后来才告诉我的，有好多次，安静都逼着要和高远结婚，这事有人捅到县纪委了，把这个不想失去华茂集团董事长位置的高远逼得在一次和一帮人喝酒的时候说，谁要是娶了安静，我一定要好好谢谢他，让他达到他达不到的目标。后来，高董事长托在妇联上班我那个朋友的朋友给安静介绍对象，她又托我朋友找，我那朋友又托我，我想想你正好单身一人，也就想着给你介绍认识了，当时我确实不知道安静的情况。同事的言语中有了无比的自责，我也不知道这个美丽女人有着这样复杂的经历啊。

天啊，这个在我眼里纯洁无比的安静竟然有着这样不平凡的经历。我整个人变得昏昏沉沉的了，回到家里，一头扎在床上，只想好好地睡一觉，可是越是想睡，越是睡不着。拿出手机，我拨出安静的号码，我要问问为什么？拨了一遍又一遍，给我提示音始终是，你所拨的号码已关机。

静静摇着尾巴走到床前，两条腿趴在床沿上，此时我才看清，原来静静不是胖，而是怀孕了，已经很明显就能看出它的肚子很大了，也不知道是哪条野狗的种，这样高贵的血统让一条野狗的种子占领了它的子宫，真的是浪费了。我忍不住一脚将它踢了下去。

一阵铃声吵醒了我，睁眼才发觉天已经大亮，昨晚睡不着原来只是暂时的，到最后我还是睡着了。

体检报告已经可以拿了，其实，对常规体检结果我并不在乎，我在乎的还是那张加做检查项目的化验单。化验单我看了好几遍才敢真正确定上面的字"精子成活率10％"。十多年了，我吃了很多的药依然没有治愈这个"10％"。

天上艳阳高照，把刚走出医院大门的我照得一阵眩晕，不知所措。

出枪速度

　　建安时常说自己在警校的时候，是射击能手，能在二十秒钟的时间内，完成手枪的出枪、上膛、开枪、中靶四个过程。不过，一直没有人见识过。

　　在一次县公安局组织的射击训练中，建安又说这事。正在给训练民警讲解射击要领的治安大队大队长于小虎皱了皱眉头，说，我和你打个赌，要是你能在二十秒内完成这些动作，五发子弹全部上靶，晚上我请你到国际大酒店吃饭。建安说，那不行，要求太高，四发子弹上靶还差不多。于小虎想了想，说，那行，要是超过二十秒，或者上靶子弹不到四发，你请客。建安说，真的？于小虎一瞪眼，说，当然真的。说完，递给建安一把手枪，一个已经装了五发子弹的弹匣。建安笑了笑，接过手枪和弹匣，故意再问了一句，真的？于小虎说，当然。不过，当建安刚把弹匣上进手枪，再把枪放进枪套，准备表演的时候，局长过来了，大家只能一哄而散。

不过，还是有人见识了建安的出枪速度。当然，这是好几个月后的事。

那天早上，建安进食堂吃早餐。食堂的师傅知道建安早餐的标配，所以，不用开口，就给他送上一碗稀饭，两个馒头，一碟榨菜丝。稀饭刚喝两口，所长马丁在院子里喊，除值班民警之外，赶紧到门口集合，有紧急任务。建安还想喝几口稀饭，可看看边上几位同事都已经放下碗筷，起身往外跑，也只得起身。不过，出门的时候，他还是顺手抓了个馒头，边跑边咬。

所里的那辆上海大众出警车已经亮着警灯候在门口。马丁站在车门口，看到建安从食堂出来，喊道，先去领枪，不要忘记带上"七件套"。

内勤室里人虽然不多，但依然闹哄哄的。副所长马强在给民警发防弹背心，内勤在发手枪、子弹、弹匣。建安也领了件防弹背心，一个枪套，一把六四式手枪，一个已经装好了五发子弹的弹匣。

建安系好出警"七件套"，套上防弹背心往上海大众车上坐，马强说，你跟我一起走。建安就上了所里平时基本不用的那辆尼桑皮卡车。等上车坐好，才发觉刚刚抓在手里的馒头不见了。不知道是已经吃完了，还是被扔了，想了许久都想不起来。坐他边上的永刚转头盯着他说，怎么回事，灵魂丢了？建安边摸挎在腰间的手枪，边说，馒头找不到了。永刚笑了，一个馒头找不到，你就六神无主，要是你老婆突然找不到，你的灵魂都没了。建安说，我这人心理素质很差。永刚说，缺少经历，不过，今天给你锻炼的机会到了。建安说，紧张兮兮的，出大事了？

永刚说，这样的动作从来没有过，应该是有大事了吧。

警车最终停在县体育中心门口的广场上。原本空荡荡难见人影的广场，现在车满为患。建安他们刚一下车，政治处的陈波已经拿着一张顺序表对马丁喊道，马所长，赶紧带人到足球场的十二号位置。

足球场虽然极少使用，但体育中心对草坪的保养却从不懈怠。因此，球场一片碧绿。绿茵茵的草坪，踩上去软软的，像地毯一样。建安知道种在球场上的草叫黑麦草，可以喂牛喂羊。他踢了几下草坪，对边上的永刚说，要是在这里放上百来头羊，那真的太好了。永刚"喊"的一声，说，农民。建安说，农民也不错。

绿色的足球场被铺着红色塑胶、四百米一圈的标准跑道包围着。靠近看台的跑道和草坪交界处，插着二十来块标着数字的木头牌子。由于每个牌子后面的人数不断地在增加、减少，一时整个场面看起来有些乱哄哄的。

不过，因为是对号站队，所以，没过多久，刚刚还乱哄哄的操场，很快变得井然有序。政委举着电喇叭，喊着口令，开始让各单位报人数清点。清点完毕，局长开始讲话。果然，这样急乎乎的集合，还真的出了大事。原来，半个小时前，县公安局指挥中心接到省公安厅指挥中心的指令，说邻县两小时前，刚发生一起持枪抢劫杀人案。案犯开枪打死一人，打伤三人后，驾驶一辆抢劫来的两轮摩托车，向周边县市逃跑。因为案发地比较偏僻，一时还没有掌握案犯的逃跑路线，因此，省厅要求全省公安机关立即设卡查缉。

局长讲话完毕，刑侦大队大队长给各个单位领导分派卡点，科技科给所有参战单位的领导发送了一张案犯骑摩托车的照片。只是照片是道路流量监控的截图，所以，模糊得只能看清楚个大概。但也算是有胜于无。

建安所在的派出所，分到了青甸湖和茅洋岭两个卡口。所长马丁领受了任务后，又进行了细分。他带着永刚和其他四位兄弟，跟着交警大队的三位民警，一起到青甸湖卡口。建安和交警大队办公室的阿达，由副所长马强带着，到茅洋岭卡口。

茅洋岭在县城的最北面，地处两县交界，四面环山，人烟稀少，交通不便。茅洋岭原本是一条宽不足两米，依着山势建造的石头岭路。后来随着交通的发达、道路的拓宽，山石筑就的岭路也被柏油路代替。不过，尽管茅洋岭人少车稀，但因为是两县交界处，所以，只要有行动，县公安局都要在这里设立卡点，虽然从无成效显现，但依然一如既往。

一个上午过去，马强和建安、阿达一起，只看到了三十来部汽车，百十来辆电动自行车。所以，建安他们完全可以满身轻松地聊天。

不过，这样的轻松很快被对讲机里急促的呼叫声冲走了。县局指挥中心的值班员在对讲机里说，案犯逃跑的轨迹被查到了，只是现在连冲三个卡点，一个过路群众被他开枪打死，两个警察被打伤，根据监控显示，他现在在向靠近本县靠北方向逃跑。这一消息让建安顿时紧张起来。三个人的卡点，一支枪在自己手上。要是案犯真的是往自己所在的位置逃窜过来，自己该怎么办？直接冲上去，当头一枪，还是等一等，喝令他认清形势，乖乖缴枪投降。想着，想着，建安的背上一阵刺痒。

马强看看建安有些发白的脸，说，紧张什么，对讲机里不是在说了，只是向我县靠北方向逃窜，不是说向我们的卡口方向逃窜，再说，我们县域的北面和邻县接壤的路口有那么多，要逃也要往交通发达的地方逃，要是真的往我们这边逃过来，我立马去买彩票，保证能中五百万。建安强笑了一下，说，这倒也是，他过来，我绝对二话不说，直接一枪就把他毙了。马强笑了，你以为在靶场，十五米的固定靶随你打。建安白了马强一眼，别小看我，我不但固定靶能打四十五环以上，而且出枪速度不到二十秒。马强说，反正我没见过。建安说，那我让你见识下。说完，把手伸向了枪套。马强连忙说，不玩这个，我信。建安说，就是。马强又接着说，你说打靶成绩都在四十五环以上，是不是五米靶。建安有些恼了，放屁两字还没说出，马强突然说，快看，有辆摩托车来了。建安转头一看，路上一个人都没有。他伸手打了马强一拳，骗我。马强刚想笑，前方居然真的有辆摩托车，从一百多米远的弯道里穿出，过来了。看到有摩托车过来，阿达赶紧站到路中间，伸手示意摩托车停车，接受检查。建安和马强也配合着站到了阿达边上。

摩托车本来的速度很快，当看到有警察站在路中间示意停车，速度一下慢了下来。建安背着手两眼盯着摩托车，看着看着，他突然紧张起来，骑摩托车的人和马丁刚刚转发到派出所微信群里的案犯太像了。他赶紧把手放在挂在腰间的枪上，然后对马强喊了声，马所长，这人有点像。马强连忙把站路中间的阿达往身后一拉，毕竟阿达只在执勤服外面套了件没有任何防护作用的反光背心。

摩托车慢慢地停了下来。骑摩托车的是个二十来岁的男子，戴着半新的黑色摩托头盔，脸上长着不少痘痘，但细看之下，还算清秀。男子看着神情紧张的警察，笑着说，今天一路过来都是警察，每次都举着枪让我停车，看身份证、驾驶证，把我吓得汗都出来了，要不是上班迟到会延长转正时间，我早就回家了。阿达走过来，让他掏出驾驶证和身份证看了看，再看看他的相貌，果然和那个逃犯相差很远。就笑着对他挥挥手，走吧，小心骑车。建安看着远去的摩托车说，马所长，草木皆兵啊。马强笑道，可惜，要是真的，你我现在立马立功成英雄。阿达笑道，做梦吧，别成烈士就是婆婆万福了。

刚说着，又有一辆摩托车从弯道里钻了出来。因为有了刚才的有惊无险，马强和阿达都有些放松。开摩托车的是一个三十来岁的男人，黑色夹克的拉链拉了一半，露出里面的灰色圆领针织衫。男人没戴头盔，所以，一头不长的头发，被风吹得凌乱不堪。男人看到阿达站在路中间，伸手示意他停车，就松了下油门。不过，在离阿达还有四五十米远的时候，他又拉起了油门，摩托车随即发出·阵狂躁的吼叫，飞也似的向建安他们冲来。阿达连忙吹响哨子，但摩托车根本不听，依然狂叫着向他们冲来。

建安想，既然拦不住，那就让他过去，反正下面还有卡点在。就在建安刚想退后放摩托车过去的时候，他突然发现男人的右手松了车把后往怀一探，随即右手上多了样东西，向着建安他们一挥。只听得"啪"的一声巨响。枪。建安来不及思考，右手已经本能地伸向腰间的枪套。摸出手枪，上膛，开枪。随着建安扣下扳机，骑在摩托车上的男人，像被人从后面突然拎起，飞一样地离开了摩托车，摔倒在地上。在男人倒地的瞬间，他手里的枪再次响起，只是这时候的子弹早已失去了目标，不知飞向了何方。

失去了控制的摩托车向前冲了一段路后，很快擦地侧倒，随着一阵尖厉的金属刮擦声响起，地上很快出现了一道长长的弧线。摩托车倒地后悬空的后轮，依然飞快地旋转着。建安一下呆住了。马强和阿达也呆住了。不过建安反应还算迅速，他转头说了句我过去看看，就举着枪一步一步朝倒地的男人走去。

被建安一枪撂倒的男人，果然是那个大批警察在苦苦追捕的案犯。这样只有在电影电视剧里才有的剧情演绎，不但大大出乎建安、马强和阿达的预料，而且连公安局的主要领导也觉得运气实在是好。

后来马强对建安说，兄弟，你出枪的速度真的快，二十秒，不吹牛。建安说，服了？马强说，服了。建安笑了笑，说，我撞了狗屎运，把你们的荣誉抢了。马强往建安肩膀上打了一拳，说，你就嘚瑟吧。不过，等建安静下心来细想，还是会冒出一身冷汗，感慨自己命大。

由于建安一枪击毙了持枪抢劫杀人的嫌疑人，不但减少了随后可能带来的不必要的牺牲，让整个案子有了一个圆满的结局，并且还完美塑造了人民警察的光辉形象。所以，贡献巨大。因而，县公安局领导经过研究，决定打报告给省公安厅，要求给建安立功授奖。其他像马强和阿达等那些在缉捕工作中做出贡献的警察，县公安局也按照相关规定，给予了嘉奖。

就在省公安厅在网上对建安的立功事迹进行公示的时候，建安却出事了。他在处警的时候，为了救被歹徒持刀劫持的人质，他先开枪警告。没想到，他朝天开的那一枪，却把持刀劫持人质的嫌犯打死了。这是一个极其玄幻的意外和巧合。事后，县公安局按照相关程序，及时向县检察院和省公安厅作了汇报。后来，经过省公安厅，以及市县两级检察院的调查，确认建安开枪符合人民警察警械和武器使用的相关规定，再加上建安鸣枪警告时射出的子弹，击中边上一幢大楼的横梁而形成跳弹，是无法预料和控制的。所以，出膛的子弹形成跳弹射中持刀劫持人质的案犯，完全是一个意外得不能再意外的巧合，建安无须承担责任。可案犯的爸妈却不这样想，他们认为儿子虽然持刀劫持人质有罪，但罪不至死。再说，罪犯的生与死，法律说了算，警察说了不算。因此，儿子的死，建安必须承担责任。就是不能一命还一命，至少也得让建安去监狱里待上几年。所以，当检察院出具报告，认定建安开枪正确，无须为嫌疑人的死承担责任后，他们就通过信访、上访，到县政府、市政府门口拉横幅、静坐等方式，给政府和公安施压，要求处理建安。同时，建安为救人质打出的一枪，也让本来就想方设法找警察碴子的网络，找到了红火的由头。各种大V、愤青，利用键盘，对建安开展了洋洋洒洒的批判。一时，建安成了滥用警械武器、草菅人命的恶警察代表。后来，为了平息网络舆情，安抚案犯爸妈的悲痛，不知哪个领导作了指示，先是县公安局暂停了建安的职务，接着是县民政局用救助的方式，给了嫌疑人爸妈一笔钱。县公安又专门请了省公安厅、省检察院的几位法律专家，给嫌疑人的爸妈做详细的法律解释。被逼得无计可施的建安，也只能听从朋友的开导，让妻子小娜偷偷给了案犯的爸妈十万块钱。这才使案犯的爸妈慢慢接受了儿子犯罪的事实和死亡的意外。不过，案犯爸妈这样无理取闹的一闹，让省公安厅暂缓了原本准备授予建安的一等功，说是等事实调查清楚，再作研究。

两次开枪，不同结果。让本来意气风发的建安，变得萎靡不振，整天不想干活。不过，没过多久，建安很快调整过来，又满血复活地和人说他不到二十秒的出枪速度，说他就凭着持枪速度，把持枪歹徒先行击毙的英雄事迹。

对于建安创伤心理的快速恢复，有人说县公安局政治处主任有很大功劳。据说，政治处主任近期专门在研究警察心理学，认为警察在执行职务时，为了及时制止违法犯罪行为的开枪，应当在事后予以关注，要做好心理疏导工作。但这个理论一直得不到实施。刚好，这次建安两次开枪，完全符合需要心理疏导的条件。刚好，他有个同学，是第七医院精神科的主任医生，专业心理疏导，所以就专门把建安叫来，让他去第七医院，找自己的同学，做一下心理疏导，看看到底有没有效果。结果，当他找来建安，把自己的想法和建安说了后，建安扬扬手，说，不去，这本来由于舆论绑架执法引起的心理疾病，不是靠医生做心理疏导能解决的。见建安反对，主任有些生气。到最后，建安还是去了两次。也不知道有没有用。不过，和建安熟悉的人都认为，建安的心理能快速调整，和主任的那位同学基本没有关系，而是要得益于建安后来在一次出警中的开枪。好在建安的这次开枪击毙对象不是人，是一条人人生恨的黑背狼狗。

　　当时，建安接到报警赶到现场，这条咬了十来个过路人的狼狗，已经被人堵在路边一截闲置的水泥涵管里，伺机逃跑。边上围着几个拿着扫把、拖把、铁棒等各式武器男女，看似英勇，却都不敢主动出击。只是随着狼狗不时地狂吠着，装模作样地做出随时准备战斗的样子。见建安赶到，这帮围着水泥涵管的男女，立马都呼啦一下涌到了建安的身后，把建安一个人暴露在了狼狗的前面。建安没法，只得掏出枪，指着狼狗问，这条狗是谁家的？边上鸦雀无声。建安又问了几声，依然无人应答，建安说，那我开枪击毙了。围着的人高喊一声，好。躲着的狼狗似乎听懂了建安的话，狂叫一声，猛地向建安扑来。建安立即扣下扳机。随着"啪"的一声枪响，猛扑过来的狼狗，抽搐了几下，死了。围观的人一群欢呼，连说警察处置得好。边上有一个搞网络直播的，直接把建安打死狼狗的过程在网络上进行了直播，居然赢得网民的点赞无数。

　　就在大家都以为建安已经把上次出枪的事平稳地度过去了，结果，他又出事了。不过，这次不是建安又开了枪，而是因为他不开枪。不开枪也惹事，让大家都觉得建安实在是太倒霉了，倒霉得没了路数。

　　这天中午，建安还没放下饭碗，所长马丁打电话给他，说辖区一家酒店有人和酒店的服务员产生了纠纷，让建安去处理一下。建安说，今天不是我值班。马丁说，我知道，可值班的都去处警了，一时回不来，这个警你去一下，反正只是一件小事。

建安带着一个协警赶到酒店。不料，刚进酒店，就看到大堂里一片狼藉。椅子、广告牌、办公桌横七竖八。浑身散发出浓浓酒气的三男一女，正围着一个穿保安服装的人拳来脚往，像武打片一样。建安赶紧喊道，住手。可连喊了三四遍，根本没人理会他。建安挑个机会，一把拉住一个左手臂上文着一只张牙舞爪老鹰，准备抬起腿踢人的男人，喝道，住手。男人一个转身，一看是警察，根本没有想着停下来，而是伸手就把建安的大檐帽打掉了。建安喝问，你干什么？男人一声不吭，拿着手上的订书机，狠狠砸在建安头上。

血顺着建安的额头流下。另外三人见男人先动手砸了建安，也就放开那个保安，把目标转向了建安。一时，建安成了他们的靶子。边上的协警想帮都帮不上。建安低着头，弓着身掏出枪，喊道，住手。见建安把枪亮出来，刚刚用订书机砸建安的男人眼睛一下亮了起来，喊了声，赶紧夺枪。说完一把抱住建安。另外两男一女纷纷冲上来，使劲抢夺建安手里的枪。建安再也顾不上其他，只是拼着命把枪护得死死的。等接到协警呼叫，赶过来增援的警察赶到，建安已经是头破血流，昏倒在地。

事后，网上又是嘈杂一片。说得最多的是，警察带着枪居然在保安差点被打死的危急情况下，没有开枪，害得酒店财物被砸，保安生命垂危。有人说，要这样的警察何用，还不如养条狗来得好。也有人说，警察连自己都保护不了，怎么能保护群众呢。还有人说，该开枪时没开枪，这是严重的渎职……更有甚者，把建安上次开枪警告打死持刀劫持者的事也搜了出来。所有的一切，再次把建安推上了舆论的风口浪尖。

建安再次成为涉警舆情的焦点，让县公安局的领导也很头疼。想来想去，还是成立了专门的工作组，由政治处主任负责带队，对建安当时的处警过程进行了调查。好在酒店有监控，建安有执法记录仪，这让这起涉警伤警案的真相变得相当的清楚。公安局及时在网上公开了调查材料和部分监控录像，很快让网上的声音小了下来。不过，看过监控和执法记录仪的政治处主任发觉，建安在当时被围攻的情况下，完全符合开枪条件的，但怎么就没有开枪呢？他趁着去医院慰问的时机问建安为什么不开枪，但建安一声不吭，留下疑团给了主任。

　　其实，为什么不开枪，建安自己明白得很。当初自己被这几个醉酒的人袭击的时候，不是他不想开枪，而是他在准备扣下枪机的时候，犹豫了。因为他知道，虽然对方的行为已经可以让自己开枪，但只要这一枪开出去，说不定又是一条人命。所以，他宁愿挨打，也不愿开枪。事后他清醒过来，也庆幸自己在当时极其危险的情况下，没有冲动开枪，如果开枪，现在已经不是这样的结局了。不过，让建安没有想到的是，当他对站在边上看着他流泪的妻子说出这个想法的时候，妻子说，你是这样想的，可人家也会这样想吗？要是也这样想，你就不会被他们打成这样半死不活的了，你如果真的死了，我们怎么办？建安努力让自己笑着说，这有什么好怕的，我死了，你和儿子就是烈士家属，光荣着呢。妻子气得忍不住骂了句，你个浑蛋。

　　建安的妻子小娜，在县外事办工作。建安的两次开枪，也让她经历了天上地下的蹦极翻转。为了让建安能平安度过开枪伤人的难关，她东挪西凑，总算筹集了十万块钱，偷偷补偿给嫌犯爸妈。本来以为这事过去也就平安了，谁知，建安又出事。只不过这次是建安被人打了。网上各种各样的声音此起彼伏，把她弄得焦头烂额。无论她走到哪里，都会被人指指点点。这让原本就内向的小娜焦虑不已。她思来想去，还是觉得离婚算了。只要离了婚，这个走背运的男人就和自己再无任何关系。只要自己能安安稳稳地过日子，哪怕儿子自己不带走，她也愿意。当然，这只是她被人逼急时候的想法。更多的时候，她还是想着好好照顾建安，让他早日康复。只要他能好好的，哪怕以后日子过得再苦再累，自己也是幸福的。

曾经被人持刀劫持的徐青，在电视上看到建安被人打伤住院的消息，想着，自己是不是应该去一趟医院，看看这个曾经救过自己命的人。只要一想起歹徒拿着刀，逼着自己往车里钻的情景，徐青就会不由自主地颤抖。当初，歹徒一刀割伤徐青脖子的时候，徐青立马被吓得魂飞魄散。后来歹徒把她往汽车后座拖，自己死命抵抗，也只是无意识的本能反抗。直到建安赶到后鸣枪警告，歹徒倒地，她才回过神。

徐青平安了，歹徒死了。这样的结果，让徐青深感万幸。后来网上有很多骂建安的声音，徐青曾以当事人的身份，做过几次澄清说明，但很快被网络上乌泱泱的口水淹没。而且，有人还人肉了徐青，把徐青的一切也都放在了网上，吓得徐青再也不敢在网上说话。当然，徐青想着去医院看一下建安，还有一个原因是昨天公安局的人找她谈了建安的情况，让她下了去医院看一下建安的决心。

昨天早上徐青刚进办公室坐下，公司老总就打电话让她去会议室。会议室里坐着一老一少两个警察。看到徐青进门，那个年纪稍大，精瘦异常的警察就站起身，满怀歉意地对她说，小徐，真不好意思，又来打扰你。徐青仔细一看，才恍然想起，这个警察是县公安局政治处的，姓刘。当初曾经因为建安救自己的事，找过她两次。徐青点点头。刘警察伸出右手，朝边上那个年轻的警察指了指，向徐青介绍说，这位是我们政治处的小杨。

刘警察拉开一张椅子，说，请坐。徐青撩了下裙摆，坐下。刘警察说，小徐啊，今天来主要是有事想请你帮个忙。徐青说，什么事？刘警察苦笑了一下，说，麻烦你再给我们写一份材料，把当初那个歹徒怎么劫持你的，我们的民警是怎么处警的，后来为什么要开枪警告的事，详细地写清楚，我们准备再和这个民警的其他材料一起，报给省公安厅。徐青笑了一下，说，这事我会写的，而且是应该做的。

在送刘警察和小杨出门的时候，刘警察叹了口气，说，上次救过你的那个警察，因为那个歹徒的死，把前几个月果断开枪击毙持刀抢劫杀人逃犯的一等功丢了，前几天，他因为没有及时开枪，差点把命丢了。所以，我们想让他能得到应有的荣誉，或者说，想让他的付出得到相应的回报。徐青说，当然应该这样，不然以后谁还愿意做警察。刘警察握了握徐青的手，说，谢谢理解。

回到办公室，徐青用了半天时间，把上次的事情经过重新仔仔细细地写了一遍。写好后，打印出来，签上名字，本来想着打个电话，让收快递的上门，但想了想，还是自己直接送到公安局吧。走出门口，天依然在下雨。她坐上车，忽然想到，曾经救自己的警察受伤了，自己应该去看看。人要有感恩之心，爸妈从小这样教育自己。

徐青本来想买点水果、保健品，但想了想，觉得水果、保健品还不如鲜花。于是，她在医院门口的鲜花店里挑了十来枝康乃馨，两枝百合，两枝石竹，一把满天星。等包裹好，看了看，觉得还是有些单调，于是，又让店主放了几支红掌和马蹄莲进去。

建安的病房在住院部的十楼。十楼是外科的恢复病房，平时只有那些有钱和有权的病人才能享受。建安能住在这样的病房里，也算是公安局对他的重视。不过，徐青是问了一楼住院部收费处的那个胖墩墩的护士，才找到的。徐青进门的时候，背门坐着一个女人，歪着头，盯着电视。而电视机在不停地变换频道。头上缠着纱布，左手挂着吊针，右手拿着遥控板的建安，正依着摇得半高的床板，在不停地按着电视机遥控器。

徐青在门口站了一会儿，轻轻敲了下房门。女人转过头，徐青看到了一张满是疲惫和惊愕的脸。你是哪位？女人的声音有些颤抖。斜靠在床上，拿着遥控板胡乱按键的建安也转过头，一脸迷惑地看着徐青。徐青笑了笑，说，我就是上次被胡警官救了的人，听说胡警官受伤了，就想着来看看。女人站起身，虽然满脸的疲惫，但还是努力让自己现出一丝笑意，说，谢谢。边说，边从病床边上拖过一张凳子，示意徐青坐下。

徐青摇摇手说，不用，我站一会儿就好。女人说，坐会儿，站着累。徐青说，没事，我已站习惯了。女人张了张嘴，却一时不知该说些什么。不过，徐青递上的花篮让女人有了话题。真不好意思，让你破费了。女人边说，边从徐青手中接过花篮，放在建安左手边的床头柜上。床头柜上已经有一束花了，插在玻璃花瓶里。花不多，也就两朵玫瑰，四五枝康乃馨，一把满天星。徐青忽然想到，还没问过女人的名字，于是，笑着说，真不好意思，我不知道该怎么称呼你？女人笑了笑，说，周小娜，他的爱人，你叫我小娜就好。

徐青看了看依然按着电视机遥控板的建安，说，胡警官恢复得怎么样？小娜叹口气，在慢慢恢复中，只是不知道以后会怎样。徐青想了想，说，没事，别太担心，很快就会好的。小娜擦了擦眼睛，说，但愿吧。徐青本来还想再说些什么，但又觉得无从说起，想了想，还是回去。小娜跟着徐青走出病房，徐青说，小娜，你留步吧。

徐青本来以为建安的病房会是热热闹闹。没想到清冷如水。这让她不由得感慨。看来那天刘警察和她说的事是真的。对建安处警性质的定性，直接决定了人们对他的认可度。而让徐青没想到的是，此事居然和自己又有了关联。只是不知道自己重新写的事情经过，对建安能有多大的帮助。

徐青走后，小娜问建安，怎么有人来看你，你都不愿意说话。建安苦笑一下，有什么好说的，我救她是本职，她看看我是情分。小娜说，那怎么你的领导、同事来了，也不愿意和他们说话。建安轻叹一声，说，这更没有可说的了，难道我要告诉他们，我现在活得很委屈，让他们能安慰我、可怜我？我不想这样，我觉得还是装聋作哑来得好。

其实，建安不愿意说话，是因为他觉得这警察做得实在是太憋屈了。从警校毕业到现在，十多年了，从来没有像现在这样倒霉过。回想当初刚穿上警服，一个人开一辆二轮摩托，就能把十来个在疯狂赌博的人带到派出所。而现在，就是去一车人，也带不回几个。以前抓人很正常。而现在，只要抓人，就会被人说三道四。也不管真相如何，动不动先给你来一个舆论监督。他时常想起那个持刀劫持徐青的男人，他处警赶到现场，时时刻刻想着如何救人。如何避免开枪。眼看着男人把刀往徐青的胸口扎下去，他也想着立即开枪。可转而一想，只要有希望有办法能制止这个男人的疯狂举动，能保证他和人质的安全，自己就应该努力争取。建安要救人质，也要救这个男人。所以，他选择了朝天开枪示警。期待男人能被枪声镇住。谁知，男人居然被跳弹击中，这是他完全没有想到的。说实话，当他看着男人倒地，他也傻了。他没想到自己花费了那么多的心血做的事，居然没有达到预期的目标。

　　按照警察使用武器和处警各种规定，这样的结果虽属意外，但是正常的。可这个持刀男人的爸妈无休无止的纠缠，纪委、检察院没完没了的调查，网络上毫无底线的评论和人肉，让建安恨不得当初跳弹打死的是自己。最后，持刀劫持人质歹徒意外死亡的事件总算过去了，可自己再无从警初始的激情。好不容易找回了自信，又因为想留个生的希望给几个本无大错，只是一时冲动的酒鬼，却再次被抛入了警察应不应该开枪是非对错争辩的旋涡。在纠结挣扎的痛苦中，他找到了排解的方法——按电视机的遥控器。他发觉，警察有时候就是电视机，虽然有播放图像、文字、声音的功能，但没有自己决定的权力，权力在遥控器上。所以，他想着用遥控器来控制电视机的频道，也算是让自己寻求一点平衡。

徐青的出现，让他震惊。他完全没有想到，一个只是自己在履行职责时救过的人，居然会专门来医院看望自己。而且，他还从徐青的脸上看到了关切，看到了心痛。也看到了曾经让自己表示过怀疑的警民情深。所有这一切，让他失去了自我堕落颓废的勇气，有了自我救赎的决心。

徐青刚离开病房，建安就有了给公安局政治处老刘打电话的冲动。他慌里慌张地从床头柜的抽屉里找到手机，拨通了老刘的电话，没等老刘说话，他就急乎乎地说道，老刘，我是建安，我想过了，组织上不要再为我该不该开枪、该不该立功的事纠结忙碌了。我是警察，只要依法履行我的职责，无论我在执行职务中受到什么样的误解和打击，都无所谓。说完，不容老刘多说，就一下挂掉了电话。

建安的电话，让老刘激动地围着办公桌转了好几个圈。他为建安能正确表达自己的想法而激动。欣喜过后，老刘又是一阵的沉思，他不知道自己是不是真的该像建安自己说的那样，不再为建安立功的事四处奔波，该来的一定会来，让一切都顺其自然吧。不过，转而一想，他又高兴不起来，因为他不知道，那个还躺在ICU病房的保安的家属，会不会也像那个持刀劫持人质的歹徒的爸妈一样，把自己所遭受的一切，都无理地归结到建安身上？

想了许久，老刘突然惊醒，做人、做事，只要问心无愧就好。

此刻，抬眼看天，已经下了一个多星期的雨，已经停了。极目远眺，居然能看到几缕从撕开的乌云中钻出来的阳光，像利剑一样，把那些还聚拢在一起的乌云，劈成了无数个碎片。